드래곤의 신부 4
김해숙 판타지 장편 소설

초판 1쇄 찍은 날 § 2006년 6월 26일
초판 1쇄 펴낸 날 § 2006년 7월 6일

지은이 § 김해숙
펴낸이 § 서경석

편집장 § 문혜영
편집책임 § 유경화
편집 § 심재영

펴낸곳 § 도서출판 청어람
등록번호 § 제1081-1-89호
등록일자 § 1999. 5. 31
어람번호 § 제1-0716호

주소 § 경기도 부천시 원미구 심곡1동 350-1 남성B/D 3F (우) 420-011
전화 § 032-656-4452 팩스 § 032-656-4453
http://www.chungeoram.com
E-mail § eoram99@chollian.net

ⓒ 김해숙, 2006

ISBN 89-251-0185-8 04810
ISBN 89-5831-925-9 (세트)

※ 파본은 본사나 구입하신 서점에서 교환하여 드립니다.
※ 저자와 협의하여 인지를 붙이지 않습니다.

Chapter 1 오래된 유산의 다른 이름은 애물단지 /7

Chapter 2 시슬리안 새벽의 날벼락 /35

Chapter 3 추적의 끝 /67

Chapter 4 에롬과 고향 가는 길 /119

Chapter 5 노예 상인과 몬스터 공주, 그들의 인연 /163

Chapter 6 시슬리안 풍경 /213

Chapter 7 아스카식 불청객 처리법 /255

Chapter 1
오래된 유산의
다른 이름은 애물단지

　레온은 드래곤 계곡의 북부 경계를 이루는 협곡을 날렵하게 건너 뛰었다. 빙산의 냉기를 품은 매서운 바람이 거세게 몰아쳤으나 그의 발걸음을 붙잡을 수는 없었다.
　협곡 너머에는 작은 저택 한 채는 세울 수 있을 만큼 넓은 평지가 있었다. 수많은 갈림길의 교차로이며, 혹독한 추위에도 일 년 내내 짙푸른 이끼가 평원을 뒤덮고 있다고 해서 '산신(山神)의 정원'이라고 불리는 곳이다.
　산신의 정원을 가로질러 북동으로 방향을 잡으면 엘프의 영역이다. 그는 엘프의 숲을 향해 가고 있는 중이었다.
　융단처럼 펼쳐진 푸른 이끼를 밟지 않으려고 조심하던 레온의 눈에 뭔가 들어왔다. 그는 그것을 확인하기 위해서 걸음을 멈췄고, 덕분에 레온과 앞서거니 뒤서거니 하면서 달리던 검은 머리 청년은 한참을

오래된 유산의 다른 이름은 애물단지 9

더 달리고서야 레온이 뒤따라오지 않는다는 것을 알았다.

그가 달렸던 길을 되돌아갔을 때, 레온은 그가 지나쳐 온 평원 한구석에 쪼그리고 앉아 있었다. 그는 저도 모르게 혀를 찼다.

"뭐야? 고작 그 정도를 달리고 지쳐서 못 가겠다는 것은 아니겠지?"

엄청난 속도로 달리기는 했다. 내색은 안 했지만 인간이 그런 속도로 달릴 수 있다는 것에 적잖이 놀랐다. 하지만 저 꼴이 뭐란 말인가. 목적지의 반도 못 가서 다리가 풀렸는지 쪼그리고 앉아 쌕쌕대고 있는 꼴사나움이라니.

자존심이 상해서라도 뭐라고 한마디 대꾸가 있을 법한데 레온은 그를 쳐다보지도 않았다.

"어이, 이봐! 급하다며! 해 지기 전에 엘프의 숲까지 가야 한다고 하지 않았나?"

가까이 다가가 재촉하자 레온은 그제야 고개를 들었다. 그의 예상과는 달리, 레온은 숨을 몰아쉬고 있지 않았다. 지친 기색도 없었다. 그는 당혹해서 미간을 찌푸렸다.

"어, 어이. 목적지는 엘프의 숲이라며? 왜 여기서 이러고 있는 거야?"

"바퀴 자국."

바퀴 자국? 바퀴 자국이 어쨌단 말인가? 하지만 레온은 그 말로 설명이 충분했다고 여기는지 고개를 돌려 버렸다.

도무지 뭘 생각하고 있는지 알 수 없는 인간이었다. 제법 여러 유형의 인간을 봐왔지만 이런 인간은 처음이다. 하고많은 인간 중에 왜 하필 이런 인간일까?

인간을 눈 아래로 봤던 자신이 생애 최초로 맞은 주인(Master)이 하필이면 이런 괴상한 인간일 줄 누가 알았겠는가.

그렇다. 검은 머리를 바람에 흩날리며 서 있는 장신의 청년은 인간형의 검, 미류였던 것이다.

그는 요상하게 꼬여 버린 자신의 신세를 한탄하며 레온 옆에 같이 쪼그리고 앉았다. 다른 수가 없었던 것이다. 레온은 바닥을 자세히 살피고 있었다. 그 시선을 따라가자 미류의 눈에도 뭔가 이상한 것이 들어왔다.

'이끼가 눌린 자국? 두께로 보건대 수레바퀴 자국 같은데? 이 녀석이 말한 바퀴 자국이란 게 이건가?'

설마하니 방금 전 같은 속도로 달리면서 이 흔적을 발견하고 멈춰 섰다는 것일까? 미류는 반신반의하며 레온의 얼굴을 힐끔거렸다. 레온은 수레바퀴 자국이 길게 이어지는 내리막길을 뚫어지게 응시하고 있었다.

"말 발자국이 여덟 개. 말은 두 마리. 내리막 급경사. 최대 속력 시속 30티온 미만."

알아듣기 힘든 중얼거림이었지만 미류는 듣는 즉시 뭘 의미하는지 알아차렸다.

"추적할 건가?"

시간은 좀 지체되었지만 상대는 험한 산중을 두 마리 말이 끄는 수레로 내려가는 중이다. 바퀴 자국이 이렇게 깊이 파인 것을 보면 꽤 무거운 짐도 있는 듯하다. 그들 두 사람—한쪽은 인간이 아니긴 하지만—의 속력이라면, 그리고 수레는 지나갈 수 없는 지름길을 택해 시간을 단축한다면 산을 벗어나기 전에 따라잡을 수 있을 것 같았다.

레온은 수레가 달려갔을 내리막길을 잠시 바라보다가 일어났다.

"그럴 필요는 없어."

미류는 레온이 간단히 포기하자 의외라는 듯이 눈을 크게 떴다.

"왜지? 이건 분명히 네가 찾고 있던 그 침입자의 흔적 같은데? 나는 너를 잘 모르지만 너는 쉽게 포기하거나 용서할 인간으로는 보이지 않는다. 그런데 왜 내버려 두겠다는 거지?"

순간 레온은 흠칫했다.

쉽게 포기하지도 용서하지도 않는 인간. 미류는 '헤렌다인 가(家)' 인간의 속성을 제법 정확하게 짚어낸 셈이다.

"이쪽을 쫓는다."

레온의 손끝은 바퀴 자국에서 조금 떨어진 곳에 나 있는 발자국을 가리키고 있었다.

"일행이 아니었나? 응? 이쪽은 여기서 발자국의 흔적이 끊겼는데? 미약하게나마 마나의 기운이 느껴지는 것을 보면 아무래도 마법을 써서 이동한 것 같군."

쪼그리고 앉아 발자국을 살피던 미류는 레온을 바라보았다. 마법을 써서 이동한 인간들을 무슨 수로 쫓아갈 거냐는 무언의 질문이었다.

레온은 말없이 발자국을 응시하고 있었다. 그는 그 여덟 개의 발자국이 몬스터의 길목에 찍힌 것과 동일하다는 것을 확신하고 있었다.

비슷비슷해 보이지만 발자국의 주인은 정확히 네 사람.

제일 크고 비교적 뚜렷하게 찍힌 발자국의 주인은 거구의 사내일 것이다. 몬스터의 길목에 남겨진 흔적으로 보건대 힘을 위주로 하는 패도적인 검술을 구사하는 것 같다. 게다가 발걸음에 절도가 느껴진다. 행진이나 구보에 익숙한 발걸음. 군대에 소속되어 본격적인 훈련을 받았거나 전장에 참여한 적이 있는 자로 보인다.

그 다음으로 알기 쉬운 발자국은 중간 정도 사이즈다. 무술을 연마한 흔적은 전혀 보이지 않고 규칙적인 보폭도 아니다. 산을 탄 경험이 전혀 없는 것처럼 힘들어하며 발을 질질 끈 흔적이 몬스터의 길목 곳곳에 남겨져 있었다.

레온은 처음에 작은 발 크기와 체력 정도로 보아 여자가 아닐까 하고 생각했지만 이내 고개를 저었다. 작다고는 해도 여자치고는 큰 발인데다가 찍힌 발자국을 통해 몸무게를 가늠해 보면 여자보다는 남자에 가깝다.

레온은 고개를 갸웃거렸다. 무술을 익힌 흔적도 없고, 체력도 형편없어 보이는 남자가 이 파티에서 담당하고 있는 역할은 무엇일까? 일행 중에서 세 번째 정도쯤에서 서서 걷고 있었던 것을 보면 길 안내는 아니었던 것 같고, 도중에 누군가에게 업힌 흔적이 있는 것을 보면 그렇게 귀찮은 짓을 감내하면서까지 데려올 만한 가치가 이 남자에게 있었다는 말이 된다.

'체력도 없고 무력도 없지만 위기시엔 더할 나위 없이 요긴하게 쓰인다? 마치 마법사를 묘사하는 말 같군. 아! 설마?!'

레온은 네 사람의 워프 장소로 추정되는 지면을 꼼꼼하게 살폈다.

지금까지는 그들이 스크롤을 통해서 이동했을 거라고 추측했다. 마법 아이템인 워프 스크롤은 워프에 필요한 마법이 새겨진 두루마리로, 휴대용 이동 마법진 같은 것이다. 시동어를 외치고 찢기만 하면 마법을 모르는 사람이라도 사용할 수 있다. 그래서 간과했던 것이다.

'그렇군. 스크롤은 일반인에게는 구하기 힘든 물건이야. 벌이가 좋은 용병이라도 만약을 위해 한두 개 가지고 있을까 말까. 배짱 좋게 이런 식으로 스크롤을 남발한다는 것은 가까이에 제작자인 마법사가 있

다는 말이겠군.'

레온은 미지의 허약 체질 사내를 마법사로 구분 짓기로 했다. 그러자 남은 것은 둘.

가장 앞에서 걷고 있는 큰 발자국과 앞서거니 뒤서거니 하면서 찍혀 있는 발자국은 주의 깊고 신중해 보인다. 경우에 따라서 빨리 달리거나 흔적없이 달리는 것이 가능한 사냥꾼 타입의 발자국이다. 산길을 걷는 데 익숙하고, 따라서 길을 찾기 힘든 몬스터의 길목에서는 길 안내 역할을 했던 것 같다.

'전사, 마법사, 사냥꾼, 그리고 마지막으로······.'

일행의 후미를 지키며 따라오고 있는 발자국. 얕게 패인 발자국의 깊이나 규칙적인 발걸음에서 느껴지는 기운만 봐도 보통이 넘는 검사다. 레온은 몬스터의 길목에서 미지의 검사가 남긴 일격의 흔적을 이미 보고 왔다. 하지만 단지 그것만이라면 레온을 놀라게 할 수 없을 터였다.

'뭘까? 이 꺼림칙한 기분은······.'

몬스터의 길목에서 이 발자국을 발견한 이래로 줄곧 레온은 묘한 기분에 시달리고 있었다. 뭔가 떠오를 듯 떠오를 듯하면서 떠오르지 않는 것이다.

한동안 발자국을 노려보던 레온은 체념의 한숨을 내쉬었다.

'시간 낭비다. 때가 되면 생각나겠지. 안 되면 당사자를 족치는 방법도 있고.'

레온은 마지막 발자국을 '족칠 필요가 있는 검사'로 규정지었다.

이들 네 사람은 어디로 갔을까?

레온은 네 사람이 왔으리라고 짐작되는 곳을 바라보았다. 계곡 너머에 있는 엘프들의 거처.

'가보면 알 수 있겠지.'

추적에 조급함은 금물이다. 게다가 사냥감은 이미 그물 안에 들어왔으니 놓칠 일도 없지 않은가.

결론을 내린 레온은 주저없이 일어서 다시 달렸다. 옆에 있던 미류에게는 온다 간다 말 한마디 없이. 걸음을 멈추는 것도 그랬지만 다시 달리는 것도 돌발적이었다.

덕분에 일어설 타이밍도, 달릴 타이밍도 놓쳐 버린 미류는 엉거주춤하게 쪼그려 앉은 채로 그 뒷모습만 망연히 바라보아야 했다.

뭔가 심각한 생각을 하는 것 같기에 방해되지 않도록 숨소리도 죽이며 배려했건만! 그 보답이 이런 거란 말인가?!

같이 가자는 말 한마디 없이 저 혼자 달려가 버리는 레온의 뒷모습을 보며 미류가 느낀 감상이란 딱 한 가지였다.

인정머리라곤 없다!

미류는 분함으로 이를 부드득 갈았지만, 언제까지고 사라지고 없는 레온의 뒷모습만 노려보고 있을 수는 없는 노릇이었다.

"으이구, 내 팔자야~ 앗!!"

그는 거의 벙어리 수준으로 과묵하며, 외계인 수준으로 의사 소통이 되지 않는 데다가 금상첨화로 박정하기까지 한 주인을 모시게 된 감격을 그 한마디로 표현하고는 다시 전속력으로 뛰었다.

미류가 어떻게 알겠는가. 레온의 돌발적인 행동이 미류가 방금 전에 한 무례한 언사에 대한 보복성 심술과 귀찮은 놈, 이참에 떼어버렸으면 좋겠다는 생각에서 나왔다는 것을.

초일류 검사와 자칭 명검 중의 명검이 만났건만 신검합일(身劍合一)

은커녕, 초장부터 손발이 안 맞아 삐거덕거리는 일인일검(一人一劍)이었다.

광장 안은 대낮처럼 환하게 불이 밝혀져 있었고, 온갖 신호음과 기계음, 사람들의 말소리와 외침 소리가 뒤섞여 소란스러웠다.
광장 한가운데는 높이가 2티렘쯤 되는 상자에 지름이 30티노트쯤 되는 굵은 원통을 박아 넣은 것 같은 괴상한 구조물이 자리잡고 있었는데, 사람들은 그 구조물을 중심으로 모여 제각기 뭔가를 하고 있었다.
'삐삐삐' 하는 신호음이 요란해질 때마다 상자에 달린 바퀴가 저절로 굴러가며 오른쪽, 왼쪽으로 이동하기도 하고, 가운데 박힌 원통이 '윙' 소리를 내며 360도 회전을 하기도 했다. 그럴 때마다 상자에 달라붙은 장인들과 마법사들의 고함 소리도 덩달아 높아졌으며, 옆에서 뭔가를 기록하며 달리고 있는 연금술사 군단의 발걸음도 빨라졌다.
광장 2층에서 그 모든 소란을 내려다보던 라미엘은 흐뭇한 표정으로 턱을 쓸고 있었다.
살아 있는 것처럼 저절로 움직이며, 광장 안을 이리저리 돌아다니고 있는 저 괴물체의 정체는 이미 오래전에 사라졌다고 알려진 마력포(魔力砲)다.
마력포는 신마전쟁(神魔戰爭) 때 전쟁의 한 축이었던 마족들이 드래곤의 브레스에 대항하기 위해 만들었다는 전설상의 무기다. 고밀도로 응축된 마나를 발사체로 하고, 포신 안에서 그 마나를 회전시켜 힘을 증폭시키기 때문에 그 파괴력은 정말로 드래곤의 브레스 못지않다고 한다.

그렇게 막강한 위력을 가진 무기가 왜 현대로 전해지지 않았는가 하면, 자금력 부족, 기술력 부족, 필요성 부족 등 여러 가지 이유가 있다.

마력포는 고밀도 마나를 응축해서 회전시켜 발사하는 위험한 무기다. 그런 만큼 그 포신을 주철 같은 것으로 만들어서는 감당할 수가 없다. 마력포의 포신은 적어도 미스릴이나 오리하르콘 정도의 인장강도를 가진 금속이라야 하는데, 미스릴이나 오리하르콘은 무척 희귀하고 비싼 금속이다. 작은 마력포 한 대를 만들 미스릴이라면 좋은 미스릴 검을 백여 자루는 만들 수 있다. 금으로는 작은 왕국의 7, 8년 예산에 해당한다. 이쯤 되면 그 어떤 부자 왕국이라도 겁없이 한번 만들어보자고 덤비기는 어렵다.

게다가 그렇게 돈을 쏟아 붓는다고 해도 성공한다는 보장이 없다. 마족들이 마력포를 만들었던 당시의 금속 제련술이나 포를 가동하는 핵심 마법진을 비롯한 기술력들이 현재는 전해지지 않기 때문이다.

드래곤과의 전쟁에서 패한 마족들이 이 땅에서 물러가자, 인간들은 그들이 미처 수거해 가지 못한 무기를 노획할 기회를 얻었다. 그중에는 서열급 마족이나 소유할 수 있는 마검(魔劍)이나 마창(魔槍), 마력포 같은 고급 무기도 있었다.

마검이나 마창은 인간의 생기를 동력원으로 하는 위험한 무기임에도 불구하고 오늘날까지 온전하게 형태를 유지한 것이 제법 있는 반면에, 강력한 파괴력을 갖추고 있으며 마법 기술력의 정화라고 할 수 있는 마력포는 온전한 유물은 고사하고 제대로 된 설계도조차 전해지지 않는다.

이유는 간단하다. 당시 그것을 얻은 인간들이 마력포를 부수거나 녹여서 검이나 다른 무기를 만들었기 때문이다. 인간들 사이에서는 마법에 대한 개념조차 제대로 서 있지 않던 시절이었으니 그들에게는 마력포가 거대한 미스릴 덩어리로밖에 보이지 않았을 것이다.

킬렌은 그 얘기를 할 때마다 '멋모르고 제국의 옥새를 훔친 도둑이 옥새를 조각조각 내어 팔아먹은 얼뜨기 짓'이라고 빈정거리곤 했다.

황제의 손에 있을 때는 제국을 움직일 힘을 가진 옥새라도, 그것을 조각내고 녹이면 기껏해야 그 무게나 질량만큼의 금붙이가 될 뿐이다. 물론 금도 귀한 금속이긴 하지만 제국의 권위를 상징하는 옥새에 비할 수야 있겠는가.

마법사인 킬렌에게 정말 가치있는 것은 마족들이 남긴 고 서클의 비밀이 담긴 마법진 쪽이었지, 좀 희귀할 뿐인 금속 나부랭이가 아니다. 게다가 전해지는 마력포의 위력은 날아다니는 드래곤도 맞혀 떨어뜨릴 정도라고 하지 않는가. 차라리 하칸 신전의 황금사자상(대신관의 권위를 상징하는 신물)을 엿 바꿔먹는 게 낫지, 어떻게 그런 보물 중의 보물을 녹여 흔하디흔한 검 따위로 만들 생각을 할 수 있는 거냐며 선조들의 무지에 분통을 터뜨렸다.

하지만 그런 킬렌도 수년 전 3대에 걸친 노력 끝에 간신히 외형 복원에 성공한 마력포를 시험 가동도 해보기 전에 아스카가 바퀴 하나를 조각내 팔아먹었을 때는 아무 말도 못했다. 팔아먹은 장본인이 다름 아닌 자신이 천금처럼 아끼는 아스카인 데다가 생활비가 없어서 팔았다는데 성의 재정을 책임진 집사로서 무슨 말을 할 수 있었겠는가. 어디다 하소연도 못하고 벙어리 냉가슴 앓듯 끙끙 앓을 수밖에.

그 후, 끝내 분을 참지 못한 킬렌이 각국의 외화벌이들에게 날아가 '네놈들이 게으름을 피우는—돈을 못 번다는 의미인 듯—바람에 내 평생의 꿈이 물거품이 됐다!'며 마법 공격을 퍼붓는 바람에 애꿎은 외화벌이들이 아닌 밤중에 날벼락을 맞았다는 소문도 전해지기는 하지만 확인된 바는 없다.

라미엘은 어린아이처럼 들떠서 마력포의 시험 가동을 해보러 왔다가 바퀴 하나가 사라진 것을 본 당시 킬렌의 얼빠진 표정이 떠오르자 새삼 웃음을 참을 수가 없었다.

격노한 킬렌이 로사드에게 득달같이 달려가 '이런 천인공노할 짓을 저지른 빌어먹을 놈을 꼭 잡아야 한다!'며 열변을 토하는데 아스카가 불쑥 나타나 '그 빌어먹을 놈이 나거든?' 이라고 했을 때 지었던 뜨악한 표정도 잊을 수 없다.

킬렌은 마력포가 얼마나 대단한 물건인지 설명하고 이해를 호소했지만, 지극히 현실적인 아스카에게 그런 어설픈 설득이 먹힐 리 없었다. 그녀의 말에 따르면 마력포는 '돈만 잡아먹는 애물단지 고철 덩어리'라는 모양이다. 그리고 한다는 말이,

'킬렌, 어린애 아니지? 이제 그런 장난감을 가지고 놀 때는 지나지 않았어?'

라는 것이다. 그 말에 킬렌이 뭐라고 할 수 있겠는가. 울지도 웃지도 못하는 표정으로 그저 고개를 끄덕일 수밖에.

킬렌은 평소의 신랄하기까지 한 달변은 다 어쨌는지 변변한 변명 한 마디 못하고 마력포의 처분권을 아스카에게 고스란히 넘겨주고 말았고, 이후 그녀가 마력포를 조각내 팔아버리면 어쩌나 노심초사하다 자리보전하고 눕고 말았다.

일이 그 지경이 되자 킬렌의 제자들과 마법사들이 자신들이 몸을 팔아서라도 생활비를 마련할 테니 한 번만 선처해 달라고 아스카에게 울며 매달리기에 이르렀고, 아스카는 썩 내키지는 않지만 사람 여럿 살리

는 셈치고 마력포를 용인하기로 한 것이다.

라미엘이 그렇게 옛날 일을 떠올리며 혼자 웃고 있을 때, 당시 사건의 주인공인 아스카가 광장에 나타났다. 뭔가를 찾는 것처럼 이리저리 두리번거리다가 라미엘을 발견하자 눈에서 불꽃이 튀는 것을 보니 그에게 용건이 있는 모양이다.

"라미엘, 이 배신자! 어떻게 그럴 수가 있어?!"

"아스카님, 오셨습니까? 출발 준비로 바쁘실 줄 알았는데 여기까지 어쩐 일이십니까?"

아스카는 참으로 뻔뻔스럽다는 듯이 라미엘을 노려보았다.

그녀는 방금 전 이동 마법진으로 세람까지 단번에 넘어가려다가 샤펜 부인과 쥴리아의 반대에 부딪쳐 이동 수단을 워프 마법진에서 마차로 수정하고 오는 길이다. 아스카는 두 극성 여인의 반대쯤은 미리 예상하고 있었다. 하지만 자신의 편을 들어줄 거라 믿었던 라미엘이 결정적인 순간 자신의 뒤통수를 칠 줄은 미처 몰랐다.

"누구 탓이야? 워프로 갔으면 지금쯤 세람의 여관방에서 짐을 풀고 자고 있을 텐데! 마차로 가자니, 대체 언제 도착할 줄 알고?!"

"말씀하시는 것을 들으니, 세람이 수천 티온이나 떨어진 먼 이국의 도시라도 되는 것 같네요. 마차로도 고작해야 서너 시간이 걸릴 뿐이잖습니까."

"나는 시간을 아끼고 싶다고!"

"저는 시간보다 목숨을 아끼고 싶습니다. 시간이야 나중에라도 서두르면 되는 거지만, 목숨은 한 번 날아가 버리면 그걸로 끝 아닙니까?"

믿을 수 있는가? 이것이 헤아릴 수 없이 많은 생사의 갈림길을 헤쳐 온 검사 중의 검사라는 인간이 워프를 할 수 없다고 주장하는 이유란다. 워프 마법진의 마나 유동이 자신의 노구(老軀)에 부담을 줘 자칫 심장마비가 될지도 모른다나?

라미엘의 말을 듣는 순간 아스카는 오히려 자신이 심장마비에 걸리는 줄 알았다. 너무 기가 막힌 나머지 호흡 곤란으로.

물론 워프 마법진에 위험이 전혀 없다고는 할 수 없다. 만약을 위해 노약자는 사용을 제한하고 있는 것도 사실이다. 하지만 아무리 90이 넘은 고령이라도 마스터 검사가 워프하다가 심장마비 걸렸다는 말 들어봤는가 말이다!

"라미엘의 심장은 풍선으로 만들어졌어? 워프 마법진 좀 통과했다고 뻥뻥 터지게? 풍선도 그 정도는 아니겠다!"

"제 나이쯤 되면 몸조심이 제일입니다. 저승 문턱에 한 발 걸치고 있는 거나 마찬가지니까요."

그 저승 문턱에 한 발 걸치고, 오늘내일하는 늙은이가 대륙에서도 쟁쟁한 마스터 검사들을 한 방에 뻥뻥 날려 버린단 말인가?

아스카가 최근 일주일 사이에 라미엘에게 아침저녁으로 얻어터진 젊은 검사들의 명단을 쭉 나열하자 그도 겸연쩍었는지 험험 하고 헛기침을 한다.

"그러고 보니 저도 예전엔 그런 때가 있었지요. 혈기 탓에 실수도 많았지만 젊다는 건 역시 좋은 겁니다."

"고작 일주일 전인데?"

먼 옛날을 추억하듯 아련한 눈을 하는 라미엘에게 아스카는 사정없이 일침을 놓았다.

"험! 험험! 아스카님, 아스카님께서는 잘 모르시겠지만 노인이란 말입니다, 하루하루가 다른 겁니다."

"아무렴! 어련하시겠어?"

라미엘은 아스카의 싸늘한 시선을 맞받지 못하고 슬그머니 고개를 돌려 외면한다. 그러더니 한다는 짓이, 쿨럭쿨럭 하고 기침 소리를 내며 병약한 늙은이 흉내를 내는 것이다.

"저도 이제 기력이 예전 같지 않습니다. 나이가 나이이니, 아무래도 갈 때가 된 것이겠지요."

팔팔한 20대의 얼굴로 그런 소릴 해봤자 설득력이 있을 것 같은가? 아스카는 자기 좋을 때만 나이를 들먹이는 라미엘을 얄밉다는 듯이 노려보았지만 결국 웃을 수밖에 없었다.

"아, 진짜! 내가 못살아! 없는 마법진을 만들어내라는 것도 아니고, 기왕 있는 마법진을 이용해서 세람까지 편하게 좀 가보겠다는데 그게 그렇게 큰 잘못이야?"

반대를 뿌리치고 마법진 앞에 가 있어봐야 뭐 하나? 마법진을 가동해 줘야 할 마법사들이 다 도망가고 없는데. 게다가 줄리아는 물귀신처럼 못 간다고 물고 늘어지고, 라미엘은 그렇게 워프가 무섭거든 혼자만 나중에 따로 오면 될 것을, 이참에 마법진을 확 부숴 버리겠다고 난리쳤다. 웬 심술인지.

그렇잖아도 천문학적인 액수의 빚을 지고 있는 형편이다. 멀쩡하게 잘 있는 마법진까지 부숴서 적자를 늘릴 수는 없기에 아스카는 결국 눈물을 머금고 워프 이동을 포기하고 말았다.

"편안한 게 다 좋은 게 아닙니다. 그런 말도 있잖습니까. '빠르고 편안하게' 좋아하다가 눈 떠보니 사신(死神) 앞이더라, 하는 말이오. 사신, 헬미온은 얼굴을 밝히기로 유명합니다. 아스카님 같은 미소녀는 그저 첫째도 조심, 둘째도 조심하셔야 합니다."

하다하다 핑계댈 게 없으니 이제 사신이 얼굴을 밝히니 조심해야 한단다. 허참!

아스카는 라미엘의 저 철저한 보신주의(保身主義)를 그를 신처럼 떠받드는 검성 추종자들이 봐야 한다며 구시렁거렸다.

두 사람이 그렇게 티격태격하고 있는 사이, 광장에서는 상황이 급박하게 돌아가는지 삑삑 하는 날카로운 신호음이 연신 울리고, 여기저기서 사람들의 고함 소리가 터져 나오고 있었다. 발걸음도 다급하고 분주해졌다.

"뭔가 문제라도 생긴 걸까요?"

"문제 생길 게 뭐 있어? 발사체가 없어 발사도 안 되는 마력포에. 기껏해야 기능 정지로 멈춰 버리든지, 최악의 사태라도 폭삭 무너지기밖에 더 하겠어?"

'그 어느 쪽이라도 나는 만만세야' 라고 말하는 듯한 아스카의 태평한 어조에 2층 난간 밖으로 몸을 내밀고 있던 라미엘은 손에 힘이 빠져 앞으로 굴러 떨어질 뻔했다.

"아스카님, 아무리 그래도 그런 말씀은 너무하시지 않습니까."

"너무하긴 뭐가 너무해? 너무한 건 내가 아니라 저 빌어먹을 고철덩어리라고! 고개 한 번 돌리는 데 수십 마르셀에, 오른쪽 왼쪽으로 걸음 몇 번 해주는 데 수백 마르셀이라니! 저렇게 비싼 여자 봤어? 세람 유곽에 있다는 그 어떤 요부(妖婦)도 저 정도는 아닐걸? 그런데도 우리 집사님은 정신 못 차리고 목을 매고 있지. 덕분에 내 허리는 휘고! 젠장할!!"

저속하고 품위없는 비유에다 끝의 '젠장할' 이라는 욕설이 거슬리기는 했지만 나름대로 정곡을 찌르는 말이었기에 라미엘은 웃었다. 마력

오래된 유산의 다른 이름은 애물단지

포를 사치스러운 요부에, 포신을 돌리는 것을 고개를 돌린다 하고, 이동하는 것을 걸음을 옮긴다는 비유가 제법 재미있지 않은가.

"지금은 동력부가 미완성이라서 외부에서 마나석을 투입해 가동하다 보니 비용이 많이 드는 것뿐입니다. 동력부만 완성되고 나면 좋아질 겁니다."

"얼씨구? 동력부를 완성하면? 발사체를 만들기 위해 필요한 최소 마나만 해도 324,460루나헤르티에(마나량을 세는 단위)라며? 그 정도면 9서클 공격 마법 중에 마나를 가장 극악하게 잡아먹는다는 헬 파이어를 아홉 번은 쓸 수 있는 마나량이라고! 그걸 대체 무슨 수로 채울 건데?"

'그거야 동력부를 완성하고 나면 또 어떻게 되겠지요' 하고 대답하려던 라미엘은 뒤늦게 흘려들을 수 없는 말을 들었음을 깨닫고 눈을 크게 떴다.

방금 아스카가 뭐라고 했나? 발사체를 만들기 위해 필요한 최소 마나가 324,460루나헤르티에라고?!

저 마력포의 설계도를 그린 사람은 아스카의 증조부이기도 한 메사하르다. 그는 어떤 특정한 목적을 가지고 저 마력포를 만들었고, 그 작업에 필요한 마나가 아스카가 말한 것처럼 딱 324,460루나헤르티에다.

하지만 그 사실을 아는 사람은 없다. 마력포 완성에 평생을 바친 킬렌조차도 모른다. 동력부의 설계도가 미완성이기 때문이다.

라미엘은 우연한 기회에 선대(아스카의 조부, 아르윈)로부터 그 수치를 들었다.

'발사체를 만드는 데 드는 마나만 324,460루나헤르티에라더군. 내가 왜 하필 324,460루나헤르티에냐고 했더니 그 미친 아버지가 한다는 말이, 하려면 헬 파이어를 아홉 번 쓸 정도의 파괴력은 있어야 할 거라더군. 그때 알았지. 마법사라는 족속은 젊으나 늙으나, 서클이 높으나 낮으나 다들 멀쩡한 얼굴로 미친놈들이라는 걸.'

라미엘은 발사체 생성에 필요한 마나량을 알게 되었어도 킬렌을 비롯한 그 누구에게도 그 사실을 알리지 않았다. 그 엄청난 수치에 자칫 마력포를 완성시키려는 의욕 자체가 꺾여 버릴까 염려했기 때문이다.

그런데 아스카가 어떻게 그 사실을 아는 걸까? 그냥 해본 소리가 아니다. 아스카는 정확하게 324,460루나헤르티에라는 수치를 언급했다!

라미엘의 뇌리에 한 가지 가능성이 떠올랐지만, 이내 고개를 저었다.

동력부를 가동하는 핵심 마법진의 복원은 킬렌을 비롯한 카린 성 마법사들 대부분이 매달렸으나 아직 성공하지 못한 난해한 작업이 아니던가. 마법진의 마나 설계도 해독에만 들어간 세월이 2백 년에 가깝다. 그런데도 아직 1/5가량의 작업이 남았다고 킬렌이 한탄했던 것이 바로 엊그제가 아닌가.

아무리 아스카라지만 제대로 된 마나 설계도도 없이 마법진을 복원하는 것은 불가능하다. 게다가 아스카는 마력포라면 치를 떨지 않던가. 그녀가 왜 마력포 동력부의 마법진 같은 것을 그리고 있겠는가.

온갖 부정적인 조건에도 불구하고 라미엘의 가슴은 쿵쿵 뛰고 있었다. 그는 침을 꿀꺽 삼켰다.

"아스카님께서 그걸 어떻게 아십니까?"

"뭘?"

"발사체를 만드는 데 필요한 마나량이 딱 324,460루나헤르티에라는 걸."

아스카는 마력포를 노려보며 이번 기회에 회복 불능으로 폭삭 내려

앉아 버리라고 저주에 가까운 기원을 보내는 중이었기 때문에 한 박자 늦게 자신의 실언을 알아차렸다. 라미엘은 그녀의 눈에 순간적으로 당황의 기색이 스치는 것을 놓치지 않았다.

"그야 당연히 아빠한테 들었지."

아스카는 재빨리 표정을 정돈하고 태연하게 말했지만 라미엘은 그 말에 속지 않았다.

"로사드님은 그 수치를 모르셨습니다."

"아, 그래? 그럼, 킬렌에게 들은 것일지도……."

"키리엔도 모릅니다. 왜냐하면 동력부 마법진의 마나 설계도가 아직 미완성이기 때문이죠. 그 수치를 아는 사람은 마력포 제작을 처음 기획한 메사하르님과 그분에게서 그 수치를 직접 들은 아르윈님과 저뿐입니다. 아르윈님과 저는 그 사실을 입 밖에 낸 적이 없고, 말하지도 않은 수치를 누군가 알고 있다면, 자신만의 방법으로 답을 얻어냈다고 밖에 생각할 수 없습니다. 가령, 미완성인 마법진의 마법 도식을 완성했다던가……?"

아스카는 가타부타 말이 없었지만 눈에 띄게 낭패한 표정이었다. 그녀의 그런 표정은 라미엘에게 확신을 안겨주었다.

"아스카님, 설마 동력부의 미완성 마법진을 모두… 읍!!"

아스카는 라미엘의 말이 끝나기도 전에 그의 입을 틀어막으며 '쉿! 쉿!' 하고 입에 손가락을 세웠다.

"소리 좀 낮춰! 킬렌이나 마법사 녀석들이 알면 정말 난리난다고!"

"그럼, 정말로……?"

아스카는 더 이상 잡아떼 봐야 소용없다고 생각했는지 순순히 고개를 끄덕였다. 라미엘의 눈은 한껏 커졌다. 설마하고 생각하긴 했지만 정말로 그 난해한 설계도를 완성했을 줄이야!

"대체 언제……?"

사실은 '대체 어쩌다가?'라고 묻고 싶은 라미엘이었다. 아무리 마법진을 완성할 능력이 있다고 해도 아스카의 성격상, '돈만 잡아먹는 애물단지'의 핵심 마법진 같은 것을 순순히 그리고 있을 리가 없기 때문이다.

"한 3, 4년 됐나? 주스를 마시다가 쏟았는데 거기 하필이면 웬 양피지 같은 게 있었던 거야. 급하게 닦아낸다고 닦아냈는데 운이 없으려고 그랬는지 반쯤 지워져 버렸어. 정말이지! 중요한 문서는 물에 지워지지 않는 잉크로 쓰란 말이야!"

분개하는 아스카를 보고 라미엘은 웃었다. 카린 성에서는 자주 있는 일이기 때문이다. 아스카는 가사 전반에 관한 소소한 일들에 서툴렀다. 요리, 설거지, 청소 같은 것은 말할 것도 없고 그냥 그 옆을 지나가기만 해도 잘 정리되어 있던 화병이나 액자가 떨어져 깨진다며 샤펜 부인이 한숨을 내쉬곤 했다.

"양피지엔 9서클의 복잡한 마법 수식이 줄줄이 쓰여 있더라고. 그것도 한 번도 본 적이 없는 마나 구조로. 킬렌이 새 마법진을 구상 중인 줄로만 알았거든. 이거 야단났구나 싶어서 몰래 들고 가서 지워진 부분을 새로 그렸지. 그 빌어먹을 마법진! 별것도 아닌 게 엄청 복잡하게 꼬아놨더라고!! 12차 마나 특별 수식까지 나오는 거 있지? 중간에 열받아서 확 잡아 찢고 싶었다니까!"

그 말은 킬렌에게서도 들었다. 마법사의 인내심을 시험하는 마법진이라나?

어떻게 된 상황인지는 알아들었지만, 한 가지 이해되지 않는 게 있었다. 아스카의 말을 들어보면 멋모르고 마력포의 핵심 마법진 복원

작업에 뛰어들었던 것 같은데, 그 마법진을 복원하기 위해서는 반드시 선결되어야 하는 문제가 있지 않던가? 킬렌이 골머리를 싸매고 있는 미완성 마나 설계도 말이다.

"마나 설계도는 어떻게 하셨습니까? 그게 있어야 마법진을 그릴 수 있을 텐데요?"

"그건 별로 많이 안 지워졌어. 한 1/5쯤? 그것도 앞쪽이 아니라 뒤쪽으로. 앞쪽이 그만큼 지워졌으면 뒤에서 과정을 유추해야 하니까 거의 죽음이었겠지만, 뒤가 지워졌으니 순서대로 계산 정리해서 총계만 내면 되는 거잖아. 그쯤이야 별거 아니지."

아스카가 말하는 그 '별거 아닌' 작업에 평생을 매달려 있는 킬렌을 비롯한 마법사들의 면면을 떠올리자 라미엘은 웃어야 할지 울어야 할지 알 수 없었다. 그는 그 마나 설계도가 주스에 지워진 것이 아니라 원래부터 1/5가량 비어 있었음을 아스카에게는 밝히지 않기로 했다.

"그래서 마법진은 완성하셨습니까?"

"그 양피지에 있던 21개는 대충. 그리고 그때 가서야 뭔가 이상하다는 것을 깨달았지. 마법진의 스케일이 너무 크더라고. 고 서클의 마법 수식이 줄줄이 나오는 것도 그렇지만, 마법진을 발동시키기 위해 충당해야 하는 마나량이 너무 많았어. 킬렌 정도의 마법사가 5, 6명은 있어야 할 것 같더라고. 혹시나 싶어 아빠에게 보이고 물었지. 이게 뭔지 아냐고."

라미엘은 내심 '이런, 이런' 하고 혀를 찼다. 그가 아는 로사드라면 얼렁뚱땅 둘러대고 양피지를 몰래 빼돌리는 것 같은 재주는 불가능하다. 그는 간신히 완성한 동력부 설계도의 비참한 운명이 눈에 보이는 것 같아 앞이 캄캄해졌다.

"그랬더니 그게 저 빌어먹을 고철 덩어리의 심장이라고 하잖아! 이런 썩을!! 내가 저 고철 덩어리의 심장 따위를 그린다고 한 달 가까이 밤을 샜단 말이야?!"

"그, 그래서 그 양피지를 어떻게 하셨습니까?"

"어떻게 하긴 뭘 어떻게 해? 증거 인멸 차원에서 벽난로에 휙 집어 던져 불쏘시개를 만들어 버렸지."

라미엘은 '아악!!' 하고 소리를 지를 뻔했다. 설마 설마 했건만 어떻게 그렇게 단 한 점의 미련도 없이 그걸 불쏘시개로 만들어 버릴 수 있단 말인가!

"그렇다고 그걸 태워 버리시다니요!!!"

"응? 태우면 안 돼? 아빠 말로는 카피본이 여러 장 있을 거라던데?"

카피본은 아직 마나 설계도조차 미완성이다. 마법진까지 완성된 것은 아스카가 그린 그거 딱 한 장뿐이란 말이다.

'텐 론, 대체 무슨 짓을 하신 겁니까?'

라미엘은 로사드를 원망했다. 그리고 많은 이들의 정신 건강을 위해서 이 사실을 함구하기로 결심했다. 자신조차도 근 3백 년 만에 기적처럼 완성된 마법진이 재가 되어버렸다는 말에 정신이 아득해질 지경인데, 평생을 거기에 매달려 온 다른 마법사들이 그 소릴 들으면 어떻게 되겠는가. 모르긴 몰라도 심장마비로 많이들 실려 나갈 것이다.

"나도 한 달이나 고생한 거라서 태워 버리기는 좀 아까웠지만 할 수 없잖아. 상대가 저 킬렌이라고. 청소광인데다가 구석구석에 숨겨놓은 것은 또 얼마나 잘 찾는 줄 알아? 만에 하나라도 들켰단간 우리 성 재정은 그날로 파탄이라고."

"동력부를 만드는 데 그렇게 돈이 많이 듭니까?"

"응. 금속의 재질도 재질이지만 인장강도가 문제라서 말이야. 그 무지막지한 마나 유입을 견디려면 제아무리 오리하르콘이라도… 금속의 인장강도를 극대화시킬 수 있는 기술이 필요한데, 지금의 금속 제련술로는 무리거든. 연구비가 장난 아니게 들 거야. 단시간에 성공한다는 보장도 없고."

"아무리 그래도 그 양피지는 남겨놓으시지 그러셨습니까. 저택(아스카네 집)에 두는 것이 불안하셨다면 제게 맡겨놓으시면 될 것을. 아무리 키리엔이라도 제 집까지 뒤지지는 않았을 텐데요."

라미엘은 어떻게 막아볼 사이도 없이 한 줌 재로 변해 버린 꿈을 안타까워했다.

"너무하셨습니다. 그래도 키리엔의 유일한 취미인데, 처음부터 손을 대지 않으셨으면 모를까 마법 도식까지 다 완성해 놓고 태워 버리시는 게 어디 있습니까? 키리엔이 나중에라도 이 사실을 알면 얼마나 섭섭해하겠습니까?"

라미엘이 잔소리를 늘어놓자 스스로도 좀 너무했나 하고 생각 중이던 아스카는 항복하듯 두 손을 들었다.

"알았어, 알았어. 나중에 새로 그려주면 되잖아."

"나중에 언제요?"

"시간날 때."

지극히 성의없는 그 대답에 라미엘이 믿을 수 없다는 듯 눈을 가늘게 뜨고 노려보자 아스카는 쓴웃음을 지었다.

"한 번 그렸던 거라고 해도 벌써 3, 4년 전이니까 다 까먹었다고. 다시 그리려면 시간이 걸려. 지금은 한가하게 그런 걸 그리고 있을 시간이 없다는 걸 알잖아. 그리고 기왕 그리는 거 쓸 수 있게 만들어서 줘야 할 거 아냐."

"쓸 수 있게?"

"응. 실은 그 마법진이 너무 크고 비효율적이라서 말이야. 마력포를 가동하면 공중 위협에 자동으로 반응하고, 광범위 위치 탐지기가 돌아가며, 다중 표적 탐지 및 추적 기능도 자동으로 가동된다는 걸 알아?"

"그렇습니까?"

"응. 마력포는 마족이 드래곤을 사냥하기 위해 만든 무기라며? 그래서 그런 것 같더라고."

라미엘은 눈을 크게 떴다. 장인으로 마력포 제작에 직접 관여하고 있지만 미처 몰랐던 사실이다.

"마족의 최대 허용 마나량은 인간과는 차이가 있으니까 마족이 만든 마법 무기를 인간이 그대로 쓴다는 것은 아무래도 무리지. 게다가 우리는 날아다니는 드래곤을 쏘아 맞힐 것도 아니니까 필요없는 기능도 많고. 그래서 필요없는 부분은 빼고 정리를 좀 해서 최대한 마나 낭비를 줄이는 방향으로 마법진을 개선해 볼까 하고. 그래도 어마어마한 마나가 들어갈 테니 제대로 가동할지는 의문이지만."

라미엘은 뭐라 형용하기 힘든 표정으로 아스카를 바라보았다.

천재란 이런 것일까? 그들이 마력포 복원에만 신경 쓰고 있을 때, 그녀는 그 마력포가 인간이 쓰기에는 불편하고, 요즘 시대 상황과도 맞지 않는다며 편리하게 고쳐야겠다고 한다.

예전에 킬렌이 아스카가 몸 안에 서클(Circle:마법을 발동하기 위한 토대가 되는 마나 고리)을 생성시킬 수 있을 정도로만 건강했어도 드래곤도 두려워하는 대마법사가 되었을지도 모른다는 말을 한 적이 있다. 새삼 그 말이 떠오르는 것은 왜일까?

오래된 유산의 다른 이름은 애물단지 31

"저기, 하기 싫어서 핑계대는 게 아니거든? 시간나면 꼭 그려줄 테니까 그렇게 노골적으로 의심스럽다는 눈으로 보지 말아줄래?"

라미엘은 픽 웃었다. 경탄의 시선이었지만 본인은 노려보는 거라고 생각한 모양이다.

"믿겠습니다."

부담을 팍팍 주는 라미엘의 한마디에 아스카는 입을 삐죽였지만 소리 내어 뭐라고 불평하지는 않았다. 그러는 사이, 광장에서 벌어졌던 문제도 해결이 되었는지 긴박함은 누그러지고 장인들과 마법사들은 평소의 여유를 되찾은 듯 보였다.

두 사람은 한동안 말없이 광장을 내려다보았다.

"라미엘, 전부터 궁금했던 건데 저 고철 덩어리의 금전적 가치는 얼마나 될까?"

아스카가 뜬금없이 묻자 라미엘은 고개를 갸웃했다.

"글쎄요? 살 사람이 누구냐에 따라 다르겠지만, 일단 마력포의 외형을 이루고 있는 금속이 순도 높은 통짜 오리하르콘이니까 그 무게만 따져도 현 시가로 2, 3천만 마르셀은 넘어갈 것 같은데요. 게다가 키리엔의 말에 따르면 현재는 기록조차 남아 있지 않은 고 서클의 마법진이 무수히 들어갔고, 그것을 그리는 데 들어간 희귀 시약만 해도 천만 마르셀쯤 된다고 하니까 이것저것 다 뺀 원가만 한 5천에서 5천 5백만 마르셀쯤 되지 않겠습니까?"

3대, 아니, 아스카까지 해서 4대. 4대, 약 3백 년에 걸쳐 그런 거금을 저 애물단지 고철 덩어리에 쏟아 부었다는 말이다. 아스카는 한심하다 못해 골이 다 지끈거렸다.

"저기, 그 빚쟁이 엘프에게 갚아야 할 천만 마르셀 대신 저걸 주면 싫어할까?"

"네에?!"

"아니, 별 쓸모도 없다는 건 나도 인정하지만, 오리하르콘만 녹여도 빚의 원금인 천만 마르셀 정도의 가치는 있을 테니까 말이야. 빚 청산하고 돈이 남는다고 해도 잔금을 돌려달라고 안 할 테니 일단 받아주기라도 했으면 좋겠어. 그럼 나는 애물단지를 처치해서 좋고, 빚쟁이 엘프는 기다리지 않고도 빚을 받아서 좋으니, 누이 좋고 매부 좋은 일 아냐?"

너무나도 기상천외한 발상에 라미엘은 입을 딱 벌릴 수밖에 없었다.

하지만 다행이라고 할까. 채권자인 케이람은 절대로 빚 대신 마력포 같은 것을 받지 않을 것이다. 그는 아스카가 아는 것처럼 엘프가 아니라 드래곤이기 때문에 신마전쟁 당시 드래곤을 무차별로 살상했던 무기에 증오에 가까운 혐오를 품고 있기 때문이다.

드래곤 중에서도 성질 나쁘기로 손꼽히는 그에게 마력포 같은 것을 들이밀었다간 무슨 사단이 날지 모른다. 그 광경을 상상하는 것만으로도 라미엘은 식은땀이 났다. 하지만 아스카에게는 사실대로 설명할 수도 없었기 때문에 그는 다른 핑계를 댔다.

"저, 저기, 아스카님, 정말로 마력포를 빚 대신 넘겨 버리면 키리엔이 그날로 목을 맬지도 모릅니다."

그러자 돈이나 금괴를 바라보듯 반짝이는 눈으로 마력포를 보고 있던 아스카의 어깨가 축 늘어졌다.

"그렇지. 제아무리 빚 청산이 급해도 킬렌의 목과 바꿀 수야 없지."

기운 빠진 어조로 김샜다는 듯이 대꾸하는 아스카를 보고 라미엘은 웃을 수밖에 없었.

Chapter 2
시슬리안 새벽의 날벼락

광장을 나온 아스카는 니켈란 탑 옆으로 난 후문을 통해 외성 밖으로 빠져나왔다. 예전에 시계탑이 있었던 산마루에 오르려는 것이다. 소디스 퀸, 에렐을 만나기 위해서였다.

아스카가 세람에서 입을 옷이며 필요한 물건들을 챙기고 있던 샤펜 부인은 그녀가 짐을 챙기는 데 도움은커녕 방해가 되자, 에렐에게 출장 간다고 보고나 하고 오라며 술 한 병을 들려 밖으로 내쫓았다.

라미엘은 풍아가 곁에 있다는 걸 알자 따라오지 않았다. 성밖이라고는 해도 고작해야 뒷산까지 갔다 오는데 무슨 일이 있을까 싶기도 했고, 그 역시 아스카의 세람행에 동행하기로 한 터라 성을 떠나기 전에 처리해야 할 일이 많아 바빴기 때문이다.

그렇게 가벼운 발걸음으로 산마루 입구까지 왔을 때였다.

"어라? 이게 뭐야?"

산마루로 가는 길이 막혀 있었다. 흙이나 돌, 나무가 쓰러져 물리적으로 길이 막힌 것이 아니라 처음부터 없었던 것처럼 길이 사라져 있었다. 산마루를 비롯한 산 전체가 소디스의 영역이나 다름없기 때문에 그들이 방문을 원하지 않으면 이런 식으로 길을 막아버리기도 한다.

"갑자기 안 하던 짓을 하네? 에렐이 에메룬드에 다녀오더니 나에 대한 애정이 식은 게 틀림없어. 이런 식으로 불청객 취급이라니."

아스카는 투덜거리며 눈에 보이지 않는 마나 장벽을 손으로 꾹꾹 찔렀다.

있는 길을 정말로 사라지게 하는 것은 제아무리 소디스 요정이라도 불가능하다. 그들은 마나로 장벽을 쳐서 그것이 없어진 것처럼 보이게 할 뿐이다. 일종의 환상인 셈이지만 보통의 일루젼(Illusion:환영 마법)과 다른 점은 물리력을 행사한다는 것이다. 없어진 길이 환상이라는 것을 알아도 앞을 가로막고 있는 마나 장벽을 해제하기 전에는 안으로 들어설 수가 없다.

아스카로서는 마나 장벽을 해제하려면 해제하지 못할 것도 없지만, 길을 막아놓은 것은 다름 아닌 소디스 요정들이다. 저 위 산마루는 그들의 집이나 다름없고. 집 주인이 사정이 있어 방문을 삼가달라고 문을 닫아걸었는데 그 문을 부수고 들어가는 것은 엄청난 실례가 아닌가.

"소디스 요정들끼리 비밀 회의라도 하는 모양이네. 할 수 없지. 다음에 와야겠다."

사라진 길에 대한 미련을 버리고 왔던 길을 되돌아가려고 할 때였다. '퍽' 하는 작은 폭발음 같은 것이 들려왔다. 길을 막고 있는 마나 장벽에 손을 갖다 대자 폭발로 인한 공기의 진동이 한층 선명하게 느껴졌다.

아스카는 고개를 갸웃했다.

"뭐야? 불꽃놀이라도 하는 건가?"

아스카는 들어가 봐야겠다고 생각했다. 심각한 비밀 회의 중인데 문을 박차고 들어가는 것은 무례한 짓이지만, 요정들끼리 축제라도 벌이고 있다면 이웃인 자신이 한자리 끼지 못할 이유가 없지 않은가. 마침 술도 지참했다. 아스카는 샤펜 부인이 들려준 술병을 흔들며 씩 웃었다.

[어이, 지금 뭐 하는 짓이냐?]

산마루로 통하는 길이 막혔으니 순순히 돌아가겠거니 하고 생각했던 풍아는 아스카가 마나 장벽을 벌리기 위해 본격적으로 마나 회유에 들어가자 급히 만류했다.

[그만둬라! 들어오지 말라고 소디스가 직접 막아놓은 문이다. 들어가 봐야 좋을 게 없어!]

아스카는 들은 척도 하지 않았다. 그녀의 손과 맞닿은 마나 장벽은 그녀의 의지에 따라 벽을 이루고 있는 핵심 마나가 빠르게 이탈하거나 다른 마나와 자리를 뒤바꾸며 틈을 벌리기 시작했다. 그러자 불투명한 벽이 일렁이며 나타났고, 그 너머로 산마루로 가는 샛길이 어렴풋이 드러났다.

어떤 주문이나 법칙도 없이 마나를 회유하는 능력. 풍아가 알기로 아스카만이 가진 능력이었다.

아스카의 특별한 마나 친화력으로부터 비롯된 이 능력은 발전에 발전을 거듭하더니 지금은 단순히 외부 마나를 꼬시는 데 그치지 않고, 남이 길들인 마나에까지 간섭할 정도의 영향력을 지니기에 이르렀다.

[그만두라니까! 소디스가 아무리 너에게 관대하다고 해도 막아놓은

마나 장벽을 뚫고 난입하는 것까지 웃으며 봐줄 리는 없다! 네가 하고 있는 짓이 얼마나 무례한 짓인지 모르는 거냐?」

"흥! 그렇다면 나는 축제에 이웃을 초대하지 않는 것이야말로 무례한 짓이라고 말해주겠어."

[그들은 축제 같은 것을 벌이고 있는 것이 아니…….]

말을 채 다 끝맺기도 전에 우윳빛 벽에는 체구가 작은 사람 하나 정도가 드나들 수 있는 크기의 구멍이 나버렸다. 아스카는 냉큼 벽 안쪽으로 들어가서 바깥쪽에 있는 풍아를 재촉했다.

"안 들어올 거야?"

이미 늦었다는 것을 깨달은 풍아는 한숨을 내쉬었다. 할 수 없다는 듯이 벽을 통과해 안으로 들어가자 벽의 구멍은 점차로 메워지며 원래의 상태로 되돌아갔다. 아무 일도 없었다는 듯이 유지되고 있는 마나 장벽은 누군가 손을 댄 흔적을 전혀 찾아볼 수가 없었다.

"난입이라고 해도 문을 부수고 들어온 게 아니걸랑? 몰래 살짝 들어온 것쯤은 애교로 봐주겠지."

아스카는 혀를 쏙 내밀며 말했다. 흔적도 없이 복구된 마나 장벽과 천연덕스러운 아스카의 얼굴을 번갈아 보던 풍아는 고개를 설레설레 저었다. 정말이지 재주도 좋다.

벽을 넘어오자 폭발음은 아무런 여과 없이 곧장 전해져 왔다. 쾅, 콰앙, 하는 폭발음에 귀가 멍멍할 지경이고, 기분 탓인지 모르겠지만 땅까지 진동하고 있는 느낌이다.

"정말 거하게 놀고 있는 모양인데?"

거슬리는 소음을 막기 위해 코트에 달린 모자를 뒤집어쓰며 말하자, 풍아는 한심하다는 듯 그녀를 내려다보았다.

[이제 후회해도 늦었다.]
"알았어, 알았어, 술은 적당히 마실 테니까."
아스카의 태평한 대꾸에 풍아는 버럭 소리라도 지르고 싶었다.
이 녀석은 언제나 이렇다. 예지에 가까운 통찰력과 심안(心眼)까지 가지고 있는 주제에 자신의 안위에는 둔감해서 스스로 위험을 자초한다. 풍아는 이게 다 로사드를 비롯한 킬렌 등이 그녀를 너무 오냐오냐 해서 키운 탓이라고 투덜거렸다.
하지만 막상 산마루에 도착하자 아스카 역시 지금의 상황이 불꽃놀이나 축제와는 거리가 멀다는 것을 곧 깨달았다.
사방에는 검과 방패, 창과 갑옷으로 무장한 소디스 요정들이 대열을 맞춘 채 날아다니고 있었고, 얼음과 불꽃의 비가 연신 쏟아져 내렸다. 바로 엊그제만 해도 은색 나뭇잎을 풍성하게 드리우고 있던 소디스 나무는 앙상한 가지만 남아 살기를 뿜어대고 있다.
특히 소디스 군락 한가운데 있는 원형의 공터에서는 무슨 일이 벌어지고 있는지 엄청난 질량의 마나 대립으로 역장이 생겨 공간마저 일그러져 보이고 있었다.
공터 한가운데서 쾅 하고 터진 불꽃의 파편이 자신이 있는 곳까지 날아오자 아스카는 반사적으로 주저앉았다. 자신의 머리 위를 아슬아슬하게 스쳐 지나간 불꽃에 땅이 움푹 패고, 연기인지 김인지가 모락모락 피어오르는 것을 본 그녀는 눈을 크게 떴다.
"어, 어라? 이건 어쩐지 내가 기대했던 분위기가 아닌걸? 엄청 험악하잖아?"
풍아는 '그러니까 내가 말했잖아!'라고 하지 않았다. 그저 한숨만 내쉬었을 뿐. 어떻게 지축이 울릴 정도의 폭음을 불꽃놀이용 폭죽 터지는 소리와 착각할 수 있는지 이해가 되지 않았다.

"나무 요정 주제에 성질난다고 화염을 소환하다니, 앞뒤 가리지 않는 것은 여전하군. 산 아래로 불이 옮겨 붙기라도 하면 곤란한 것은 너일 텐데? 아, 하긴. 너는 한번 뿌리내린 땅에서 수만 년씩 사는 렉실이 아니라 변덕스런 소디스지. 산이 잿더미로 변하면 다른 좋은 터를 찾아 단체로 이사를 가면 그뿐일 테니 별로 곤란할 것도 없겠군."

폭음이 좀 가라앉자 공터 중간쯤에서 사람의 목소리가 들려왔다. 아스카는 소리가 들린 쪽을 향해 고개를 돌렸다.

공간이 일그러져 보이는 희뿌연 마나 역장 그 한가운데, 장신에 긴 검은 머리를 가진 사내의 실루엣이 보였다. 그 맞은편엔 황금빛 나비 날개를 팔랑이며 허공중에 떠 있는 요정의 그림자도 보인다.

[네놈에게 그런 말을 듣다니, 우습군. 너희 드래곤이야말로 수틀리면 신들의 성지고 차원의 벽이고 가리지 않고 일단 부숴놓고 보자는 주의 아니던가? 부술 것, 부수지 말아야 할 것의 구분도 제대로 못하고 난동을 피워 남에게 민폐 끼치는 게 누군데 이래? 꼴같잖게 내 집 불탈까 걱정해 주는 척할 시간 있으면 네놈 아랫것들 단속이나 잘하시지?]

석고상처럼 표정없는 사내의 눈이 가늘어졌다. 심히 짜증스럽다는 기색이다.

일족의 어린것들이 저지른 일 때문에 조용한 시간을 방해받은 걸로 모자라 뒷수습을 위해 여기저기 뛰어다니기까지 했다. 차원의 벽이 무너지거나 말거나, 세상이 망하거나 말거나 자신은 별 상관이 없었지만, 그래도 일단은 '수장(Lord:로드)'이기에 의무를 다하려고 한 것이다.

귀찮아도 신들을 찾아가 협조를 요청하고, 내키지 않는 거래도 했다. 그걸로 모자라 이 한 줌 거리도 안 되는 나무 요정의 이죽거림까지 듣고 있어야 한단 말인가? 자기만 좋자고 차원의 벽을 수리하는 것도 아닌데?

그는 인내심의 한계를 느꼈다. 생각 같아서는 저 건방진 요정의 나비 날개를 확 잡아 뜯어서 내동댕이치고, 자신을 이렇게 귀찮게 만든 놈들의 목을 단체로 꺾어놓고 싶다. 하지만 그동안 자신이 이 일에 들인 수고가 아까워 다시 한 번 참기로 했다.

"차원의 벽 균열에는 마족의 개입 흔적 등, 석연치 않은 점이 많다고 이미 말했을 텐데? 균열이 더 벌어지면 곤란하니 일단 금간 벽부터 원래대로 고쳐 놓고 원인은 차차 밝혀 나가기로 합의하지 않았던가?"

[누가, 언제 그런 것에 합의했단 말이지? 오호라! 드래곤들은 일단 죽도록 쥐어박고, '내 말대로 안 하면 죽어!' 라고 을러대는 것을 '합의' 라고 부르는 모양이군. 그리고 마족의 흔적이 어쨌단 말이야? 차원의 벽을 마족이 건드렸니? 마족이 부쉈어? 신마전쟁 이후로 마계 쪽에서는 절대로 안 열리게 해놓은 문을 열고 나와서? 그것참! 어떤 마족인지 재주도 좋네!]

오는 말이 고와야 가는 말도 고운 법이다. 소디스 퀸의 노골적인 빈정거림에 그렇잖아도 분노와 짜증으로 들끓고 있던 그의 내심도 본격적으로 뒤틀리기 시작했다.

"그래서 어쩌라는 말이지? 물질계의 상위 존재 대부분이 합의한 내용을 이제 와 뒤엎기라도 하겠다는 건가?"

[어머! 내가 뭐라고 그 대단하신 합의를 뒤엎을 수 있겠어? 나는 그저 아무것도 못 들은 걸로 하겠다는 거야. 듣자 하니, 쟁쟁하신 분들이 서로 협조하겠다고 한 모양이던데, 거기에 이 미천한 소디스 하나 빠진다고 무슨 일이 있겠어? 안 그래?]

"네가 나에게 반감을 가지고 있다는 것쯤은 알고 있다. 하지만 너도 명색이 일족의 왕이라면 이성적으로 판단해라. 차원의 균열은 성벽에 난 금 따위가 아니다. 시기를 놓쳐 균열이 확대되면 무슨 일이 벌어질지 모른다. 그로 인한 재앙이 너희 소디스만을 비껴가리라고 생각하나?"

[뭐가 이성적인 건데? 드래곤이 균열을 만든 것은 별거 아니고, 소디스가 그 뒤치다꺼리를 못하겠다고 하는 것은 이렇게 책임을 추궁받아야 할 일이란 건가? 그게 네놈이 말하는 일족의 왕다운 처신이라는 거야?]

"지금은 잘잘못을 따지고 있을 때가 아니라고 했을 텐데?"

[그렇겠지. 주제에 사고를 쳐놓고도 뭘 잘못했냐는 듯 빳빳하게 고개만 잘 들고 있는 것이 너희 드래곤이란 족속이야. 그렇게 잘났으면 사고 뒷수습쯤은 구차하게 여기저기 손 벌리지 말고 혼자서 하지 그래?]

"그래서, 끝내 협조 못하겠다는 건가?"

[말을 못 알아듣는군. 못하는 게 아니라 안 하겠다는 거다! 이 빌어먹을 도마뱀 새끼야!]

순간, 사내의 짙은 검은색 눈이 스산하게 빛났다.

그가 무력 충돌도 자제하고 최대한 온건하게 말을 받은 것은 성질이 좋아서도, 눈앞의 요정을 작살낼 방법이 없어서도 아니다. 차원의 벽 균열 수리에는 소디스 퀸의 협조가 꼭 필요했고, 그녀는 신들에게 했던 것처럼 폭력과 물리적 보상 같은 수단으로는 회유할 수 없다는 것을 알기 때문이다. 나무 요정이라는 것들은 쓸데없이 자존심만 강해서 일단 앙심을 품으면 세상없어도 협조하지 않을 밴댕이들이다.

그동안의 수고가 아깝고, 더 이상의 귀찮음이 싫어서 참고 참았지만 그것도 이제 끝이다. 차원의 벽이 아니라 세상이 끝장난다고 해도 상관없다. 저 빌어먹을 요정을 지옥의 겁화에 확 집어 던져 한 줌 재로 만들어 버리리라!

어쩌다 보니 나무 그늘 뒤에서 그들의 말다툼을 엿듣게 된 아스카는 그 살벌한 분위기에 질렸는지 설레설레 고개를 흔들고 있었다.

"뭐야? 왜 저렇게 험악해? 내가 보기엔 저 남자의 말도 딱히 틀린 것 같지 않은데? 그렇게 심각한 문제가 터졌으면 일단 수습부터 해놓고 잘잘못은 나중에 따져도 늦지 않잖아. 에렐답지 않게 왜 저렇게 뾰족하게 구는 거지?"

[일의 처리 순서라던가, 사고 수습 자체에 불만이 있는 게 아니라 협조를 구하는 자의 태도에 불만이 있는 거다. 아쉬운 소리를 하러 온 놈 치고는 지나치게 고압적이라고 생각하지 않나?]

"하긴 도움을 청하러 왔다기보다 빚 받으러 온 사람처럼 보이네. 에렐은 죽어도 못 갚는다, 차라리 배 째라고 버티는 것 같고."

풍아는 쓴웃음을 지었다. 엉뚱했지만 정확한 눈썰미다. 드래곤이 빌려준 적도 없는 빚을 내놓으라고 윽박지르는 불량배라면, 소디스 퀸은 같이 죽는 한이 있어도 미운 놈 좋은 일은 못 시킨다는 고집쟁이라 할 수 있다.

"어쨌거나 저 남자 쪽이 잘못한 것 같으니까 일단 사과부터 하고 나면 대화에 좀 진전이 있지 않을까? 에렐도 그렇게 옹졸한 성격은 아니니까."

[소디스와 드래곤의 일이다. 인간인 네가 간섭할 수 없는 문제야. 그러니 우리들은 이쯤에서 돌아가도록 하지.]

아스카는 고개를 끄덕였다. 무슨 일인지 호기심도 생기고, 싸움을 중재해 주고 싶은 마음도 있지만 낄 데, 못 낄 데를 구분하지 못해서야 곤란하다. 게다가 오늘 자신은 초대받지 않은 불청객의 입장이 아닌가.

'얘기를 엿들었다는 것을 알면 에렐이 기분 나빠할지도 모르니 들키기 전에 빠져나가야겠다.'

덧붙여 방금 전에 들은 대화도 기억에서 삭제하기로 했다. 사이좋은 이웃이라도 서로의 사생활은 존중해 주어야 하지 않겠는가.

에렐이나 다른 소디스 요정의 눈에 띄지 않도록 쪼그려 앉은 자세 그대로 슬슬 뒷걸음질을 치고 있을 때였다. 에렐과 대치 중이던 사내가 '그럼, 할 수 없지'라고 말하는 것이 들려왔다. 그래서 아스카는 빚쟁이(?) 사내가 그만 포기하고 돌아가려는 줄 알았다.

"너는 말이 통하지 않으니, 다음 대의 소디스 퀸에게 기대해 보는 수밖에. 다음 대의 퀸은 너보다 말귀를 잘 알아듣길 바랄 뿐이야."

순간, 어서 내려가라고 재촉하던 풍아의 움직임이 멈췄다. 아스카는 저게 무슨 말이냐고 물으려다가 갑자기 피부를 자극하는 감각에 반사적으로 고개를 돌렸다.

마나 역장 한가운데, 정확하게는 검은 머리 사내를 중심으로 투명한 빛의 원이 생기는 것을 본 아스카는 자신의 눈을 의심했다. 하지만 착각이 아니었다. 그를 중심으로 어마어마한 양의 마나가 몰려들고 있었다. 이런 작은 산쯤은 몇 번이고 무너뜨리고도 남는 힘이다.

'9서클 공격 마법을 대여섯 번은 난사할 수 있을 정도의 마나량이야! 믿을 수 없어! 어떻게 저렇게 순식간에……?! 킬렌도 저렇게는 못하는데……. 아, 맞다. 인간이 아니라고 그랬지?'

엄청난 속도로 모여든 마나는 속성에 따라 분리되고, 다시 결합하면서 독특한 마나 구조를 형성하기 시작했다. 그 어떤 주문도 없었건만 마나 배열이 이루어지고 있는 것이다.

아스카는 마나의 연결 구조를 본 순간, 그것이 어떤 마법인지 단번에 알아차렸다.

'헬 파이어(Hell Fire)야!'

야단났다. 9서클 공격 마법 중에서 최고의 위력을 자랑한다는 헬 파이어를 얻어맞고 에렐이 무사할지도 걱정이지만, 저 마법이 여기 산마루에서 작렬하면 산이 그대로 폭삭 내려앉을지도 모른다. 그렇잖아도 요전에 줄리아가 사고를 쳐서 소디스 호수의 방어진이 망가진 상태가 아닌가.

뒷산이 내려앉으면 지척에 있는 카린 성인들 무사하겠는가. 그렇잖아도 대지진의 흔적을 보여주는 루브 협곡이 코앞에 버티고 있지 않던가.

아스카는 카린 성이 와르르 무너지고, 곡식이며 세간을 비롯한 온갖 것들이 루브 협곡으로 퐁당퐁당 떨어지는 상상을 하자 눈앞이 캄캄해지고 식은땀이 죽 흘렀다.

'안 돼! 절대로 안 돼!! 그것만은 막아야 해!'

그사이, 사내는 순식간에 마법을 완성하고 시동어를 외치고 있었다.

"헬 파이어!"

9서클 급 마법을 구체적인 주문이나 수인도 없이 저렇게 빨리 완성할 수 있다는 것이 믿기지 않았다. 하지만 한가하게 그런 것을 감탄하고 있을 시간이 없었다.

아스카는 재빨리 소디스 군락 한가운데로 달려가 에렐 앞을 막아섰다.

[뭐, 뭐야? 아스카?!]

그녀를 알아봤는지 에렐이 놀라 외치는 소리가 들려왔지만 지금은 인사나 주고받고 있을 때가 아니었다. 엄청난 속도로 헬 파이어가 다가오고 있었다.

마법을 모르는 사람의 눈에는 마법사가 중얼중얼하다가 시동어만 외치면 불이며 얼음이 튀어나오는 것처럼 보이지만, 마법은 눈에 보이지 않는 마나와 마나가 연결되어 이루어지는 것이다.

아무것도 없는 공간에서 갑자기 불이 펑 하고 튀어나오는 것이 아니라 화속성을 가진 마나를 모아 작은 불씨를 만들고, 풍속성을 가진 마나를 연결해 그 불을 키운다. 마나가 고리를 이루며 서로 영향을 주고받으면서 비로소 공기 중에 '발화'라는 형태로 나타나는 것이다.

그 마나의 연결 구조에 따라 서클도 정해지고, 위력도 달라지는 것이다. 물론 복잡하면 할수록 고위 서클이며 다루기도 어렵고, 위력도 강한 것이 일반적이다.

헬 파이어는 적어도 열두 가지 속성을 가진 마나에 마이너스 마나까지 결합해서 꼬리에 꼬리를 물고 돌아가는 엄청 복잡한 다층형 구조다. 그렇기 때문에 물 위에서도 꺼지지 않고, 얼음 위에서도 타오르며, 바람으로도 흩어놓지 못하고 오직 목표물이 한 줌 재로 변해야만 꺼지는 지독하게 집요한 불이 되는 것이다.

하지만 아스카는 자신을 향해 해일처럼 밀려오는 거대한 화염의 벽을 보고 있지 않았다. 그녀는 화염의 벽을 이루고 있는 마나 구조를 보고 있었다. 그녀의 입에서는 기다렸다는 듯 주문과도 같은 말이 터져 나왔다.

"ΣΘЖε! ЙЗШКД! ъΩЪЯ!……."

아스카의 뜬금없는 행동의 의미를 가장 먼저 알아챈 것은 헬 파이어의 시전자인 사내였다.

그는 나무 그늘에서 계집아이 하나가 튀어나왔을 때만 해도 별로 놀라지 않았다. 그곳에 누군가 숨어 있다는 것은 이미 알고 있었고, 요정의 영역을 자유롭게 들락거리는 것으로 보아 소디스 퀸이 총애하는 인간이라는 것도 눈치 챘다. 소디스 퀸이 위험해지자 뛰쳐나와 앞을 가로막는 것을 보고 같이 죽으려나 보다고 생각했다.

본인이 죽고 싶다는데 굳이 말릴 거 뭐 있겠는가. 타인의 의견을 존중한다기보다 귀찮은 것을 극도로 싫어하는 사내는 그렇게 생각했다.

하지만 그 쪼끄만 것은 소디스 퀸의 앞을 막아서자마자 고룡(古龍:에이션트 드래곤)만큼이나 정확한 발음으로 능수능란하게 고대어를 읊어대고 있었다. 이해할 수 없는 것은, 꼬맹이가 단어 하나를 말할 때마다 그 단어에 해당하는 헬 파이어의 주요 연결 부위의 마나가 이탈한다는 것이다.

이런 것을 누가 믿을 수 있겠는가? 고대어가 제아무리 마나에 영향력을 행사하는 말이라고 해도 그의 용언(龍言)에 비할 수야 없다. 헬 파이어의 시전자는 다름 아닌 자신이고, 그의 마나 지배력은 일족에서도 수위를 다툰다.

그런 그가 마나 연결을 끊은 것도 아니고, 계속해서 마나를 불어넣고 있는데 어떻게 마나가 그의 제어를 벗어나 이탈해 나갈 수 있단 말인가? 설마하니 저 쬐끄만 인간의 마나 지배력이 자신보다 위란 말인가?

하지만 그가 황당해하고 있는 와중에도 헬 파이어를 구성하고 있는 마나는 계속 연결이 끊어지고 있었다. 꼬맹이는 보일 리 없는 마나 구조를 환히 꿰뚫어 보는 것처럼 정확하게 맥을 끊으며 그의 헬 파이어를 난도질하고 있었다.

한편, 아스카는 죽을 지경이었다.

뭐 이렇게 빌어먹을 헬 파이어가 다 있단 말인가!

고위 마법일수록 마나의 연결은 상상할 수 없을 정도로 복잡해진다. 하지만 시전자인 마법사가 그 수많은 속성의 마나와 연결을 이루는 미세한 선 하나하나까지 통제한다는 것은 사실상 불가능하다.

아스카가 아는 한, 3만 6천 루나헤르티에(헬 파이어 시전에 필요한 마나량)나 되는 마나를 일일이 통제할 수 있을 정도로 정신력이 남아도는 마법사는 없었다. 고위 서클이란 마법사가 직접 마나를 통제하는 것이 아니라 마나 배열 속에서 마나와 마나가 서로를 통제하며 질서를 유지함으로써 이루어지는 것이다. 따라서 고위 서클로 갈수록 마법 자체의 안정성은 떨어질 수밖에 없다.

에렐의 앞을 막아설 때만 해도 아스카는 단순하게 생각했다.

헬 파이어를 해제한 적은 없지만, 헬 파이어는 여러 번 본 적 있다. 자신의 집에도 헬 파이어가 특기인 9서클 마스터 마법사가 있지 않던가 말이다. 그 구조와 위력, 약점까지도 속속들이 파악하고 있는 아스카였다. 게다가 마나 꼬시기는 그녀의 특기였다.

그래서 핵심적인 연결 부위 몇 군데만 건드리면 '고위 마법답게' 자신에게 오기 전에 알아서 불발이 될 거라고 확신했다. 그런데 이게 웬일이란 말인가?!

이 빌어먹을 헬 파이어는 고위 서클이라고는 믿을 수 없도록 단단한 연결 구조로, 치 떨리게 안정적으로 구성되어 있는 것이다. 핵심 부분의 마나를 이탈시키면 기다렸다는 듯이 대기하고 있던 마나가 와서 그 자리를 채운다. 되풀이해도 몇 번이나 그 반복이다.

이러다간 정말로 통구이가 되겠다는 위기의식을 느낀 아스카는 일단 속도를 담당하고 있는 외곽 날개의 풍속성 마나를 일제히 이탈시켰다. 그러자 정말 다행스럽게도 속도가 줄었다.

그 다음에는 지배력이 상대적으로 덜 미치는 외곽에서부터 하나하나 연결을 끊어나가는 수밖에 없었다. 헬 파이어를 이루고 있는 중요 마나 연결만 해도 300개가 넘는다. 고작 5, 6분 사이에 그걸 일일이 끊으려고 해보라. 그것도 발음이 꼬이기 십상인 고대어로.

필사적인 노력 덕분에 헬 파이어의 위력을 증폭시키는 핵심 마나 연결은 거의 다 끊어냈지만, 그래도 마법은 여전히 발동하고 있었다. 그녀는 핵만 남아서도 공중 분해되기는커녕, 목표물을 향해 잘도 굴러오는 끈질긴 마나와 그런 마법의 시전자인 사내를 욕했다.

아직도 끊어내야 할 마나 연결은 50여 개 가까이 남았는데 남은 시간이 없었다. 이제는 몸으로 때우는 수밖에 없다.

처음에 비해 엄청나게 줄어들긴 했지만, 2티렘 높이의 검붉은 불꽃 장벽이 아스카를 덮쳤다. 불길에 휩싸이는 순간 아스카는 반사적으로 눈을 감았고, 지켜보던 에렐은 비명을 질렀다.

[아스카!!!]

검붉은 불길이 뱀처럼 그녀를 휘감았다 사라졌다. 하지만 불길이 사그라진 다음에도 아스카는 재로 변하거나 통구이가 되지 않았다. 기껏해야 코트 모자 밖으로 빠져나온 머리카락이 열기 때문에 컬을 한 것처럼 오글오글해졌을 뿐, 그을린 데 하나 없이 멀쩡했다.

그녀는 정말이지 운도 좋았다. 그녀를 덮친 불길은 겉보기에는 위력적으로 보였어도 공격성 마나가 거의 다 이탈한 탓에 실제 위력은 파이어 볼 정도였던 것이다. 그리고 그 정도는 그녀가 입고 있는 코트의 방열 마법진이 충분히 보호해 줄 수 있는 수준이었다.

불길이 사라지자 아스카는 그 자리에 털썩 주저앉았다. 에렐이 날아와 다급하게 그녀의 이름을 불러댔지만 대답해 줄 기운도 없었다.

그녀는 코트에 방열 마법진을 그려준 킬렌과 이 정도로 철저하게 고대어를 주지시켜 준 어머니에게 새삼 감사했다. 그 빌어먹을 혀 꼬이는 말을 얼마나 미친 듯이 읊어댔는지 턱에 경련이 일어날 지경이다.

헬 파이어의 시전자인 검은 머리 사내, 세이프리아는 어이없는 얼굴로 아스카를 보고 있었다.

그는 헬 파이어를 연속해서 날리거나 더 고 서클의 공격 마법을 동원할 수도 있었다. 그의 헬 파이어를 막아선 것이 저 쬐끄만 인간 계집애가 아니고, 그것이 그렇게 황당하고 어이없이 해제되지만 않았어도 그렇게 했을 것이다.

드래곤인 그가 시전한 마법에 간섭해서 강제로 마나를 이탈시키다니, 그런 짓을 대체 누가 할 수 있겠는가? 그것도 그의 마나 지배력이 생생하게 살아 있는 공간에서.

게다가 그 믿을 수 없는 짓을 저지른 장본인은 드래곤이나 엘프도 아닌 인간이며, 마나홀(Mana Hall:마나를 모아두는 신체 기관)을 단련한 흔적도 없다. 심장에도 서클이 없는 것을 보면 마법사도 아닌 듯하다.

그렇다면 마법사도 아니고 마나를 단련한 적도 없는 인간이 그의 헬 파이어를 해제했다는 말인가? 도무지 말이 되지 않는다. 하지만 그 말이 되지 않는 일을 방금 자신이 당한 것이다.

증거물이 바로 눈앞에 있다. 계집아이는 그의 헬 파이어에 정통으로 얻어맞고도 화상은커녕 그을음 하나 없이 멀쩡한 상태였다.

그는 뚜벅뚜벅 걸어가 어깨로 숨을 몰아쉬고 있는 계집아이의 고개를 강제로 들어올리고 목을 움켜쥐었다.

"뭐냐, 넌?"

아스카는 내심 한숨을 내쉬었다. 아무래도 마가 낀 것 같다. 그렇지 않고서야 뒷산에 놀러 왔다가 헬 파이어에 얻어맞아 통구이가 될 뻔한 걸로 모자라 목까지 졸릴 리가 없다.

샤펜 부인이 즐겨보는 카드점 식으로 하자면, 오늘 자신의 운세는 '엎친 데 덮친 격. 드래곤 싸움에 와이번 날개 찢어지는 격이다. 남의 빚쟁이가 난데없이 내 목 조르는 격이니 외출을 삼가고 싸움판을 멀리하라' 정도가 나오지 않으려나?

[그 손, 놓지 못해? 감히 누구 목에 손을 대는 거야?!]

에렐은 목을 졸린 당사자보다 더 즉각적으로 반응하며 앙칼지게 쏘아붙였다. 하지만 그런다고 손을 풀 사내가 아니었다. 그의 손톱이 시위라도 하듯 여린 살을 파고들며 상처를 내자 에렐은 화들짝 놀랐다. 이러다가 저 가녀린 목이 정말로 부러져 버릴 것만 같다.

[그만 해! 그만 하라고!! 협조든 뭐든 네놈이 원하는 대로 해줄 테니까 그 손을 풀어줘!!]

소디스 퀸의 무조건 항복 선언이었다. 하지만 그의 관심은 차원의 벽 균열 수리에서 눈앞의 괴상한 인간에게로 옮겨간 지 오래였다.

그는 목을 잡고 있는 손을 풀지 않고 같은 질문을 되풀이했다.

"넌 뭐냐?"

아스카와 그의 눈이 마주쳤다. 그로 인해 아스카는 난생처음 보는 '드래곤'이라는 생물을 아주 가까운 거리에서 관찰할 기회를 얻었다.

아무렇게나 늘어뜨리고 있는 검은 머리는 투명한 광택마저 감도는 것이 마치 극상의 비단결 같다. 검은 머리와 대비되어 더욱 하얗게 보이는 얼굴은 현실감이 사라질 정도로 아름답다. 하지만 그 아름다운 사내의 모습 뒤로 꿈인 듯 환상인 듯 거대한 괴수의 실루엣이 보인다. 무시무시한 뿔과 거대한 두 장의 날개, 검은 비늘로 뒤덮인 모습이다.

괴수의 검은 눈이 아스카의 눈과 마주쳤다. 빛도 스며들지 못할 것 같은 검고 검은 눈동자에는 인간의 것과는 다른 길고 가느다란 금빛 세로 홍채가 나 있다.

눈동자에 드러난 것은 색다른 것에 대한 흥미, 켜켜이 쌓인 권태, 광기에 가까운 광포함 등이다. 하지만 아스카는 이 괴수가 겉보기와는 전혀 다른 존재라는 것을 알았다. 그에게서 단지 읽는 것만으로도 정신이 아득해질 정도로 기나긴 세월의 흔적을 느낀 탓이다. 그는 그 속에서도 휩쓸리거나 뒤틀리는 일 없이 오연히 버티고 서 있었다. 아스카 자신이라면, 인간이라면 그럴 수 없을 것이기에 감탄했다. 더불어 드래곤의 삶이란 그다지 재미없는 것 같다고 생각했다.

아스카는 눈앞에서 흔들리고 있는 남자의 머리카락을 한 줌 잡아 촉감을 시험하듯 볼에 비벼보고는 씩 웃었다.

"이 머리카락도 괜찮지만 개인적으로는 검은 비늘 쪽이 더 맘에 드는걸? 예뻤어."

이 정도의 말은 해도 되겠지, 하고 생각했다. 그녀가 드래곤의 실루엣을 볼 수 있었던 것은 사내가 그것을 볼 수 있도록 허락해 주었기 때문이다. 자신이 엿봤다는 것을 상대가 아는데 굳이 숨길 것 있겠냐고 생각했다. 하지만 사내는 황당한 일을 당한 것처럼 눈을 크게 떴다.

"뭐냐고 물었다!"

거친 목소리에 당혹스런 감정이 실렸다. 아스카는 손을 들어 한쪽 방향을 가리켰다. 산의 동남쪽, 바로 카린 성이 있는 방향이다.

"저기가 우리 집이거든?"

"그런데?"

"여기는 지반이 약해. 헬 파이어 같은 고위 마법을 난사하면 산이 폭삭 내려앉을지도 모르거든?"

"그래서?"

사내의 눈빛은 차갑다. 누구냐고 물었는데 왜 계속 딴소리냐고 말하는 듯하다. 아스카는 한숨을 내쉬었다. 자신이 이렇게까지 말했는데도 못 알아듣는단 말인가?

"나는 당신이 누군지, 에렐과 무슨 사인지도 묻지 않을 테니까 싸우려면 제발 딴 데 가서 해주지 않을래? 갚아야 할 빚도 있는데 집까지 폭삭 내려앉으면 정말 곤란하거든."

사내는 미간을 살짝 찌푸렸다. 그 눈빛이 '맹랑하군!' 하고 말하는 듯했다.

이 시건방진 꼬맹이는 자신의 처지를 제대로 알고 있기나 한 걸까? 특별히 다른 힘을 동원하지 않아도 그의 악력이라면 이런 가느다란 목 하나둘쯤 꺾는 것은 아무것도 아니다. 그걸 아는지 모르는지 그를 응시하는 짙푸른 눈동자에는 전혀 겁먹은 기색이 없었다. 게다가 곁에서 안절부절못하는 소디스 퀸과는 달리, 목을 잡힌 장본인 쪽은 손을 풀어달라는 말도 없이 태연하기만 하다.

그 초연함이 어쩐지 마음에 들지 않아서 그는 목을 잡은 손을 그대로 꺾어버릴까 하고 생각했다. 날카로운 칼날 같은 바람이 그를 향해 불어온 것은 바로 그때였다.

[그만 하지 그래? 드래곤이라도 카린의 목을 함부로 꺾어버릴 수는 없을 텐데? 지금처럼 '빚' 을 지고 있는 상황이라면 더 더욱.]

아스카가 튀어나왔던 나무 그늘 쪽에서 독특한 가로 줄무늬를 가진 거대한 체구의 흰 호랑이가 어슬렁거리며 나타났다. 호랑이를 알아본 그는 눈을 가늘게 떴다.

"렉시언(바람의 의지라는 뜻으로 풍아를 이르는 말)? 네놈은 여기서 뭘 하는 거지?"

[일단 주인의 목숨을 구하기 위해 노력하는 중이라고 할까?]

아스카는 입을 삐죽거렸다. 헬 파이어에 통구이가 될 뻔했을 때도 모른 척하고, 목을 들어 잡혔을 때도 보고만 있어놓고 뒤늦게 어슬렁거리며 나와 저런 말이라니, 정말 뻔뻔스럽다.

[그나저나 그 목 꺾어버릴 건가? 케이람이 좋아하지 않을 텐데? 맹약은 아직 이어지고 있으니 말이야.]

호랑이는 그가 잡고 있는 목을 꺾어버리든 말든 상관없다는 투로 가볍게 말했지만, 사내는 아이스블루의 호안(虎眼) 깊숙이 스치는 살기를 놓치지 않았다. 이 이상 손에 힘을 준다면 소리없이 날아온 바람의 칼날에 손목이 날아갈 것이다. 물론 자신 역시 당하고만 있지는 않겠지만.

바람을 자유자재로 다루는 저 빌어먹을 괴수가 가진 가장 큰 장점은 역시 스피드. 둘의 거리는 불과 1티렘 남짓. 거리를 좁히는 데는 한 호흡도 채 걸리지 않을 것이다. 본체로 돌아갈 것이 아니라면 근거리를 허용하는 것은 위험하다. 거리를 벌리고 한 점 집중 방식으로 파괴력이 강한 마법을 난사해야 한다.

그는 상대의 살기에 반응해 몸속의 피가 일제히 끓어오르고, 세포

하나하나까지 깨어나는 것을 느꼈다. 만만치 않은 상대임을 머리보다 몸이 먼저 아는 것이다.
 그들은 눈으로 소리없는 대화를 주고받았다.
 '2천 년 전에 못다 한 결판을 지금 내기로 할까? 이번엔 어느 한쪽이 거꾸러질 때까지.'
 '나쁠 것 없겠지.'
 둘은 점차로 노려보고 있는 상대 이외의 모든 것을 잊었다. 그렇게 일촉즉발의 긴장감이 고조되고 있을 때였다. 누구도 예상치 못한 일이 벌어졌다.
 갑자기 '퍽' 하는 둔탁한 소리와 함께 사내의 고개가 휙 돌아갔다. 둘 사이의 분위기가 심상치 않음을 눈치 챈 아스카가 그의 머리를 후려갈겨 버린 것이다.
 "보자 보자 하니까 정말!! 내가 말했잖아. 여기서 싸우는 것은 안 된다고! 왜 부실한 우리 집을 무너뜨리지 못해 야단인 거야? 그렇게 싸우고 싶으면 우리 집에 아무 영향을 미치지 않는 시클라멘 사막(서대륙 최남단에 위치한 사막)에나 가서 싸우라고! 안 말릴 테니!!"
 싸한 침묵이 내려앉았다.
 방심하고 있다가 쥐방울만 한 꼬마 계집애에게 손바닥도 아니고 주먹으로 얻어맞아 고개가 돌아간 사내에게서는 시커먼 살기가 유형화되어 줄기줄기 뻗어 나오는 듯했다. 그 살벌한 기세에 소디스 퀸은 꿀꺽 침을 삼켰고, 풍아는 내심 혀를 찼다.
 겁이 없는 건지 간이 부은 건지. 아무리 손 닿는 곳에 있었다고 해도, 어떻게 그 상황에서 저놈의 머리를 후려칠 생각을 할 수 있단 말인가. 그것도 목까지 졸리고 있던 녀석이.

천천히 고개를 돌려 아스카를 노려보는 사내의 눈은 검붉은색 불꽃 같았다.

"무슨 짓이냐?"

"싸우지 말라고."

에렐은 이가 마찰하면서 나는 섬뜩한 소리를 들은 것 같았다.

"그것뿐이냐?"

"응."

동요하는 기색이라고는 없는 짧은 단답형의 대답이 화를 부채질했다. 그는 당장이라도 목을 꺾어버릴 듯한 기세로 손에 힘을 주었다. 놀란 에렐이 비명을 지르고, 풍아가 그의 행동을 저지하기 위해 막 덤벼들었을 그때였다.

그의 손끝에서 '파직' 하고 불꽃이 튀더니, 무색투명한 불꽃이 아지랑이처럼 일어났다. 그는 소디스 퀸이 수작을 부리는 거라고 생각하고 코웃음을 쳤다. 이깟 불쯤이야 마나를 일으키기만 해도 끌 수 있다고 믿었다.

"소화(消火)!"

하지만 불이 꺼질 것을 명령하는 그의 의지와 용언에도 마나가 반응하지 않았다. 그가 이 산에 와서 두 번째로 당하는 황당한 일이었다. 눈을 크게 뜨고 불꽃을 살핀 그는 뒤늦게 그것이 요정의 발화 마법 따위가 아니라는 것을 깨달았다.

그의 눈이 틀리지 않았다면 이것은 마나 카운터(Mana Counter:마나에 두고 맹세한 서약이나 조건의 위배 시에 따르는 마나 보복)다!

그는 즉시 아스카의 목에서 손을 뗐다. 그러자 불꽃은 언제 그랬냐는 듯 사라졌지만, 그의 손에는 화상과 비슷한 상처가 남았다.

그는 믿을 수 없다는 눈으로 아스카를 바라보았다. 저 꼬맹이가 대체 무엇이기에 마나가 자신을 향해 이빨을 드러낸단 말인가?

"너, 대체 뭐냐?"

아스카는 잡혀 있던 목이 결린다는 듯 오른쪽, 왼쪽으로 꺾어보고 있는 중이었다.

"계속 내가 뭐냐고 묻는데, 그렇게 물으면 뭐라고 대답해야 할지 참 난감하네. 이름을 묻는 거라면, 아스카 라피스라즐리 렌드 카린. 나이 13세, 성별 여자, 종족은 인간. 이 정도면 대답이 될까?"

그는 아스카의 자기소개 중에서 걸리는 부분을 발견했다.

"렌드 카린? 네가 카린 4대라고?"

아스카는 그가 자신의 일족을 알고 있다는 것이 조금 의외였지만 순순히 고개를 끄덕였다. 그러자 그는 눈을 더 크게 뜨고 이번에는 풍아를 돌아본다. 저 말이 사실이냐는 듯이.

[내가 처음부터 그렇다고 말했을 텐데? 케이람과 맹약으로 얽힌 인간이 달리 있을 리가 없잖아. 게다가 '주인'이 아니라면 내가 무엇 때문에 네놈과 한판 뜨면서까지 보호하려고 하겠냐?]

그러고 보니 녀석이 케이람과 맹약 운운하는 얘기를 했던 기억이 난다. 하지만 흘려들었다. 당시에 중요한 것은 저 바람의 괴수와 한판 뜨는 것이었지, 잘 알지도 못하고 관심도 없는 남의 맹약 따위가 아니었기 때문이다.

누가 맹약을 맺든, 심장(드래곤하트)을 빼주든 알 바 아니지만 상대가 '카린 4대'라면 얘기가 다르다. 자신 역시 무관하다고 할 수 없기 때문이다.

아스카를 찬찬히 훑어본 그는 고개를 저었다. 자신이 둔해서 미처 못 알아본 것이 아니었다. 증조부인 메사하르, 조부인 아르윈을 닮지 않은 것은 그럴 수도 있다고 치자. 하지만 눈앞의 꼬맹이는 아버지인 로사드조차도 닮지 않았지 않은가! 이래서야 첫눈에 두 사람이 혈연관계라는 것을 알아보라는 편이 무리다.

추궁하듯 호랑이를 노려보자 녀석은 고개를 홱 돌려 버린다. 로사드와 아스카 부녀가 닮지 않은 것은 자신의 책임이 아니라는 듯이.

세이프리아는 낮게 혀를 찼다. 불만은 그것뿐만이 아니다. 왜 하필 계집아이란 말인가? 그는 4대가 계집이라는 얘기를 그 어디에서도 들은 적이 없다.

"카린의 가계에는 계집아이가 태어나지 않는 걸로 알고 있는데?"

"지금 내 성별을 트집 잡는 거야? 나라고 좋아서 이 험한 세상에 여자애로 태어난 게 아니라고. 불평을 하려거든 나의 엄마, 아빠에게나 해. 뭐, 지금은 두 사람 모두 이 세상 사람이 아니긴 하지만."

"이 아이가 카린 3대와 피로 이어져 있는 것이 확실한가?"

호랑이를 향해 묻자, 녀석은 당연하다는 듯이 고개를 끄덕인다.

[알고 있을 텐데? 카린의 이름은 피로서만 이어지는 것. 카린의 3대와 4대는 피와 의지로서 이어져 있다.]

"뭐야? 내가 아빠의 친딸이냐고 물은 거야? 초면에 가릴 것 없이 엄청 무례하네, 당신."

아스카는 어이없다는 듯 웃었다. 짙푸른 눈동자가 웃음기로 빛나자 그 속에 은빛 반점이 나타나 별처럼 반짝인다. 달리 닮은 구석이 전혀 없음에도 그 짙푸른 눈만은 그녀가 카린의 피를 타고났음을 웅변적으로 말해주고 있었다.

그 순간, 세이프리아는 눈앞의 꼬맹이와 꼭 닮은 눈의 사내를 떠올리고 있었다. 트릴의 심장을 대가로 드래곤인 그를 상대로 겁없이 존재의 약속을 요구했던 건방진 사내를.

'어려움은 별로 없을 겁니다. 대담하고 의지가 강한 편이긴 하지만 위험을 향해 무턱대고 돌진하는 무모한 성격도 아니니까요. 제 요구가 그리 무리한 거라고는 생각지 않습니다만? 당신에게 내 자식의 후견인이 되어달라는 것도 아닌데요. 그저 만약을 대비한 조치일 뿐입니다. 미래라는 것은 한 치 앞을 알 수 없는 것이니까요. 어린 자식을 두고 가는 부모의 노파심이라고 해두지요.'

"어려움은 별로 없을 거라고?"

그는 흉터가 남은 손등을 물끄러미 내려다보다 쓰게 웃었다. 아무래도 그 영악한 사내에게 당한 것 같다.

저 꼬맹이가 정말 카린 4대라면, 어째서 마나 카운터가 돌아왔는지는 분명하다. 존재를 걸고 무조건적인 보호를 약속한 대상에게 살기를 드러냈으니 그렇겠지. 작은 화상 정도로 그친 것은 운이 좋았던 것이다. 까딱 잘못했으면 마나가 역류해서 죽지도 살지도 못하게 될 뻔했다.

"무모한 성격이 아니라고?"

세이프리아는 코웃음을 쳤다. 드래곤이 시전한 헬 파이어 앞으로 달려나오는 것이 무모하지 않다면 대체 어떤 것을 무모하다고 한단 말인가? 게다가 저 꼬맹이는 그의 본모습을 꿰뚫어 보고도 눈 하나 까딱하지 않고 오히려 비늘이 맘에 든다느니 하면서 수작까지 걸었다.

녀석은 인간의 미추에 무감각한 그의 눈에도 확연히 들어올 정도의 미모의 소유자다. 게다가 저 성격에 배짱, 자신의 헬 파이어를 해제했던 기이한 능력까지. 깊게 생각해 보지 않아도 녀석은 가는 곳마다 파란을 일으킬 소지가 다분해 보인다. 그것이 좋은 의미든, 나쁜 의미든 말이다.

순간의 방심으로 인한 결과가 저 녀석의 뒤치다꺼리라니. 세이프리아는 낮게 욕설을 내뱉었다. 그나마 저 꼬맹이의 보모(맹약자)가 자신이 아니라는 것이 최소한의 위안이다.

"케이람은? 그는 이 사실을 아나?"

자신의 새로운 맹약자가 저런 괴상한 꼬마 계집아이라는 것을 알고 있냐는 말이었다. 호랑이는 말이 없었지만, 세이프리아는 녀석의 눈에서 기대했던 대로 부정의 답을 읽었다.

"큭. 이것 참, 유쾌하군 그래."

정직한 감상이었다. 언젠가는 저 꼬맹이가 일으킨 소동에 휘말려 드래곤이 단체로 덤터기를 쓰는 날이 올지도 모르지만, 일단은 앙숙에게 닥친 불행부터 즐기고 볼 일 아니겠는가.

세이프리아는 심연처럼 깊고 어두운 검은 눈을 웃음기로 빛내다가 무슨 생각을 했는지 아스카의 어깨를 홱 끌어당겼다. 한 손으로 흘러내린 은발을 걷어내자, 눈처럼 새하얀 이마가 드러났다. 그는 그 이마 한가운데를 손톱으로 긁어 일정한 문양을 만들어냈다.

세이프리아. 바로 자신을 의미하는 문장이다.

예리한 손톱에 상처난 이마 위로 자신의 피를 두어 방울 떨어뜨리자 그의 피와 아스카의 피가 섞여들었다. 그러자 예정된 약속에 따라 마나가 반응하며 문장이 살아 있는 것처럼 황금빛으로 일렁였다.

그가 마나에 두고 맹세한 존재의 약속. 그 최종 승인이 이루어진 것이다.

[이, 이게 무슨 짓이야?! 드래곤의 낙인 따윌 새기다니! 이 흉한 것을

당장 못 지워?]

에렐은 뒤늦게 아스카의 이마에 새겨진 문장을 확인하고 이를 갈았다. 그의 행동이 워낙 돌발적인 데다가 순식간에 이루어졌기 때문에 막을 사이도 없었다.

"지울 수는 없다. 하지만 육신에 남은 흔적이라면 곧 사라질 거야."

[이건 무슨 의미지?]

풍아의 반응은 에렐보다 훨씬 담담했다. 그가 세이프리아의 행동을 막지 않은 것은 이 드래곤이 쓸데없는 짓을 하지 않는다는 것을 잘 알기 때문이다.

"별다른 의미는 없다. 그저 표식일 뿐. 나중에라도 표식이 없어 알아보지 못했다고 발뺌하는 놈이 나오면 귀찮으니까."

세이프리아는 아스카를 내려다보았다. 이 겁없는 꼬맹이는 자신의 이마에 난데없이 마나가 새겨지는 일을 겪고도 당황한 기색도 없이 호기심으로 눈을 빛내고 있을 뿐이다.

"놀라지도 않는군."

"헬 파이어에 통구이가 될 뻔하고 목까지 졸린 마당이야. 이마에 그림 좀 그렸다고 새삼 놀라야 하나? 느낌으로 봐선 저주문 같은 것도 아닌 것 같던데?"

그는 혀를 찼다. 무모한 데다가 무방비하기까지. 정말 손이 많이 가는 녀석이다. 본의는 아니지만 이 꼬맹이의 전담 보모라 할 수 있는 바람의 괴수와 보모 예정인 케이람을 동정하게 된다. 부디 자신에게는 불똥이 튀지 않기를 바라는 마음뿐이다.

"너는 경계심과 분별력을 키울 필요가 있어 보이는군. 목숨이 아깝거든 남의 분란에 함부로 끼어들지 마라. 그 정도만 해도 네가 겪을 위험은 반으로 줄 거다."

"뭐야, 그거?"

"미래의 귀찮음을 모면하기 위한 충고라고 해두지."

그러자 아스카는 피식 웃었다.

"그래? 그렇담 나도 한마디 하지. 부탁을 하러 왔으면 일단 그 뻣뻣한 허리부터 어떻게 해. 그러면 수고는 반으로 주는 대신에, 협상 성공률은 지금의 두 배쯤 높아질 거야."

세이프리아는 헛웃음이 나올 뻔했다. 드래곤인 자신에게 감히 '충고'를 하는 인간이라니!

하지만 이상하게도 그 건방진 말에 화가 나지 않는다. 빈정거림 같은 게 아니라 진심이라고 느껴지기 때문일까? 어쨌거나 그 덕분에 잊고 있던 중요한 용건이 생각났다.

"그럼 소디스 퀸, 에렐리스 프레이야. 겨울이 끝나는 날 에메룬드에서 다시 보기로 하지."

[뭐? 무슨 헛소리야?!]

"저 꼬맹이의 목을 내 손에서 해방시켜 주는 대가로 차원의 벽 균열 수리에 협조하기로 했을 텐데? 자신의 입으로 말해놓고 벌써 잊었다고 할 셈인가?"

자의로 아스카의 목을 풀어준 것도 아니면서, 어떻게든 생긴 기회는 절대로 놓치지 않는 세이프리아였다. 에렐은 이를 갈았지만 그 비슷한 말을 한 것은 사실인 데다가 증인까지 있는 마당이므로 반박할 수가 없었다.

말꼬투리 하나도 놓치지 않고 얽어매는 수단에 감탄한 아스카는 이 드래곤이라면 굳이 허리를 굽히지 않아도 협상 성공률은 결코 낮지 않을 거라고 인정할 수밖에 없었다. 문제라면, 협상 성공률이 높아질수록 칼 맞을 확률도 급상승한다는 정도일까.

에렐의 입에서 마지못한 수락의 말이 떨어지자 그의 눈이 아스카를 향했다. 자못 의기양양하게, 어디 봤냐는 듯이. 아스카는 자신도 모르게 웃음을 삼켰다. 이 드래곤, 의외로 귀여운 구석이 있다.

"그럼 렉시언, 그리고 꼬맹이 넌 가능하면 영영 보지 말기로 하자."

"무슨 인사가 그래? 당신은 미남이고 좀 괴팍하지만 재미있는 구석도 있으니까 난 또 만났으면 좋겠는데?"

"절대로 사양이다. 우연히 만나더라도 아는 척하지 말도록."

매정하게 말을 자른 그는 미련없이 돌아서 가버렸다. 멀어져 가는 그의 등 뒤로 배웅이라도 하듯 바람에 부서진 세이프리아 꽃잎이 눈처럼 흩날리고 있었다.

카린의 4대 수장, 아스카 라피스라즐리 렌드 카린과 당대의 드래곤 로드, 세이프리아와의 기념할 만한 첫 만남이었지만 이들의 우연한 만남이 어떤 미래로 이어질지 예측한 이는 아무도 없었다.

Chapter 3
추적의 끝

드칸 산자락의 한쪽 끝, 엘프의 숲에서 남동쪽으로 4티온 정도 떨어진 산길에 난데없이 거친 바람이 휘몰아쳤다. 자연적인 바람이 아닌 마나의 유동에 따른 현상이다.

바람은 소용돌이치듯 원을 그리며 바깥쪽으로 퍼져 나갔다. 원의 안쪽에는 글인지 그림인지 알 수 없는 기하학적인 문양들이 살아 있는 것처럼 금빛으로 일렁이고 있었다.

흐릿했던 문양들이 점차로 선명해짐에 따라 마나가 요동쳤고, 바람이 비명을 질렀다.

어느 한순간, 원에서는 눈부신 빛이 뿜어져 나왔다. 눈이 멀 것 같은 강렬한 빛이 주변 숲을 덮침과 동시에 빛의 진원지에서는 네 개의 사람 그림자가 나타났다.

"아아, 젠장! 이제 워프도 지겨워!"

눈부신 빛이 가라앉자마자 갑자기 나타난 네 명의 인간 중에 검은 머리를 가진 거구의 사내가 목을 이리저리 꺾으며 투덜댔다. 그러자 검은 로브를 머리까지 뒤집어쓴 사내가 신경질적으로 쏘아붙인다.

"시끄러! 배부른 소리 하지 마!"

검은 로브의 사내가 휘청거리는 걸음으로 발을 떼어놓자, 검은 머리 사내는 재빨리 그의 어깨를 붙잡으며 부축했다.

"어이, 괜찮아? 클로드."

사내는 몇 걸음 못 가 주저앉으며 어깨로 숨을 몰아쉬었다. 로브 안 쪽으로 보이는 얼굴은 핏기 한 점 없이 창백하다.

"이 빌어먹을 곳! 정말이지 지긋지긋하군. 무슨 놈의 마나가 이렇게 제어가 안 돼? 고작 5티온도 안 되는 거리를 이동하면서 목숨을 걸어보긴 또 처음이네."

"그러기에 내가 워프 스크롤을 쓰자고 했잖아. 웬 고집이야? 마법사 라면 몸을 아낄 줄 알아야지."

검은 머리 사내는 친구가 걱정되어 한 말이지만, 검은 로브의 사내 는 그 말에 한층 부아가 치민 모양이다. 그는 부축해 주는 손을 뿌리치 고 사내의 정강이를 걸어찼다.

"아얏!! 이런, 썩을! 뭔 짓이야, 클로드?!"

"이 미련 곰탱이 같은 놈아, 제발 생각 좀 하고 살아라! 스크롤은 이 제 네 개밖에 없고, 그중에서도 워프 스크롤은 하나뿐이야!"

"그거 쓰면 될 거 아냐?"

"돌아갈 땐 어쩔 건데?"

"걸어가면 되지. 이젠 길도 대충 알았겠다, 무슨 걱정이람? 아참, 너는 산길 걷는 거 딱 질색이랬지? 걱정 마라. 체력 떨어지면 내가 업어

줄 테니. 아무리 미운 놈이지만, 너 버리고야 가겠냐."

푸헤헤헤! 하고 웃다가 광분한 클로드에게 얻어맞고 있는 렉을 보고 에릭은 혀를 찼다. 매를 번다고밖에 말할 수 없다.

"나가 죽어라, 이 돌탱아!! 네놈의 그 돌머리엔 추격에 대한 것은 없냐? 놈들이 엘프 마을이나 유니콘 서식지에서 벌어졌던 일을 파악하는 대로 벌 떼처럼 쏟아져 나올 텐데, 그때도 한가하게 걸어갈 테냐? 놈들의 안마당인 이곳에서, 놈들의 눈을 피해 숨어가면서?"

"아, 씨! 그만 좀 때려! 숨어서 도망 다닐 필요가 뭐가 있어? 열받아 달려나온 놈, 몇 놈 때려잡고 눈치 봐서 그럴싸한 인질을 잡으면 편하게 내려갈 수 있을 텐데. 아, 걱정 마. 너보고 인질 잡으라고는 안 할 테니까. 나나 저 얼음탱이 놈이 잡으면 되겠지."

턱으로 에드윈을 가리키며 태연하게 지껄이는 렉을 보고 클로드는 발길질을 하다 말고 동작을 딱 멈췄다. 그는 어이가 없다는 듯이 렉을 바라보았다.

"만약에 인질을 잡는 데 실패하거나 인질을 잡았어도 저들이 인질 따윈 죽거나 말거나 나 몰라라 하고 덤벼들면 어쩔 건데?"

"그때는 네가 힘 좀 쓰면 되겠지. 너, 5서클 마스터잖아. 이동 마법 정도는 눈 감고도 한다고 그러지 않았냐?"

'빠득!' 하고 섬뜩한 소리가 들리는가 싶더니, 잠시 멈췄던 클로드의 발이 사정없이 렉의 몸에 틀어박혔다.

"죽어라, 이 멍청한 놈!! 내가 이곳은 마나가 불안정해서 초보적인 마법도 두 배 이상 힘들다고 한 소리 들었냐, 못 들었냐? 방금 전에도 고작 5티온을 이동하고도 녹초가 되는 걸 못 봤냐고!! 그런데 뭐가 어째? 정신 집중을 잘해도 위험한 워프를, 추격자들에게 쫓기면서 하라고?! 내가 마법의 신인 줄 아냐?!!"

두들겨 맞고 있는 렉을 보며 에릭은 고개를 설레설레 저었다.

렉을 보고 있으면 맞아도 싸다는 생각이 절로 든다. 그렇지 않아도 신경이 날카로워져 있는 클로드에게 저런 눈치없는 소리를 하다니, 매를 버는 게 아니고 뭐란 말인가.

클로드가 만약을 대비해 최대한 마나를 아끼고 있는 중이 아니었다면 벌써 파이어 볼쯤은 얻어맞았으리라. 에릭은 클로드를 말리지 않았다. 어차피 마법사의 연약한 손으로 저 근육덩치를 때려봐야 아프기나 하겠는가.

"클로드, 여기서 쉬고 갈 생각인가?"

툭탁거리고 있는 두 사람을 무표정하게 바라보고 있던 백발의 사내가 물었다. 그러자 클로드는 렉을 걷어차는 것을 멈추고 고개를 돌려 그를 바라보았다.

"드워프의 광산은 미로라더군. 정보가 없어서 말이야. 이대로 기습하기는 아무래도 무리겠지. 우리들에 대한 소문이 이미 퍼져 있는지도 모르고."

백발의 사내 에드윈은 '소문'이라는 말에, 금빛의 나비 날개를 가진 요정과 자신의 눈앞에서 갑자기 사라져 버린 엘프를 떠올렸다. 그러자 그의 생각을 읽기라도 한 것처럼 클로드가 말했다.

"너희들이 말했던 그 엘프, 유니콘 쪽에는 없었어. 그쪽으로 가지 않았다면 다른 이종족에게 갔거나 '그들'에게 갔겠지. 어느 쪽이든 우리들의 행적이 아직까지 드러나지 않았을 거라고 보는 것은 지나치게 낙관적인 생각이야."

"그렇다면 왜 반응이 없지? 혹시나 있을지도 모르는 적의 추격을 따돌리기 위해서 납치한 이종족들을 수레에 실어 다른 길로 보냈지만, 이쪽이고 저쪽이고 따라오는 놈들이 없잖아. 아직 모르는 거 아냐?"

"아니, 추격은 시작됐다."

에드윈의 단정적인 말에 모두의 시선이 그를 향했다. 놀란 눈에 약간의 의구심을 담고.

"그렇게 단정 지을 때는 이유가 있겠지? 뭔가를 발견하기라도 한 거야?"

"아니, 눈에 보이는 것은 아니다."

"그러면?"

클로드가 심각한 어조로 재촉하자 에드윈은 미간을 찌푸렸다. 그는 자신이 느끼는 것을 어떻게 설명해야 할지 알 수 없었다.

"뭔가가 감각에 걸려든다. 일정한 거리 밖에서."

"그 일정한 거리라는 것은 정확하게 어느 정도야?"

에드윈은 머릿속으로 거리를 가늠해 보다가 대답했다.

"8백 티렘에서 1티온. 떨쳐 내려고 하면 거리를 좁혔다가 이쪽에서 다가가려고 하면 기척이 사라진다. 물러간 건가 하고 생각하고 있으면 다시 1티온 밖에서 느껴지지."

"뭐야, 그게?"

"나도 알 수 없다. 그냥 느껴지는 대로 말하는 것뿐이니까."

클로드는 미간을 찌푸리고 생각에 잠겼다. 렉의 얼굴은 한껏 구겨져 있다.

그동안 렉은 아무것도 느끼지 못했던 것이다. 사실, 그가 감각으로 잡아낼 수 있는 범위는 반경 5백 티렘 정도가 한계다. 그것도 상당히 넓은 편이라고 생각해 왔지만 눈앞의 녀석은 그 배 이상은 되지 않는

가. 같은 검사로서 자존심이 상했다.

에릭은 렉과 에드윈의 눈치를 보다가 머뭇거리며 물었다.

"그… 저, 있잖아, 몬스터의 기척을 착각했을 가능성은 없어?"

에릭의 질문은 '네가 착각한 거 아냐?' 라는 말을 온건하게 돌려서 표현한 것이다. 검사에게 있어 예민한 화제라는 것을 알고 있기 때문이다.

에드윈은 에릭을 힐끗 보더니 고개를 저었다.

"몬스터는 아니다. 살기도 없고 적의도 없다. 단지 시선 같은 것이 느껴질 뿐이다."

"뭐야, 그게?"

"나도 모르겠다. 처음에는 그들이라고 생각했지만… 그렇다면 왜 우리가 하는 짓을 보고도 덤벼들지 않는 걸까?"

에드윈의 말에서 뜻밖의 사실을 읽어낸 클로드는 고개를 번쩍 들었다.

"자, 잠깐!! '우리가 하는 짓을 보고도' 라니?! 그게 무슨 말이야? 그 시선인가 하는 것이 우리들이 이종족을 납치하는 것을 다 보고 있었단 말이야? 엘프 마을에서부터 줄곧?"

"엘프 마을에서는……."

에드윈은 곰곰이 생각해 보다가 고개를 저었다.

"없었다. 하지만 유니콘을 습격할 때는 분명히 그 시선을 느꼈어."

모두들 입을 딱 벌렸다. 그들이 하고 있는 일을 누군가 지켜보고 있었단 말인가? 그것도 그들이 눈치 챌 수 없도록 은밀하게? 순간적으로 오싹해졌다.

"그 말을 왜 좀 더 빨리 하지 않았어!!"

"처음에는 나도 확신할 수 없었다. 확실해진 다음에는… 잡아서 정체를 캐볼 생각이었지. 눈치 챘다는 것을 알면 도망가 버릴지도 모르니까."

에드윈은 가볍게 인상을 쓰며 말했다.

느껴보지 않고는 모르리라. 그 시선이 얼마나 신경에 거슬리고 사람을 피곤하게 하는지.

달려가 잡으려 하면 사라져 버리고, 포기하면 슬그머니 나타난다. 유인하고자 해도 걸려들지 않고, 의도를 파악하려고 해도 알 수가 없다. 그런 가운데 자신들의 일거수일투족은 그 정체불명의 시선에 고스란히 노출되어 있는 것이다.

"역시, 그들일까?"

에릭이 모두의 눈치를 보며 조심스럽게 묻자 클로드는 고개를 끄덕였다.

"아마도."

"유니콘을 습격하는 것을 보고서도 움직이지 않다니, 무슨 생각을 하는 걸까?"

"젠장! 그걸 내가 어떻게 알겠어? 그 빌어먹을 놈들이 몬스터는 보호하면서 이종족에겐 별 관심 없는 놈들일 수도 있고, 우리의 정체를 탐색하기 위해서 일부러 그랬을 수도 있지."

"어쨌거나 이미 알고 있다는 말이네?"

"그렇지."

클로드는 한숨을 내쉬며 에드윈을 바라보았다.

"에드윈, 그 시선이라는 것을 느꼈다니 대충은 알겠지? 그들의 수준은 어느 정도 되는 것 같아?"

"…모르겠다."

약간의 사이를 두고 에드윈이 신중하게 대답했다.

"왜? 거리가 너무 멀어서?"

"그런 것도 있지만, 저들의 은신술은 나보다 위다. 일부러 드러내지 않는다면 나는 저들의 기척을 잡아낼 수 없을 테니까. 저들의 능력이 단순히 은신술에만 국한되는지 아니면 다른 부분도 그만큼 뛰어난지는 알 수 없으니, 실력은 검을 부딪쳐 봐야 알겠지."

클로드는 눈을 크게 떴다.

"자, 잠깐! 그게 무슨 말이야? 네가 숨어 있는 저들의 기척을 읽어낸 것이 아니라, 저들이 일부러 기척을 드러냈기 때문에 알았던 거란 말이야?"

"그런 셈이다. 내가 8백 티렘 이상으로 거리를 좁히려고 하면 기척이 사라졌다. 기척을 느낄 수 있는 거리 밖으로 물러난 것 같지는 않은데도 잡아낼 수가 없었지. 그렇다는 것은 처음부터 나에게 들키지 않게 숨길 수도 있었다는 말이지 않은가?"

"과연. 완벽하게 숨길 수 있는 은신술이 있으면서도 일부러 '드러냈다' 는 말이군."

"처음에 기척을 잡아낸 것이 저들의 실수 탓이었을 가능성은 없어?"

에릭이 조심스럽게 묻자 에드윈은 고개를 저었다.

"없다."

갑자기 분위기가 심각해지자 이쪽저쪽을 바라보면서 눈치를 살피던 렉이 머리를 긁으며 한 손을 들었다.

"어이, 나 궁금한 게 있는데 말이야."

"뭐야?"

클로드가 시시껄렁한 농담이면 죽여 버리겠다는 듯 험악한 기세로 말을 받자, 렉은 움찔했다.

"아, 아니. 저기, 우리는 줄곧 워프를 써서 이동해 왔잖아. 물론, 약간은 걷기도 했으니 발자국이 전혀 남지 않았을 리는 없지만, 스크롤을 쓴 워프는 흔적이 남지 않잖아. 그걸 추적하는 게 과연 가능한가 싶어서."

클로드는 눈을 크게 떴다. 어리바리 곰탱이인 렉이 그도 미처 생각지 못했던 것을 정확하게 지적한 탓이다.

"그렇군. 워프가 있었어."

클로드는 에드윈을 바라보았다. 어떻게 된 일인지 설명해 보라는 듯이.

"워프로 이동을 한 다음에도 시선은 계속해서 느껴졌다."

"말도 안 돼! 그럼 그놈들도 우리를 따라서 워프를 했단 말이야? 워프를 한 것은 그렇다고 쳐. 하지만 우리의 목적지를 어떻게 알고?"

클로드와 에드윈을 번갈아 보던 렉이 이해가 되지 않는다는 듯 말하자, 클로드는 자신의 턱을 손으로 쓸었다.

"고위급 마법사라면 추적하지 못할 것도 없지만, 시간이 걸려. 에드윈의 말을 의심하는 것은 아니지만, 이번 일은 나도 이해하기 어렵군."

6서클 급의 고위 마법사라면 워프에 동원된 마나량과 마나에 남은 흔적을 조사해서 목적지를 알아내는 것이 가능하다. 하지만 시간이 걸린다. 게다가 워프를 한 뒤 시간이 지나면 지날수록 흔적은 희미해지게 마련이고, 거기서 무언가를 찾아낸다는 것은 어려워진다.

그들은 추격을 대비해서 장거리 워프를 하지 않았다. 스크롤의 이동 거리가 길지 못한 탓도 있지만, 적어도 두세 번에 걸친 워프 끝에 목적지에 도착하곤 했다.

 이럴 경우 추격자는 첫 번째 워프 지점까지는 어찌어찌 따라붙었다 해도 그 다음 워프 지점을 알아내는 것은 거의 불가능에 가깝다. 워프에 동원된 마나가 시간이 지남에 따라 흩어져 버리기 때문이다.

 클로드는 에드윈이 말한 자들이 어떻게 자신들의 뒤를 쫓아올 수 있었는지, 자신의 상식으로는 이해할 수가 없었다. 하지만 상대가 충분히 상식 밖의 존재라는 것을 느꼈기 때문에 '그런 것은 불가능하다' 고 딱 잘라서 말할 수도 없었다.

 "어떻게 할 거야?"

 에릭이 조심스럽게 물었다. 계획대로 습격을 감행할지를 묻는 것이다.

 클로드는 마음 한구석에 자리한 불안과 초조함을 털어버리려는 듯이 긴 한숨을 내쉬었다.

 "저 앞에 있는 것은 드워프의 광산이지. 이 주변은 다 마나가 불안정하지만 광산 쪽은 특히 더 그래. 여차하면 워프가 제대로 먹히지 않아 퇴로가 막힐 위험이 있어. 저 안이 미로라는 것도 마음에 걸리고."

 "그렇다고 여기서 이렇게 어정쩡하게 물러날 수는 없잖아."

 "그거야 그렇지. 여기서 물러나면 죽도 밥도 안 돼. 하지만 사전 조사와 대비가 부족해서 드워프를 습격하는 건 엘프나 유니콘처럼 쉽지 않을 거야. 사실 난 드워프까지 습격할 생각은 없었거든. 내 계획대로라면 여기까지 오기 전에 뭔가 반응이 있을 줄 알았어. 미끼는 엘프와 유니콘만으로도 충분하다고 생각했는데. 후우, 무슨 생각을 하고 있는 걸까, 그놈들은?"

 속이 탄다. 미끼를 드리웠더니 낚으려는 물고기가 냄새를 맡고 온 것까지는 좋다. 하지만 물고기는 미끼를 물 생각은 않고 주위를 어슬렁거리며 구경만 하고 있다. 물고기의 속내를 알 수가 없으니 곤란할 수밖에.

게다가 그들이 낚고자 하는 것은 보통 물고기가 아니다. 그 영악함과 흉포함은 몬스터에 비길 바가 아니다. 방심했다간 한입에 삼켜지고도 남을 것이다.

"어차피 여기서 물러나도 안전은 보장할 수 없어. 저들이 눈치를 채고 꼬리가 붙은 것 같으니까. 그렇다면 차라리 이것을 기회로 삼아 조금 위험하더라도 강행하는 게 어때? 네 말대로 준비가 부족한 데다가 드워프는 거칠다고 하니 엘프와 유니콘처럼 사로잡을 수는 없겠지만, 광산에 불을 지르거나 축대를 무너뜨리는 것 정도는 할 수 있어. 드워프들까지 그렇게 되는 것을 방관하고 있을 것 같지는 않은데?"

"에릭의 말에 찬성이야. 드워프를 습격해도 저들이 기어나오지 않으면 또 다른 이종족을 습격하면 그만이야. 어쨌거나 저들을 세람까지 유인할 필요가 있으니까."

렉이 에릭의 의견을 지지하자 클로드는 에드윈을 바라보았다.

"에드윈, 네 생각은?"

"미로가 걸린다면 광산 깊숙이 들어가지 않으면 될 일이다. 일방적인 학살은 내키지 않지만, 다른 수가 없다면 어쩔 수 없겠지."

에드윈은 광산을 무너뜨릴 생각인 모양이다. 광산 깊숙이 들어갈 수 없는 그들의 입장을 감안하면 타당한 판단으로 보이지만, 그런 위력을 가진 검술은 흔적을 숨길 수가 없다.

즉, 에드윈은 자신의 정체를 드러낼 각오를 했다는 말이다.

일단 결정한 일에는 아무리 어려움이 닥쳐도 초지일관 밀어붙이는 에드윈의 저돌성은 확실히 큰 도움이 된다. 일행의 리더인 클로드에게는 정확한 판단력과 신중함은 있어도 밀어붙이는 파워는 없기 때문에 더욱 그런지도 모른다.

클로드는 자신들의 군주인 '그'가 이런 것까지 감안하고 에드윈을 함께 보낸 것일까, 하고 생각하다가 쓴웃음을 지었다.

"모두의 의견이 그렇다면 강행하는 것으로 하지."

"언제?"

"광산 깊숙이 들어갈 게 아니니까 지금 당장이라도 별로 상관없겠지. 광산을 흔들어 한 방 먹이고, 놀라서 튀어나오는 드워프를 대충 때려잡은 다음에 도주하기로 할까? 날이 밝으면 도주가 곤란하니까 해 뜨기 직전까지 드워프를 상대했다가 마나가 안정된 장소로 이동해서 워프하는 걸로 하는 게 어때?"

"나쁘지 않군."

모두들 선선히 고개를 끄덕였다. 클로드는 내키지 않는다는 말을 억지로 삼켜 버렸다. 강행하기로 결정이 된 마당에 일행의 사기를 떨어뜨릴 말을 할 수는 없는 것이다.

하지만 기분이 묘하다. 그들 모두가 정체를 알 수 없는 거대한 올가미 속으로 스스로 걸어 들어가고 있는 듯한 느낌이다.

클로드는 불길한 예감을 자신의 소심함 탓만으로 치부해 버릴 수만은 없었다. 그는 품속에서 스크롤을 꺼내 에릭에게 내밀었다.

"뭐야?"

"워프 스크롤이야. 쓰는 방법은 알고 있겠지? 그냥 찢고 '이동'을 외치기만 하면 돼. 좌표는 모두 설정되어 있으니까."

"이걸 왜 날 주는 거야? 남은 워프 스크롤은 이거 하나뿐이라며?"

"네가 미련 곰탱이 렉 녀석보다 이성적이라고 믿기 때문이다. 상황이 우리가 계획한 대로 돌아가지 않고 위험하다고 판단되면 즉시 렉을 데리고 워프해라. 여기의 마나는 불안정하지만, 둘뿐이라면 어떻게든 좌표의 위치까지 갈 수 있을 거다."

에릭은 스크롤과 클로드의 얼굴을 번갈아 바라보았다.

"나보다야 네가 가지고 있는 게 낫지 않아?"

"이 스크롤을 가지고 한꺼번에 넷이나 이동하는 것은 무리다. 다른 곳에선 몰라도 이렇게 마나가 불안정한 곳에선."

"좋아. 렉은 내가 데리고 워프한다고 쳐. 너와 에드윈은 어쩔 건데?"

"내가 에드윈을 데리고 워프하면 돼. 넷은 자신없지만 둘만이라면 어떻게 될 테니까."

클로드는 워프를 메모라이즈해 두었다는 말은 굳이 하지 않았다.

에릭은 클로드가 만약을 대비하고 있다는 것을 알았다. 클로드가 지나치게 신중한 것이 아닌가 싶었지만, 그의 말을 들어 나쁠 것은 없다고 판단했다.

"어이, 뭣들 하는 거야? 여기서 드워프의 광산까지는 한참 가야 한다고. 이렇게 미적거리다가 습격도 해보기 전에 날 새겠다!"

그들이 이야기를 주고받는 사이, 한참 앞서서 걷고 있던 렉이 돌아보며 재촉했다. 에릭은 재빨리 스크롤을 받아 품 안에 챙겼다.

"알았어. 내가 가지고 있지."

에릭은 '빨리 안 오고 뭐 하냐?' 는 렉의 재촉이 이어지자 끌끌 혀를 차며 서둘러 앞으로 달려갔다. 앞서 간 렉과 에드윈, 에릭의 뒷모습을 바라보던 클로드는 한숨을 내쉬고 그들의 뒤를 따라 걸었다.

네 사람이 워프로 도착한 지점에서 약 2백 티렘 정도 왔을 무렵이었다.

 짐승이나 다닐 법한 거칠고 위험한 길을 익숙하게 헤치며 길을 내고 있던 선두의 렉이 갑자기 걸음을 멈췄다. 바로 뒤에서 뒤따르고 있던 에릭이 서두르라는 듯이 그의 등을 두드리며 재촉하자, 렉은 말없이 턱을 내밀어 전방을 가리켰다.

 "뭐야? 조금만 더 가면 드워프의 광산인데 빨리 안 가고 뭐 해?"
 "저길 봐."
 "급하다니까! 이러다가 날 새겠네. 경치는 다음에 구경하고 빨리 가자고."
 "닥치고 저길 보라니까!"
 "젠장, 뭘 봤는데 이 야단이야? 산책 나온 드워프라도 있어?"

 에릭은 렉의 강압 어린 시선에 할 수 없이 그의 어깨 너머를 바라보았다.

 아직 해가 뜨기 전이라 주변은 짙은 어둠 속에 잠겨 있다. 하지만 어둠에 구애받지 않는 에릭의 예리한 눈에 보이는 것은 주변에 가득한 나무뿐이었다.

 "빌어먹을 놈, 아무것도 없구만 뭘 보라고 이 난리야? 나는 몬스터라도 나타난 줄……."

 에릭의 눈이 커졌다. 하늘을 향해 뻗은 거대한 침엽수 아래 한 지점에 그의 시선이 고정되었다.

 '저게 뭐야?'

 에릭이 묻는 듯한 시선으로 렉을 바라보자, 렉은 내가 알겠냐는 듯이 어깨를 으쓱했다.

 장정 열 명이 늘어서야 둘레를 잴 수 있을 것 같은 거목 아래에 누군가 있었다. 2티렘이 채 안 되는 키에 그림자의 실루엣으로 보아 인간인 것 같지만 확신할 수 없었다.

평범한 인간이라면 왜 이런 시간에, 이런 곳에 있겠는가? 게다가 에릭이 쉽게 알아채지 못했을 정도로 그림자는 주변 경관에 자연스럽게 녹아들어 있었다.

"인간이라고 생각하냐?"

렉이 그렇게 물었을 정도로 나무 밑의 인물에게는 신비한 분위기가 있었다.

달도 없는 밤, 한 치 앞도 분간하기 힘든 캄캄한 어둠 속에서 긴 은발이 창백하게 빛나고 있었다. 마치 하늘에 없는 달처럼.

저런 은발이라면 백 티렘이나 2백 티렘 밖에서도 아주 잘 보일 것이다. 저렇게 눈에 띄는데 방금 전에는 어째서 쉽게 알아챌 수 없었는지 이해가 되지 않았다.

아마도 자연스럽기 때문일 것이다. 밤하늘에 달이 있는 것이 당연하듯, 저 은발이 어둠 속에서 빛나고 있는 것이 너무도 당연하게 느껴져서 위화감이 없었다.

"인간의 모습을 하고 있지만 인간 같지는 않은데? 여기에는 이것저것 많다고 하니, 나무의 요정 같은 게 아닐까?"

"뭐라고?! 나는 요정이니 귀신이니 하는 것들은 딱 질색이라고! 몬스터라면 두 동강을 내버리면 되지만, 저런 흐물흐물한 것들은 칼질을 한다고 잘리지도 않잖아! 어떻게 상대하란 말이야?"

"칼질이 안 통하는 허상 대신에 본체인 나무를 두 동강 내어버리면 될 거 아냐?"

에릭과 렉이 작은 목소리로 티격태격하고 있을 때, 심상치 않은 분위기를 감지하기라도 한 것처럼 제일 뒤에 있던 에드윈이 다가왔다.

'무슨 일이야? 왜 계속 가지 않고 여기서 멈춘 거지?'

에드윈이 눈으로 묻자, 에릭은 렉이 그랬던 것처럼 턱으로 나무 밑을 가리켰다.

그들과 나무의 요정—으로 짐작되는 인물—사이에는 약 50티렘 정도의 거리가 있었다. 사람의 얼굴까지 살피기에는 조금 먼 거리였지만, 세 사람 모두 보통 사람이 아니다.

그들은 뛰어난 시력으로 백옥처럼 새하얀 피부와 가늘고 섬세한 선을 가진 조각 같은 얼굴은 물론, 감겨진 눈의 은빛 속눈썹까지 볼 수 있었다.

렉을 비롯한 네 사람은 엘프를 습격하면서 인세에서는 볼 수 없을 것 같은 미인을 셀 수 없이 구경했다. 엘프는 종족 자체가 남녀를 불문하고 미인들만 태어난다고 하니 당연하다면 당연한 일이다. 하지만 지금 보고 있는 것 같은 미모는 엘프 중에서도 없었다.

가까이 다가서면 향기가 느껴질 것 같은 청초함과 더불어, 달빛이 녹아든 것 같은 은발의 아련한 빛무리가 이 세상 사람 같지 않은 분위기를 조성하고 있었다. 호리호리한 몸에는 아무 장식도 없는 밋밋한 검은색 옷을 걸쳤지만 신비함은 감하지 않았다.

남자 같지는 않다. 그렇다고 딱히 여자 같다는 것도 아니다. 굳이 설명하라면 성을 구분하는 게 의미가 없을 정도로 중성적인 매력이랄까. 그래서 렉이 '요정'이라는 말에 그리 쉽게 수긍을 했던 것이다.

에드윈은 나무 밑에 드리워진 사람 그림자를 보자마자 미간을 찌푸리며 일갈했다.

"누구냐?!"

나무 밑의 인물은 천천히 감고 있던 눈을 떴다. 은빛의 속눈썹 아래 자수정처럼 짙은 음영을 드리운 보랏빛 눈동자가 드러나자 에드윈은 저도 모르게 검을 향해 손을 뻗었다.

"…늦었군. 기다리다 지쳐서 찾아 나설까 하던 중이었다."

50티렘의 거리를 사이에 두고 보랏빛 눈동자가 정확하게 자신에 와 꽂히자 에드윈은 오싹하는 감각을 느꼈다. 감정을 읽을 수 없는 건조한 목소리와 마찬가지로 표정없는 눈이다.

'위험하다! 이자는 위험해!!'

그의 직감이 끊임없이 위험을 경고하고 있었다.

"누구냐?"

에드윈이 보랏빛 눈동자를 마주 쏘아보며 낮게 으르렁거리는 듯한 목소리로 재차 묻자, 상대의 입술 끝이 살짝 곡선을 그리며 휘어졌다.

"너희들에게 받아야 할 빚이 있는 자. 혹은 갚아야 할 빚이 있는 자겠지."

이번에는 렉이 인상을 썼다. 무슨 말을 하는지 도무지 알아들을 수가 없었던 것이다.

"뭔 소린지 모르겠군. 어이, 우리들은 그 길을 지나가려고 한다. 너는 그 길을 막을 생각인가? 너는 우리들의 적이야?"

그는 렉의 단순명료한 구분 방식이 마음에 들었는지 살짝 웃었다.

"그래. 나는 너희들을 막을 생각이며, 너희들은 나의 적이다."

"단순해서 좋군. 그렇다면 결론은 하나뿐이지."

렉은 말이 채 끝나기도 전에 검을 뽑아서 휘둘렀다. 초승달형의 검기가 먹이를 노리는 탐욕스러운 짐승처럼 목표를 향해 쇄도했다. 하지만 상대는 날아오는 검기를 보고서도 피하지도, 대응하지도 않았다.

팔짱을 낀 채 무심한 눈으로 보고만 있을 뿐이다.

검기는 그가 기대서 있던 거대한 침엽수를 직격했다. 그렇게 거대한 나무도 검기를 맞고 버틸 수는 없는지 쩌저적, 하고 균열을 일으키더니 콰앙! 하는 요란한 소리와 함께 부러져 나갔다.

그는 검기가 자신을 노린 것이 아니라는 것을 알았던 모양이다. 부러진 나무 파편에 맞지 않도록 두어 걸음 정도 옆으로 자리를 옮긴 그는 이해할 수 없다는 듯 렉을 바라보았다.

렉은 이게 무슨 수작이냐고 묻는 듯한 상대의 시선에 겸연쩍은 웃음으로 답했다.

"나의 유식한 친구가 말하기를, 너희 요정처럼 흐물흐물한 족속들을 죽이려면 본체를 베어버리는 것이 제일이라더군. 네가 그 아래서 얼쩡거리기에, 그 나무가 본체인 줄 알았더니 아니었나 보지?"

그는 렉이 왜 다짜고짜 나무를 향해 칼질을 했는지 알았다.

"나는 요정이 아니다."

"오호? 그럼 귀신이냐?"

"인간이다."

"그거 좋군! 듣던 중 반가운 말이야! 요정이나 귀신을 베는 재주는 없지만, 인간을 베는 것이라면 또 내가 전문이거든."

정말로 반갑다는 듯이 말하자, 물끄러미 부러진 나무만을 바라보고 있던 그가 고개를 들어 렉을 바라보았다.

"아끼는 것이 있나?"

"아끼는 것?"

난데없이 웬 뚱딴지 같은 소리인지 모르겠다는 듯이 렉이 미간을 찌푸리자 그는 부러진 나무를 가리켰다.

"나의 주인이 아끼는 나무를 부쉈으니 네가 아끼는 것으로 빚을 받아야겠다."

렉은 재미있는 농담이라도 들었다는 듯이 큰 소리로 웃다가 손에 쥐고 있는 검을 들어 보였다.

"이 검, 보이나? 우리 집안에 3대째 내려오는 가보인데, '메리나' 라고 하지. 내가 그 어떤 미인이나 보물보다도 아끼는 것이다."

할 수 있으면 해보라는 듯이 렉이 검을 흔들어 보이자, 그는 잠자코 고개를 끄덕였다.

"부족한 듯하지만 어쩔 수 없겠지."

그 말이 채 끝나기도 전에 그는 렉의 코앞에 다가와 있었다. 50티렘의 거리를 무시한 채, 마치 순간 이동 마법이라도 쓴 것처럼 눈부신 빠르기였다. 일직선으로 이어진 잔상 같은 것이 남아 있지 않았다면 렉도 그가 마법을 쓰지 않았나 의심했을 것이다.

렉은 공격의 사정권 밖으로 피하거나 거리를 벌릴 틈도 없었다. 그가 할 수 있는 것은 자신의 검을 들어 상대의 공격을 막는 것뿐이었다.

캉!

떨어져 내리는 검을 머리 바로 위에서 막았다. 렉은 눈을 크게 떴다. 충격을 받은 팔이 가늘게 떨릴 정도로 무시무시한 압력이다. 저 에드윈이라도 힘으로는 지지 않는다고 생각했는데 충격이었다.

자존심이 상하지만 힘 겨루기는 승산이 없다고 판단한 렉은 상대의 검을 떨쳐 냈다. 그러자 반 바퀴 회전한 검이 그의 목을 노리고 날아왔다.

캉!

검이 다시 부딪쳤다. 욕설이 절로 나올 정도로 무겁다. 렉은 이번에도 탄성을 이용해 검을 밀어냈다. 상대는 기회를 노려 힘 겨루기로 몰고 갈 수 있음에도 순순히 떨어져 나갔다.

휘익!

검이 회전하다가 이번에는 심장을 노리고 덤벼든다.

카앙!

렉의 검과 그의 검이 세 번째로 맞부딪친 순간이었다. 앞의 두 번과 조금 다른 소리를 내던 렉의 검이 그의 눈앞에서 산산이 부서졌다. 렉은 눈을 부릅떴다. 비산하는 검의 파편들을 보면서도 자신의 눈을 믿을 수가 없었다.

메리나가 어떤 검인가? 세상에 몇 자루 없다는 미스릴 순도 90퍼센트 이상의 검이다. 게다가 드워프가 만든 검이 아닌가.

'이건 말도 안 돼! 검기에 맞부딪쳐도 이 한 번 나간 적 없는데, 고작 이 녀석의 검 두어 번 받아줬다고 산산조각이 난단 말이야?!'

지금은 그런 것에 넋을 놓고 있을 때가 아니다. 목전에 닥친 위기부터 모면해야 했다. 상대의 검은 가슴을 향해 날아오고 있는데, 자신의 검은 자루밖에 남은 게 없다. 렉은 본능이 가리키는 대로 몸을 뒤로 젖혀 피하려고 했다. 하지만 검의 사정거리는 렉이 예상했던 것보다 훨씬 넓었다.

촤아악!

심장이 꿰뚫리는 것은 피했지만, 검이 그리는 곡선 궤도에 따라 갈비뼈 아래를 길게 베이는 것은 피하지 못했다. 피가 튀었다.

재질이 무엇인지 알 수 없는 상대의 검은 렉의 두꺼운 가죽 옷과 그 아래 받쳐 입고 있던 와이번 가죽으로 만든 흉갑(胸甲)까지 갈라 버리며 사선으로 배를 가로지르는 깊은 자상을 냈다.

균형을 잃고 뒤로 나동그라진 렉은 웩, 하고 피를 토했다. 상대의 그 일격으로 내부의 마나가 진탕된 탓이다.

"렉!!!"

클로드가 비명에 가까운 새된 소리를 질렀다.

렉이 은발 머리 사내의 검을 막다가 피를 토하고 나가떨어진 것은 그야말로 순식간에 벌어진 일이다. 클로드가 공격 마법을 날리거나 에릭이 화살을 잴 여유조차 없었다.

렉의 목숨이 경각에 달린 순간, 은발 머리 사내를 막아선 것은 다름 아닌 에드윈이었다.

에드윈의 얼굴은 심각하게 굳어 있었다. 만만치 않을 거라고 예상하기는 했지만 렉을 이렇게 일격에 날려 버릴 줄은 몰랐다. 에드윈은 렉이 이렇게 되기 전에 끼어들어 협공을 할 생각이었다. 하지만 눈앞의 사내는 그럴 여지를 주지 않았다.

캉!

은발 머리 사내와 에드윈의 검이 부딪쳤다. 가늘어진 에드윈의 은빛 눈동자가 차가운 금속성을 띠고 빛났다.

"카린인가?"

사내의 보랏빛 눈동자에 날이 섰다.

"역시 노리는 것은 그거였나?"

"무슨 말을 하는지 모르겠군."

말을 주고받는 와중에도 두 사람의 검은 쉴 새 없이 '캉, 캉' 하는 금속성을 내며 부딪치고 있었다.

"엘프의 나무를 불태운 것은 어느 놈이지?"

"그건 왜 묻지?"

"대가를 치르게 하기 위해서."
"엘프를 구하기 위해서 온 건가? 그렇다면 방향이 틀렸군."
"대가를 치르게 하기 위해서라고 말했다."
 은발 머리 사내의 검은 굉장한 쾌검이다. 공격을 눈으로 보면서도 막을 수 없는 그런 검이다.
 사내의 검이 엄청난 압력을 동반하고 위에서 떨어져 내리자, 에드윈은 무리하게 막으려 하지 않고 바닥을 굴러서 검의 사정거리 밖으로 물러났다.
 에드윈은 사내의 검과 자신의 검이 정면으로 맞부딪치는 것을 피하고 있었다. 에드윈의 검은 대륙적으로 손꼽히는 명검이지만, 렉의 검이 산산조각으로 부서져 내리는 것을 본 다음이다. 자신의 검이라고 절대 부러지지 않을 거라고 확신할 수 없었던 것이다.
 사내와 수십여 합을 겨뤄본 에드윈은 그의 실력이 자신과 비등하거나 혹은 위라고 판단했다. '카린'과 관계가 있을 것 같은 이 사내를 사로잡을 수 있다면 더할 나위 없겠지만, 자신의 실력으로는 무리였다.
 그보다는 이자를 여기서 죽이는 것이 나을 것 같다. 사내는 그들을 적대시하는 데다 일행 모두를 죽일 수도 있는 실력을 가졌다. 적당히 살려 보냈다가는 후환이 어느 정도일지 짐작조차 할 수 없다.
 에드윈이 뒤로 물러선 것은 공격에 필요한 거리를 확보하기 위해서다.
 사내는 그것을 아는지 모르는지 거리를 좁히려고 하지 않았다. 따라붙어서 정신없이 몰아칠 수 있었음에도 불구하고, 한발 물러나 에드윈이 숨을 돌릴 여유를 주고 있었다.
 마치 숨겨둔 한 수가 있으면 내놔보라는 듯이.

상대의 그런 태연자약함이 거슬렸지만 에드윈은 신경 쓰지 않기로 했다. 어차피 상대는 죽을 것이다. 공격이 시작되면 자신에게 그런 여유를 줬던 것을 후회하게 되겠지.
 호흡을 가다듬고 마나를 운용하자 정해진 길을 따라 마나가 몸속을 휘돌았다. 에드윈이 걸음을 내디딜 때마다 엄청난 속도로 마나가 빨려 들고 있었다.

 한 걸음.
 봄꽃 가득한 뜰에 나비가 나니 봄 향기 가득하구나. 지자(知者)여, 나비를 놀라게 하지 말지리니.

 두 걸음.
 달 밝은 밤에 미인과 더불어 주락을 즐기니 이 어찌 즐겁지 아니한가. 춤을 추니 선녀가 하강한 듯, 선인이 도를 깨달은 듯.

 세 걸음.
 흉험한 전장 적의 창칼 앞에서도 물러섬이 없어라. 태산 같은 무게가 용맹한 칼날 위에 깃드니 세상에 가르지 못하는 것이 없으리니.

 에드윈은 세 걸음을 내디뎠다. 첫걸음은 무게가 느껴지지 않을 정도로 가볍게, 그 위에 다시 경쾌함을 실어서, 마지막으로 더없이 무겁고 진중하게 내딛는 순간 그의 검이 허공에 사선을 그었다.
 쐐에에에— 엑!!
 에드윈은 허공을 찢는 파공음을 들었다. 이제 은발사내는 두 쪽이

날 것이다. 더불어서 이곳의 나무 수십 그루도 함께 잘려 나가겠지. 에드윈은 그것을 추호도 의심하지 않았다.

자신에게 죽음이 닥쳐오는 것을 알 리 없는 사내는 찌푸린 얼굴로 허공을 노려보고 있었다.

그는 한 손으로 검을 잡아 곧추세웠다가 천천히 원을 그리며 한 바퀴 빙 돌렸다. 허공에 검은색의 검신으로 인한 검은색 잔영이 남았다.

검이 한 바퀴 돌고 본래의 자리로 돌아오자, 사내는 검을 쥐지 않은 손에 마나를 실어 블레이드를 치듯이 밀어냈다.

콰아아앙!! 콰쾅!! 콰콰콰콰— 앙!!

마나의 연속적인 폭발에 대기가 흔들렸다. 폭발의 진원지에서 가까운 거리에 있었던 에드윈은 충격을 감당하지 못하고 뒤로 쭉 밀려나 나동그라졌다.

렉을 보살피며 후방으로 물러나 있던 클로드는 심상치 않은 기운이 몰려오는 것을 느끼고 재빨리 실드를 쳤으나 한계 이상의 충격을 받은 실드가 찢겨 버렸다. 그 반동으로 세 사람은 주변의 나무 여기저기에 부딪쳤다.

연이어 꿈틀거리던 지면과 대기의 진동이 가라앉았을 때, 간신히 몸을 추스르고 전방을 확인한 에드윈은 자신의 눈을 의심했다.

대지는 거대한 손이 할퀴고 지나간 것처럼 움푹 파이고 깎여 나갔다. 나무들 역시 폭발의 충격을 견디지 못하고 터져 버렸는지 어떤 선을 경계로 흔적도 없이 사라졌다. 그 모양이란 폭발의 진원지를 중심으로 퍼져 나가는 반원의 형태였는데, 반쯤 접은 부채의 모양과 비슷했다.

은발의 사내는 그 부채의 한쪽 끝에 서 있었다. 처음 서 있던 곳에서

한 걸음도 움직이지 않은 채.

믿을 수 없었다. 단지 검신을 한 바퀴 휘돌린 것뿐이지 않은가. 가문 대대로 전해지는 절기를 그렇게 간단하게 파훼할 수 있다는 말은 들어본 적이 없다!

에드윈이 동요하는 사이, 그를 바라보는 사내의 눈에도 처음으로 감정이라 부를 만한 것이 실려 있었다.

"그렇군. 묘하게 익숙한 기운이 느껴진다고 했더니, 메사하르님의 '소류검'이었군."

에드윈에게 사내의 중얼거림은 마치 천둥이 치는 소리처럼 들렸다.

설마했었는데. 3백 년 전 인물인, 그것도 대부분이 베일에 싸인 메사하르의 검법을 알아보는 자가 있다니. 게다가 그것을 그렇게 손쉽게 막아내기까지.

어느 쪽에 더 놀랐는지 모르겠다. 하지만 은발 머리 사내 쪽도 에드윈 못지않게 놀란 것 같았다. 그는 어이가 없는 듯 '큭' 하고 웃었다.

"이것 참, 우습군. 소류검을 익힌 자가 카린을 향해 검을 들이대다니. '율법'을 어길 때에는 그만한 각오를 했을 테지?"

보랏빛 눈동자에서 불꽃이 튀었다. 확연한 분노, 그리고 살기다.

에드윈은 검을 의지해 일어났다. 저 괴물 같은 사내의 검을 막을 자신은 없었지만 이대로 죽을 수는 없었다.

그와 에드윈 간의 거리는 약 55티렘 정도. 근접전을 벌이기엔 먼 거리지만 에드윈은 방심하지 않았다. 렉과의 전투에서 상식을 벗어난 사내의 속도를 본 다음이기 때문이다.

은발사내가 에드윈을 향해 한 발 내디뎠다. 그 순간, 에드윈은 사내가 렉과의 싸움에서 그랬던 것처럼 순식간에 거리를 좁히며 코앞으로

도약해 올 거라고 생각했다. 하지만 에드윈의 예상과 달리 사내와 그의 거리는 그대로였다.

사내는 말 그대로 앞으로 한 걸음 내디뎠을 뿐이다. 제법 큰 보폭이지만, 55티렘이나 되는 거리를 좁히기에는 턱없이 부족하다.

사내의 의도를 알 수 없어 에드윈이 미간을 찌푸릴 때, 사내가 다시 한 걸음 다가왔다. 에드윈은 사내를 경계하며 한 걸음 뒤로 물러섰다. 에드윈이 그러거나 말거나 사내는 다시 한 걸음 다가왔다.

사내가 움직인 것은 총 세 걸음. 그는 에드윈이 그랬던 것처럼 세 걸음을 내딛고 허공에 사선을 그었다. 에드윈은 아무 의미가 없어 보이는 사내의 행동을 단박에 알아보았다. 소류검이다!

에드윈은 그제야 사내의 의도를 깨닫고 눈을 부릅떴다. 그는 에드윈이 자신에게 했던 것처럼 소류검으로 되돌려줄 생각인 것이다.

익숙한 검식, 익숙한 마나 운용이지만 에드윈이 했던 것처럼 공기를 가르는 파공성은 없었다. 고난도의 검술 특유의 마나 일그러짐 현상도 없었다. 그래서 알았다. 상대의 '소류검'은 이미 완성되어 있다는 것을.

에드윈은 거대한 뭔가가 소리도 없이 다가오는 느낌을 받았다. 온몸의 감각이 일제히 깨어나며 위험하다고 소리친다.

순간적으로 검을 내려친 것은 방어 검식도 뭣도 아니었다. 본능에 따른 것일 뿐. 하지만 그 순간적인 몸의 반응이 그의 목숨을 구했다.

검은색의, 이런 것도 검기의 부류에 넣을 수 있을까 싶을 정도로 압도적인 마나 질량을 지닌 뭔가가 그를 향해 쇄도해 왔고, 그가 내려친 검에 부딪쳤다.

퍼엉!

검이 폭발하듯 터져 나갔다. 그와 동시에 에드윈은 줄 끊어진 연처럼 허공을 날아 바닥에 내동댕이쳐졌다.

어지럽고 숨을 쉴 수가 없었다. 청각이 마비된 것처럼 윙윙 하는 바람 소리만 들린다. 에드윈은 필사적으로 몸을 일으키려고 하다가 치받아 오르는 무언가를 웩 하고 토했다.

"에드위— 인!!!"

에드윈은 클로드의 비명 소리 같은 외침을 들었지만 정신을 차릴 수가 없었다. 간신히 상체를 받치고 있던 팔에서 힘이 풀렸다.

바닥에 쓰러진 에드윈이 피를 토하다가 힘없이 고개를 꺾자, 에릭은 은발 머리 사내를 향해 화살을 난사했다. 그 사이 클로드는 자신이 알고 있는 가장 강력한 공격 마법을 준비했다.

"에릭, 내 말을 잊지 않았겠지? 내가 에드윈의 신변을 확보하는 대로 즉시 렉을 데리고 워프하도록 해."

클로드는 에릭이 난사한 화살을 가볍게 검을 한 번 휘두르는 것만으로 무력화시키는 사내를 보고 절망감이 들었다.

어디서 저런 사내가 나타났단 말인가? 이건 강해도 너무 강하지 않은가.

그들과 에드윈 사이에는 상당한 거리가 떨어져 있었다. 못해도 60티렘은 넘어 보이니, 사내와 에드윈의 거리가 차라리 가까운 셈이다. 하지만 에드윈을 포기할 수는 없었다.

사내는 대륙에서도 손꼽히는 검사인 에드윈과 렉을 일격에 쓰러뜨린 자다. 정면 대결로는 승산이 없다. 하지만 클로드의 경험에 따르면, 어떤 검사라도 방심한 순간 자신을 향해 날아오는 마법에 대해서는 속수무책이다.

추적의 끝 95

작은, 아주 작은 시간만 벌 수 있다면 클로드는 기절해 버린 에드윈을 구해내 워프를 할 자신이 있었다.

에릭과 클로드의 눈이 마주쳤다. 에릭은 클로드의 마음을 읽은 것처럼 고개를 끄덕이며 손을 내밀었다.

"네가 에드윈에게 접근할 시간을 벌어줄 테니까 아무거나 강력한 놈으로 하나 줘봐."

클로드는 전격 마법이 담긴 스크롤을 에릭에게 넘겨주었다. 에릭은 스크롤의 두루마리를 화살대에 묶고 끝을 찢은 다음 은발 머리 사내를 향해 화살을 날렸다.

"괴물 같은 놈! 이거나 먹고 뒈져 버려라!! 라이트닝 볼트(Lightning Bolt)!!!"

클로드는 새파란 뇌전(雷電)으로 감싸인 화살이 날아가는 것을 보는 즉시 에드윈을 향해 워프했다. 무사히 에드윈을 붙잡는 데 성공한 클로드는 이제 다시 한 번 워프를 해서 안전한 곳으로 이동하는 것만 남았다고 생각했다.

날아간 화살이 목표를 맞히는 것을 보지는 못했지만, 제국 제일의 명사수인 에릭의 화살은 한 번도 빗나간 일이 없다. 더군다나 화살에 입힌 것은 전격 마법이니 화살에 맞든, 검으로 화살을 쳐내든 감전을 피할 수 없으리라.

고작 그 정도로 적에게 치명상을 입힐 수 있을 거라곤 기대하지 않지만, 적어도 워프를 할 시간 정도는 벌 수 있을 거라고 생각했다.

하지만 적의 위치를 확인하기 위해 무심코 고개를 돌린 클로드는 믿을 수 없는 광경을 목격했다.

사내의 검이 '파직, 파직' 하고 스파크를 일으키는 뇌전을 갈라놓고 있었다.

　화살에 흐르고 있는 전기는 검에 닿는 순간, 전도체인 금속 검신을 타고 이동해서 사내를 감전시켜야 했다. 검기로 막는다손 쳐도 그 충돌로 인한 폭발 정도는 일어나야 정상이다.

　그러나 화살에 걸린 전격 마법은 어떤 반발도, 폭발도 일으키지 않고 마나 상태로 되돌아갔다. 단지 사내의 검에 닿은 것만으로 마나가 시전자의 의지를 벗어나 버린 것이다.

　도무지 이해할 수 없는 현상은 공포로 이어졌다. 오싹하는 한기와 동시에 온몸의 솜털이 일제히 일어났다.

　허공에서 사내와 눈이 마주친 클로드는 발작적으로 소리쳤다.

　"에릭! 도망쳐!!!"

　저 괴물의 시선을 자신에게 묶어두고 있는 사이 누군가는 도망쳐야 했다. 모두가 살아서 도망칠 수 있으면 좋겠지만 그것이 불가능하다면 일부만이라도. 일행 모두가 여기서 몰살당하는 최악의 사태만은 피해야 했다.

　에릭도 같은 위기감을 느꼈는지 기회를 놓치지 않았다.

　"워프!!! 빌어먹을! 클로드, 죽지 마라!!!"

　비명에 가까운 외침과 동시에 스크롤을 찢은 에릭은 신속하게 쓰러진 렉을 데리고 사라져 버렸다.

　은발 머리 사내는 뒤늦게 덩그러니 남은 빈터를 보고 미간을 찌푸렸다. 그는 에릭이 위험에 처한 클로드들을 버리고 갈 줄은 몰랐던 모양이다. 허를 찔린 듯한 사내의 표정을 보자 클로드는 묘하게 통쾌했다.

　사내의 보랏빛 눈동자가 자신을 향하자 클로드는 꿀꺽 하고 침을 삼켰다. 다 잡은 먹이를 눈앞에서 놓쳤으니 분할 텐데도 보랏빛 눈동자에서는 그 어떤 감정도 읽을 수 없었다.

클로드의 본능이 요란하게 경종을 울려대고 있다. 그는 자신이 알고 있는 가장 강력한 공격 마법을 준비 중이었다. 방금 전의 광경을 떠올리면 어떤 마법이건 저 괴물에게 별다른 타격을 줄 수 있을 것 같지 않지만, 이대로 아무것도 안 해보고 죽을 수는 없었다.

사내가 검을 쳐들었다.

클로드와 그와의 거리는 약 50티렘. 내려친다고 해서 칼날이 닿을 거리는 아니지만, 비슷한 거리에서 에드윈이 낙엽처럼 날아가는 것을 본 다음이다.

빌어먹을! 클로드는 욕이 절로 나왔다.

'세 걸음 떼고 검기 날리기(클로드는 소류검을 이렇게 부른다)'는 에드윈의 필살기가 아니었던가. 그 특이하고 위력적인 검술은 제국의 하윈즈 후작가의 직계 혈손에게만 대대로 전수되는 것이라고 들었다. 그런 것을 어떻게 딱 한 번 보고 그대로 흉내 낼 수 있단 말인가.

사내의 검이 허공에 천천히 사선을 그리자 클로드는 긴장했다. 엄청난 마나 질량을 가진 무언가가 소리도 없이 닥쳐오는 것을 느낀 그는 즉시 수정 지팡이를 치켜들었다.

"매직 미사일(Magic Missile)!!"

갑자기 나타난 수십 개의 푸른 구체가 클로드의 손짓에 따라 날아오는 검기를 향해 쏟아져 나갔다.

콰앙! 콰아앙! 콰앙! 쾅!

푸른 구체가 검기와 부딪칠 때마다 쉴 새 없이 폭발음이 들렸지만, 그때마다 구체만 충격을 받아 사라질 뿐 검기는 여전히 빠른 속도로 쇄도하고 있었다.

클로드 역시 매직 미사일 정도로 저 검기를 막아낼 수 있을 거라고 생각한 것은 아니다. 그는 단지 약간의 시간을 벌 수 있기만을 바랐을 뿐이다.

"파이어 월(Fire Wall)!!!"

클로드는 필사적으로 불안정한 마나를 제어하며 시동어를 외쳤다. 그러자 높이 5티렘에 이르는 거대한 불꽃의 장벽이 홀연히 눈앞에 나타났다.

그는 메모라이즈한 것 중에 이 마법이 있다는 것을 천신께 감사했다. 파이어 월을 형성하는 마나량이라면 상대의 검기는 불의 장벽을 뚫지 못하고 소멸하든지, 아니면 함께 터져 나갈 것이다. 어설픈 추측 따위가 아닌 확신이다. 그는 에드윈의 검기 파괴력이 알고 싶어 실험을 한 적이 있었고, 결국 그 파괴력의 상한선과 하한선을 얻어냈던 것이다.

클로드의 계산으로 저 검기는 절대 불의 장벽을 뚫고 자신들에게까지 날아오지 못한다. 검기가 파이어 월을 뚫지 못하고 소멸하든 함께 터져 나가든 자신은 필요한 시간을 벌게 될 것이다. 에드윈을 구해 달아날 시간을.

콰아— 앙!!!

빠른 속도로 날아온 검기가 불꽃의 벽에 부딪쳤다.

"크흑!!"

클로드의 악다문 잇새로 고통스러운 신음이 흘렀다. 상상했던 것보다 훨씬 무지막지한 기운이다. 마나가 불안정하게 들끓었지만 물러설 수는 없었다.

마법은 발동했다고 끝나는 것이 아니다. 고급 마법일수록 지속적으로 마나를 공급해 주어야 한다. 때문에 클로드는 그 자리에 그대로 선 채 엄청난 정신력과 마나를 소모하며 검기에 뚫리지 않기 위해 안간힘을 쓸 수밖에 없었다.

"크으으으— 윽!!"

잇새로 핏물이 흘러내렸지만 고통을 느낄 여유도 없었다. 마나 공급이 한계에 달한 클로드는 정신이 아득해지고 있었다. 이대로 파이어 월이 뚫리면 끝장이다. 자신의 목숨도 그렇지만 그의 등 뒤에는 의식을 잃은 에드윈이 있지 않은가.

'안 돼! 버텨야 해! 클로드 폴렌 웨이츠! 이 바보 같은 놈, 정신 차려!!'

뚫으려는 쪽과 뚫리지 않으려는 쪽이 힘 겨루기 하기를 수십 초. 마침내 검기와 파이어 월의 마나 질량이 비슷해지는 순간이 찾아왔다.

퍼— 엉!!!

검기와 파이어 월이 함께 폭발했다. 동시에 한계 이상의 마나를 수용한 지팡이의 수정 구슬도 터져 나갔다. 클로드는 그 반동으로 뒤로 쭉 밀리며 피를 토했다. 이대로 정신을 놓아버릴 것만 같았지만 그는 필사적으로 자신을 독려했다.

'안 돼! 아직은 정신을 잃을 수 없어. 적어도 에드윈과 함께 여길 벗어나기 전까진!'

다행히 시간은 벌었다고 안도한 순간이었다. 뭔가 섬뜩한 기운이 느껴져 고개를 든 클로드는 눈을 부릅떴다. 파이어 월과 함께 사라졌다고만 생각했던 검기가 날아오고 있었다.

'저게 어떻게……?! 마법력과 함께 중화된 게 아니었단 말인가?'

아찔했다. 마나는 바닥을 드러내고 있고, 피할 곳도 없었다. 이제 끝이라는 생각에 클로드는 눈을 질끈 감았다.

차아앙!

난데없이 들려온 금속성에 놀라 눈을 떴다. 처음 눈에 들어온 것은 180티노트가 훌쩍 넘는 장신의 키와 바람에 날리고 있는 검은색 옷자락이었다.

누군가가 클로드의 앞을 막아선 것이다. 넓은 등에 가려 부분적으로밖에 보이지 않는 은빛의 검신이 허공을 가르며 눈부신 빛을 발했다. 그러자 '콰앙!' 하는 폭발음과 함께 지축과 공기가 들썩이고, 은빛 불꽃들이 유성처럼 떨어져 내리며 어둠을 수놓았다.

그것이 검기가 소멸함으로 인해 생긴 현상이라는 것을 뒤늦게 깨달은 클로드는 눈을 크게 떴다. 눈앞의 검사는 은발 머리 사내만큼이나 손쉽게 검기를 해소해 버린 것이다.

'대체 누구지? 왜 우릴 구해준 거야?'

상대는 등을 돌리고 있었기 때문에 클로드에게는 검은 옷에 감싸인 균형 잡힌 몸과 바람에 날리는 검은 머리카락밖에 보이지 않았다. 하지만 은발 머리 사내는 믿을 수 없는 것을 본 것처럼 눈을 가늘게 뜨고 있다.

"케… 일 형님?"

"오랜만이구나, 레온. 마수에게 물려 오늘내일하는 중이래서 장례 준비까지 해놨는데, 생각보다 멀쩡한 것 같군. 이것 참, 곤란하게 됐네. 사놓은 관이며 향을 물려주지 않는다고 하면 낭패야."

짐짓 유감이라는 듯이 검은 머리 사내가 놀리는 말에, 은발 머리 사내의 눈은 화가 난 것처럼 검게 변했다.

"자신이 무슨 짓을 했는지 알고 있습니까?"

"물론. 나는 내가 뭘 하는지 잘 알고 있지. 자신이 무슨 짓을 하는지 모르는 건 너야. 이 흉악한 놈! 소류검을 연속으로 쓴 걸로 모자라 중첩강기까지 날려? 방금 네놈 손에 날아간 나무만 해도 수십 그루야! 자연보호 수칙을 어겨도 유분수지, 그 많은 벌금을 무슨 수로 감당할 거냐? 그렇게 돈이 많아?"

무슨 말을 하는지 알아들을 수는 없지만 허물없는 말투로 보아 둘은 아는 사이인 듯했다. 하지만 클로드에게 있어 중요한 것은 그런 게 아니다. 은발 머리 사내의 주의가 마침내 자신들에게서 검은 머리 사내 쪽으로 옮겨갔다. 바라고 바라던 기회가 찾아온 것이다.

그는 들키지 않도록 조심스럽게 마나를 끌어 모았다.

마나의 균형을 조율해 줄 지팡이의 수정은 깨졌고, 몸 상태는 엉망인 데다가 남아 있는 마나도 별로 없다. 하지만 무리를 해서라도 지금 이 자리를 벗어나지 않으면 다시는 기회가 없으리라.

클로드는 워프에 필요한 마나를 모으는 틈틈이 상황을 살폈다. 갑자기 등장한 검은 머리 사내는 자신들에게서 2티렘 정도 떨어진 위치에, 은발 머리 사내는 그에게서 10티렘 정도 거리를 두고 대치 중이다.

"벌금을 내든, 집법원에 끌려가든 내가 알아서 하겠습니다. 그러니 비키시죠."

"그렇겐 못하지. 일단 사고부터 쳐놓고 배 내밀기가 네놈 주특기잖아. 돈도 없는 네놈이 책임을 진대봤자 망가진 산림 복구에 얼마나 도움이 되겠냐? 보나마나 집법원 원주고, 애향회 놈들이고 나만 들들 볶으면서 책임지라고 난리겠지. 내가 아무리 수용 범위가 넓다고 해도 나랑 같은 물건 달린 사내놈까지 책임지긴 싫거든?"

두 사람은 먹이를 노리는 맹수들처럼 간격을 재며 서로의 빈틈을 노리고 있었다. 서로 상대의 실력이 만만치 않다는 것을 잘 아는 것처럼, 신중하게 거리를 좁히면서도 결코 경계를 풀지 않는다. 두 사람의 신경이 온전히 상대방에게만 쏠려 있다고 판단한 클로드는 이 기회를 놓치지 않았다.

그는 의식을 잃고 쓰러진 에드윈을 끌어안고 즉시 시동어를 외쳤다.

"워프!!!"

마법 보조 기구인 지팡이도 쓸 수 없는 상태라 정상적으로 발동할지 내심 불안했지만 다행히 마법은 제대로 걸렸다. 울퉁불퉁한 흙바닥에 클로드와 에드윈을 둘러싼 지름 1티렘 정도의 황금빛 원이 생겼다. 워프 마법진이다.

룬 문자로 채워진 원 바깥쪽이 강한 빛을 뿜어내며 빠르게 회전하자 마법진을 중심으로 소용돌이 바람이 불었다. 그러자 은발 머리 사내가 클로드의 의도를 눈치 챈 것처럼 이쪽을 돌아본다.

사나운 보랏빛 눈동자를 본 순간 클로드는 초조함을 느꼈다. 워프는 이미 발동했고, 마법진의 마나가 이동 좌표 지점을 확인하고 연결하는 데 걸리는 시간은 불과 1분도 채 되지 않는다. 그런데도 10티렘이나 떨어진 위치에 있는 사내의 손에 지금 당장 잡힐 것만 같다.

은발 머리 사내는 시선을 클로드에게 고정한 채 검을 든 손을 불쑥 치켜들었다. 그 자세에서 연상되는 어떤 것에 클로드는 말이 안 된다는 것을 알면서도 가슴이 철렁 내려앉았다.

'서, 설마, 이미 발동한 워프 마법진을 검기로 갈라 버리겠다는 건 아니겠지?'

그런 일이 가능할 리 없다. 다른 누군가가 같은 행동을 했다면 클로드는 '마법도 모르는 얼간이'라고 통렬히 비웃어주었을 것이다.

하지만 그는 오늘 상식에서 벗어난 일을 수없이 겪었다. 그러다 보니 저 괴물이라면 정말로 칼질 한 번에 마법진을 통째로 날려 버릴지도 모른다는 생각마저 든다. 그리고 클로드의 그런 생각이 단순한 기우가 아니었음이 곧 드러났다.

"관둬라. 벼룩 두 마리 잡자고 집을 다 태울 셈이냐? 워프진이 날아가는 즉시 산도 폭삭 내려앉을 거다. 그쯤 되면 집법원이나 애향회 놈들뿐 아니라 집사님도 노발대발하실 텐데 감당할 자신 있으면 한번 저질러 보던가?"

은발 머리 사내는 움찔했다. 그러더니 할 수 없다는 듯 자세를 바꾸었다. 그는 두어 걸음 뒤로 물러서며 상체를 살짝 틀더니, 그 탄력을 이용해서 들고 있던 검을 창처럼 던졌다.

쐐액 하고 허공을 가르며 날아오는 검은색의 검신이 점점 거대하게 보인다.

가슴이 뛰었다. 얼마 남지 않았건만, 워프로 이곳을 벗어나기 전에 저 검이 먼저 닿을 것만 같다. 피하고 싶어도 피할 수 없다. 어디로 피한단 말인가? 이미 발동된 워프 마법진 밖으로?

클로드는 날아온 롱 소드에 심장이 꿰뚫리는 상상을 하면서 눈을 질끈 감았다.

카아앙!!

고막이 윙 하고 울릴 정도로 강한 금속성이 들렸다.

그 소리에 놀라 눈을 뜬 클로드의 눈에 제일 먼저 들어온 것은 바람에 날리는 검은 머리카락이다. 2티렘 밖에 있었던 검은 머리 사내가 언제 거기까지 이동했는지 마법진 바로 밖에서 날아온 검을 막고 있었다.

클로드는 날아온 검이 검은 머리 사내의 검에 부딪쳤으니 당연히 바닥으로 떨어질 줄 알았다. 하지만 검은 롱 소드는 그의 예상을 깨고 몇 번이나 각도를 틀어가며 집요하게 클로드를 노렸다.

캉! 캉! 카앙!

클로드는 얼이 빠졌다. 검이 저 혼자 둥둥 뜬 채로 이리저리 방향을 바꿔가며 검은 머리 사내의 검과 '캉, 캉' 하고 부딪치는 광경은 그 정도로 그로테스크했다.

그리고 그것이 클로드가 그곳에서 본 마지막 광경이었다.

날아다니는 검은 끝내 검은 머리 사내의 방어벽을 뚫지 못했고, 덕분에 클로드는 위기를 넘기고 워프에 성공했다.

은발 머리 사내, 레온이 달려왔을 때는 클로드와 에드윈은 물론 워프 마법진까지 사라진 다음이었다. 간발의 차이로 놓친 것이다.

레온은 낮게 욕설을 내뱉으며 케일을 사납게 쏘아보았다.

"무슨 짓입니까?"

"그건 내가 묻고 싶은 말이구나. 무슨 짓이냐?"

레온은 미간을 찌푸렸다. 다짜고짜 나서서 방해해 놓고, 도리어 레온더러 잘못했다는 투가 아닌가. 울화가 치밀었지만 억지로 눌러 삼켰다.

케일 엘라시스는 레온보다 일곱 살 연상으로 라미엘의 둘째 아들이다. 친구인 파엔의 친형이며, 레온 역시 형님처럼 따르는 사람이기에 잘 안다. 아무런 이유 없이 이런 행동을 할 사람이 아니라는 것을.

"대체 왜 방해하신 겁니까? 설마하니 내가 소류검까지 써가며 멋모르는 약초꾼을 괴롭히고 있다고 생각하셨습니까?"

"설마 그랬겠냐? 네가 얼마나 귀찮은 걸 싫어하는 놈인지 아는데."

"그럼 우연히 내가 눈에 띄어서 오랜만에 시비나 한번 걸어보자고 생각한 겁니까?"

"음. 그런 건 없잖아 있지. 네가 소류검까지 쓰면서 재미 보는 걸 보고만 있자니 좀이 쑤셔서 말이야. 그래도 그만하면 많이 봐준 거 아니냐? 페퍼민트(카린 성의 외탑 중 비온, 루비탄, 렉사드의 3탑을 포함하는 조직. 이들의 임무 중에는 주변 산악의 환경 관리도 있다) 소속인 내가 나무 수십 그루가 잘려 나가는 것도 못 본 척해줬으니. 나 요즘 성격이 너무 물러졌다고 집법원주한테 매일 불려가 깨진다."

레온은 어이없다는 듯 웃었다. 카린 성에서도 손꼽히는 냉혹한 탑주 주제에 무슨 물러진 성격 운운이란 말인가. 그의 표정을 읽은 케일도 웃음을 터뜨렸다.

"어쨌거나 네놈은 심했어. 방어막도 없는 곳에서 중첩강기까지 쓰려고 하다니. 산 전체를 무덤으로 만들어줄 생각이었냐? 무슨 왕릉도 아닌데? 그놈들이 그렇게 마음에 들었냐?"

중첩강기(重疊剛氣). 이중으로 겹쳐진 형태의 강기다. 파이어 월과 부딪쳐 중화되고도 강기가 남아 있었던 것은 그런 이유 때문이다. 이것은 쓰기에 따라 파괴력이 엄청나서 카린 성에서는 방어막이 없는 곳에서는 사용을 금하고 있는 기술이기도 했다.

"어떻게 해서라도 잡아야 하는 놈들이었습니다. 나중에 집법원에 끌려가더라도 할 수 없지요. 젠장! 그들이 어떤 놈들인지 형님이 알기나 하시겠습니까?"

"그들이 누구인지 알기 때문에 널 막은 거야."

레온은 케일의 말을 믿을 수 없다는 듯이 눈을 가늘게 떴다.

"하! 그렇습니까? 그렇다면 어디 한번 말씀해 보시죠. 그들이 누구인지?"

"글쎄. 내가 알기로 드래곤 계곡을 헤집어놓은 놈들인 것 같던데? 렉실을 작살내고, 엘프와 유니콘을 다수 잡아가고. 아, 몬스터 계곡을 쑥대밭으로 만든 것도 있다. 내가 아직 잘 모르는 다른 죄목이 또 있거든 네가 추가해 보던가."

순간 레온의 얼굴에서 표정이 사라졌다.

"그걸 알면서도 놓아줬다고 말하는 겁니까? 비온탑(카린 성 열한 개 외탑 중의 하나. 케일이 탑주로 있다)이 언제부터 침입자에게 이렇게 관대했는지 궁금하군요."

그를 압박하는 무형의 기세에도 케일은 장난스럽게 씩 웃을 뿐이었다.

"나를 베고 싶으냐? 흠, 그것도 좋겠지. 아스카님의 제1섀도우라면 나를 벨 자격이 있지."

카린 일족 간에는 자질 향상과 발전을 위한 비무는 상관없지만, 서로를 죽이기 위한 칼부림은 원칙적으로 금지되어 있다. 그 원칙이 적용되지 않는 것은 단 하나, 섀도우뿐이다.

섀도우는 텐 론(혹은 티아 에스텔)의 검이며 방패. 그들이 검을 드는 이유는 오직 한 가지, 주인을 지키기 위해서다. 그들의 판단과 권리를 존중하기에 카린 성에서는 그들이 누구를 죽이든 제재받지 않는 것이다.

케일은 섀도우로서의 권리를 인정해 주며 벨 테면 베라는 듯이 말했지만 레온은 그 말에 도리어 열이 식었다.

자신은 이제 섀도우다. 아스카의 섀도우 후보였던 시절과는 다르다. 자신의 검에 대한 책임은 스스로가 아니라 주인인 아스카가 지게 되는 것이다. 이전에 스승인 카렌이 말했던 것처럼 섀도우의 무한 권리는 자유를 의미하지 않는다. 내키는 대로 검을 휘둘러 놓고 어떻게 감히 티아 에스텔의 방패임을 자처할 수 있겠는가.

"관두겠습니다. 아직 공표되지도 않은 새도우 주제에 벌써부터 주인을 곤란하게 할 수는 없지요."

"그런 것치고는 김샜다는 표정인데?"

"그거야 그렇죠. 로즈마리 훈련생 시절 형님 밑에서 교육받은 놈들 중에 형님 목을 노리지 않은 놈이 있을까요? 이런 기회가 언제 또 있을지를 생각하면 가슴이 쓰립니다만……."

"가슴이 쓰리지만?"

"나의 어설픈 칼질에 형님이 얌전히 목을 내어주실 것 같지는 않군요. 그리고 방금 떠오른 건데, 형님은 언제나 먼저 도발해 놓고 뒤통수 치기를 즐기셨지요. 기회라고 생각해서 덤벼들었다가 된통 당하면 오히려 망신이니 이 정도로 해두는 게 체면 보존에 도움이 되지 않을까 하고."

케일은 크하하하 하고 웃었다.

"너는 정말 상황 판단력이 뛰어나다. 자제력은 더 말할 것도 없고. 같은 상황이었으면 우리 막내 바보 녀석은 희희낙락해서 내 목을 따겠다고 덤벼들었을 거야. 쯧, 그렇게 매번 당하고도 또 걸려드니 학습 능력이 없는 걸까?"

천하의 파엔 엘라시스에게 이렇게 말할 수 있는 사람이 누가 있을까. 오늘날 그가 그렇게 꼬인 성격이 된 것은 이런 성격 나쁜 육친을 비롯한 환경적 요인을 무시할 수 없다.

"그래서 이유가 뭡니까?"

"뭐? 네 손에서 그 시건방진 침입자 놈들을 보호한 이유?"

"네."

"로즈마리 놈들에게 잔소리 듣기 싫어서지. 너, 나중에 술이나 사라. 로즈마리 놈들이 단체로 발광할 뻔한 걸 내가 막아줬으니까. 뭐, 저 너덜너덜한 꼴을 보면 지금도 썩 좋은 표정은 안 하겠지만 죽지는 않았으니 알아서 어떻게 하겠지."

레온은 미간을 찌푸렸다. 무슨 말인지 알아들을 수가 없었던 것이다. 그가 침입자들을 좀 손봐줬다고 해서 왜 로즈마리 소속의 인간들이 단체로 발광을 한단 말인가?

"로즈마리가 왜 화를 냅니까?"

"제대로 한 번 몰아보지도 못했는데 토끼를 저런 넝마로 만들어놨으니, 너라면 열 안 받겠냐?"

레온은 눈을 부릅떴다.

"토끼?!"

"토끼."

케일은 씨익 웃으며 긍정했다. 그 지극히 사람 나쁜 미소를 대한 순간, 레온은 한줄기 식은땀이 등을 타고 흘러내리는 것을 느꼈다. 멋모르고 덤벼들었으면 정말 개망신을 당할 뻔했다. 레온은 적절한 순간에 제대로 발동해 준 자신의 위기 감지 능력에 감사했다.

"토끼라니, 벌써 토끼몰이 허가가 떨어졌습니까? 아, 하지만 아직 시슬리안이 끝나지 않았는데요?"

"토끼몰이에 때가 어디 있냐? 토끼가 있고, 티아 에스텔께서 허락하시면 하는 거지. 마침 시슬리안이라 어디 재미있는 거 없을까 하고 눈만 부라리고 있는 놈들도 쎘으니, 시기도 딱 좋잖아."

"그게 아니라, 전에 엘라시스님께 침입자들의 처리를 여쭈었을 때는 시슬리안 이후를 언급하셨기에."

침입자들에 대한 지나치게 소극적인 대응이 마음에 걸려 엘프의 숲에서 나온 뒤 라미엘을 찾아갔더니 그가 그렇게 말했다. 그때만 해도 아스카는 침입자들에 대해 아무것도 모르는 눈치였는데, 설마 그사이에 무슨 일이 있었던 걸까?

케일은 한 손으로 자신의 턱을 쓸며 쓴웃음을 지었다.

"음흉한 영감들이 다들 한통속이 되어서 시슬리안 끝날 때까지만 어떻게든 좋게 좋게 넘겨보려고 하다가 뒤통수를 크게 한 방 맞았지. 피해자인 엘프와 유니콘이 드워프를 대동하고 나타났거든."

레온의 입에서는 저도 모르게 '이런!' 하는 신음 소리가 흘러나왔다.

"그래. 말 그대로 '이런 개 같은 일이 있나?!' 할 때의 그 '이런!' 이지. 그나저나 네놈이 토끼를 반 잡아놓는 바람에 사냥의 즐거움이 확 줄었어. 못해도 3일 정도는 버텨야 하는데. 차라리 훼방꾼 쪽에 붙어버릴까?"

카린 성에서 즐기는 토끼몰이란 진짜 토끼를 사냥하는 것이 아니다. '토끼'라고 임의로 명명한 사람을 쫓으며 즐기는 유희의 일종이다.

사냥의 구성 인원으로는 사냥꾼과 훼방꾼, 그리고 토끼가 있다.

사냥꾼들은 덫을 놓고, 함정을 파고, 사냥개와 매를 부리면서 토끼를 뒤쫓는다. 훼방꾼들은 토끼를 도와 덫을 제거하고, 함정을 피하게 도와주고, 사냥개와 매가 토끼를 발견하지 못하도록 하는 등 토끼 사냥을 방해한다. 사냥꾼과 훼방꾼이 토끼를 사이에 두고 서로의 역량을 겨루는 일종의 게임 같은 것이다.

여기서 중요한 것은 토끼다. 토끼는 보통 열 명 이하의 사람으로 구성되는데, 재미를 위해 임의로 카린 성내의 인물을 지정할 때도 있고, 이번처럼 외부에서 사냥감이 척하니 나타날 때도 있다. 토끼가 중요한 이유는 토끼가 강해야 사냥이 재미있기 때문이다.

사냥 기간은 7일 밤낮인데, 7일 넘어서까지 토끼가 잡히지 않고 도망치는 데 성공하면 토끼를 비롯한 훼방꾼 쪽의 승리가 된다. 토끼와 훼방꾼이 승리할 확률은 낮지만 아예 없는 것은 아니다. 예전에 라미엘의 장남인 러셀이 토끼가 된 적이 있었는데, 그때 토끼는 마법사들의 집요한 추격마저 유유히 따돌리며 열흘 넘게 살아남았다. 물론 토끼 사냥은 거의 광란의 분위기였다.

그때의 재미를 기억하는 케일이 레온에게 얻어맞아 제구실 못하게 된 토끼에게 아쉬워하는 것은 당연했다. 그가 계산하기로 지금의 토끼로는 로즈마리의 추격을 당해내지 못한다.

"레온, 넌 어떻게 할 거냐?"

사냥꾼과 훼방꾼 어느 쪽에 가세할 거냐는 말이었다.

"글쎄요……."

"네놈이 사냥꾼으로 가면 무게 중심이 크게 기운다. 훼방꾼에 껴라."

"네? 하지만……."

토끼몰이라는 것을 알게 된 이상 사냥 자체에 크게 흥미가 일지 않는 레온이었지만 케일은 그가 얼렁뚱땅 빠져나가는 것을 허락하지 않았다.

"이 자식아! 토끼를 떡을 만들어서 사냥을 망친 책임을 져야 할 것 아냐?! 네놈은 무슨 일이 있어도 훼방꾼이다!"

"하지만 이미 토끼가 내 얼굴을 아는데요? 도움을 주려고 해도 믿어

주기나 하겠습니까?"

"그럼 복면이라도 써! 뭐가 불만인데? 섀도우는 원래 복면이 트레이드마크잖아. 공표되지 않은 섀도우는 섀도우 아니냐? 왜 복면도 없이 돌아다니고 지랄이야?"

레온은 어깨를 축 늘어뜨렸다. 그가 무슨 말을 할 수 있겠는가. 그가 토끼를 향해 칼질을 한 순간부터 그의 운명은 본인의 의사와는 상관없이 토끼 도우미로 결정나 버린 것을.

케일이 이렇게 반강제적으로 레온을 훼방꾼으로 섭외한 데는 이유가 있다. 그가 토끼 사냥에서 최후의 최후까지 살아남은 전적이 있는 전설의 토끼이기 때문이다. 그의 노하우를 모두 발휘해서 토끼를 하루라도 더 살리고, 사냥을 재미있게 만들라는 의미였다.

케일의 재촉에 레온은 일단 바닥에 떨어진 자신의 검부터 회수하기 위해 손을 뻗었다.

저 혼자 날아다니며 맹렬하게 클로드를 공격해 대던 롱 소드는 표적이 사라지고 나자 힘을 잃은 것처럼 바닥에 꽂혀 있었다. 하지만 레온의 손이 자루에 닿자 웅— 하는 검 울림과 함께 쩌렁쩌렁한 소리가 터져 나왔다.

[그러니까 내가 거기서는 그 소류검인가 하는 검기를 한 번 더 날리자고 했잖아! 너도 처음에는 그러려고 했으면서 왜 갑자기 마음을 바꾸는 거냐고?! 검사라면 초지일관할 줄 알아야지! 으아악!! 분해! 거기서 검기만 날렸어도 마법진째로 날려 버릴 수 있었는데!!]

불만에 찬 목소리가 버럭버럭 내지르는 소리를 들은 케일은 '어라?' 하는 얼굴로 검을 보았고, 레온은 골치가 아프다는 듯이 이마를 손으로 눌렀다.

"시끄럽다. 운신도 제대로 못하는 표적을 눈 뜨고도 놓친 주제에 말이 많군."

[그건 내 탓이 아니라고! 저 인간이 방해만 하지 않았어도 심장을 꿰뚫어놓을 수 있었단 말이야!!]

목소리는 억울하다는 듯이 소리쳤지만 레온은 코웃음을 쳤다.

골치 아픈 녀석이다. 백발의 검사 놈에게 보여주기 위해 소류검을 운용했더니, 이 웃기는 에고 소드라는 놈은 그 패도적인 기세에 반했다며 한 번만 더 하자고 줄곧 징징대고 있다.

검기든 검강이든 상황을 봐가면서 날려야 하는 것이 아니겠는가. 그런데 이 무식한 놈은 발동된 워프진을 향해 검기를 안 날렸다고 이 난리다. 무슨 일이 벌어질지 알고나 그러는 것인지.

마법진이 폭발하면 표적을 놓치는 일이야 없다. 다 가루가 되어 날아갔는데 놓치고 말고 할 것이 뭐 있겠는가. 게다가 그 충격의 여파로 주변이 초토화되는 것은 말할 것도 없고 산이 통째로 폭삭 내려앉을지도 모른다. 그에 대해서는 케일의 말이 옳다. 빈대 몇 마리 잡으려고 온 집을 다 태우는 격이다.

"변명 늘어놓기는. 그보다 얘기는 들었겠지? 어떻게 할 거야?"

[토끼 사냥이 어쩌고, 훼방꾼이 어쩌고 하는 얘기는 뭔 소린지 모르겠지만 싸움이 벌어질 거란 말이겠지? 그럼 따라간다.]

검은 즉각 대답했다. 그는 이 상황이 제법 마음에 들었다. 그의 주인은 인정머리없고, 성질도 개떡 같은 데다가 자신의 가치도 전혀 인정해 주지 않지만 적어도 실력만은 진짜인 것 같다. 그를 떠넘긴 꼬맹이가 그 부분에 대해서는 거짓말을 하지 않은 것이다.

게다가 주인의 주변에는 왜 이렇게 쟁쟁한 실력자들이 많은지. 앞서

맞부딪친 두 명의 검사와 마법사도 꽤 좋았지만, 이 케일인가 하는 이름의 검사도 무척 기대된다. 본격적으로 붙어보지 못해서 조금 아쉬웠지만 주인 곁에 붙어 있는 한 언젠가는 기회가 있겠지.

웅웅웅!!!

검이 울었다. 그러자 롱 소드에서 갑자기 검은 기운이 뭉글뭉글 연기처럼 피어오른다. 유형화된 기운은 뱀처럼 검의 자루를 잡은 레온의 손을 타고 올라간다. 팔을 휘감은 검은 기운은 어깨에 이르자 특이한 마름모꼴의 문양을 형성하더니 슈욱 하고 어깨 안쪽으로 빨려 들어갔다.

검은 연기 같은 기운이 사라지자 땅에 꽂혀 있던 검도 사라지고 없었다.

케일은 그 모든 과정을 흥미롭게 지켜보았다.

"그거, 아스카님이 만들게 하셨다는 에고 소드 중에 마지막 녀석이지? 날아온 검이 저절로 튀어 오를 때는 나도 좀 놀랐다. 어떠냐? 카린 성이 자랑하는 네 자루 에고 소드 중 하나의 주인이 된 기분은?"

케일이 짓궂게 묻자, 레온은 뭐라 형용할 수 없을 정도로 복잡한 표정을 지었다. 하지만 아무리 그리고 해도 아스카가 챙겨준 물건을 '버리지 못해 쓰고 있다'고 말할 수는 없었다.

"귀찮습니다. 보다시피 칼날보다 입으로 나불거리는 것이 장기인 놈이라."

케일은 크하하하! 하고 웃었다. 정말이지 녀석다운 대답이다.

레온 헤렌다인. 당대의 검성(劍聖), 라미엘 엘라시스도 인정한 검의 천재.

카린 성에서 태어나 천재라 불릴 만한 인재들을 무수히 보아온 케일조차도 이 녀석 같은 괴물은 본 적이 없었다. 그는 카린 성에서 외화벌이를 나가보지 않은 유일한 수행자다. 왜냐하면 수행을 떠날 사이도 없이 불과 일주일 만에 스승이 낸 과제를 완수했기 때문이다. 바로 메사하르의 소류검 파훼를 이루어낸 것이다. 녀석의 나이 열일곱 살 때였다.

그런 그가 성년을 맞아 평생을 함께할 무기를 맞이할 때가 되었을 때는 무기 창고가 소란스러웠다고 한다. 콧대 높아 팔려가지 못한 명검들이 그의 손에 쥐어지길 원하며 아우성이었다는 것이다.

하지만 마법검도 싫고 속성검도 싫다, 날카로운 검도 필요없다며 고개를 저었던 놈에게 하필이면 에고 소드가 가다니. 이런 것이 바로 인연은 따로 있다는 것일까?

본인은 적잖이 학을 떼고 있는 것 같지만 지켜보는 케일의 입장에서는 재미있기만 했다.

"자, 그럼 다 죽어가는 토끼를 도와주러 가볼까? 아참, 그전에 이걸 잊으면 안 되지."

케일은 품속에서 원통형의 막대 같은 것을 꺼내 아래쪽에 달린 줄을 당겼다.

피이이이이이— 펑! 퍼엉!!

공기를 찢는 파공음과 함께 신호탄이 올랐다. 축제에서나 쓰일 법한 화려한 오렌지색 불꽃이 어두운 하늘을 수놓았다.

케일이 쏘아 올린 이 불꽃이 의미하는 바는 '목표 발견' 과 '추적 중' 이다.

"이런 건 어디까지나 형식에 불과하지만 말이야. 토끼가 마법을 쓴 이상, 그물을 벗어날 수 없지. 지금쯤 망루에서는 위치 파악이 끝났을 테고, 로즈마리 놈들 중에 성질 급한 놈들은 벌써 움직이고 있을 거야."

"그물까지 썼습니까?"

레온은 눈을 크게 떴다. 아무리 상대가 특별한 사정이 있는 토끼라고는 하나 고작해야 토끼 사냥에 그물까지 동원했을 줄은 몰랐다.

"너도 알다시피 이번에는 토끼 중에 마법사가 있잖아. 지금까지 마법사가 토끼가 됐던 적은 한 번도 없었지. 잡힐 만하면 워프로 휙 도망가 버리는 것은 규칙 위반이라며 사냥꾼 놈들이 강력하게 항의하는 바람에 그렇게 됐어. 덕분에 망루는 풀가동에, 마법사란 마법사는 죄다 동원됐을걸? 토끼몰이 끝나고 나면 쓰러지는 놈들도 심심찮게 나올 거야."

그물이라는 것은 마나 감지 장치를 말하는 것이다. 검기로 인한 마나 충돌이나 마법으로 인한 마나 유동 같은 비정상적인 마나의 움직임을 감지하고 그 위치를 파악하는 것이다.

문제는 그 그물의 범위가 엄청나게 넓다는 것이다. 드래곤 계곡은 물론이고 드칸 산 전역을 커버하고 있으니 이 장치를 가동하려면 얼마나 많은 마나와 마법사들이 필요하겠는가.

"이건 거의 2급 비상 경계 체제에 버금가는군요."

"티아 에스텔께서 그 어느 때보다 깊은 관심을 가지고 지켜보고 계시니 우리도 대충할 수 없잖아. 하웰(그랜트 하웰. 로즈마리의 수장) 아저씨께서 말씀하시길, 모든 장치는 때때로 잘 돌아가는지 확인을 하고 기름칠을 해줄 필요가 있다고 하시더군. 시운전이라고 생각하라나?"

중요한 것은 그 덕분에 훼방꾼 작업이 쉽지 않을 것이라는 점이다. 그렇잖아도 토끼와 훼방꾼 쪽에 불리하게 돌아가고 있는데 죽어라 죽어라 한다며 케일은 투덜거렸다. 그나마 다행인 것은 레온을 잽싸게 끌어들였다는 것이다. 본인은 별로 내키지 않는 기색이지만 할 일은 하는 녀석이니 상관없다.

케일이 그런 생각들을 하고 있을 때, 레온은 밤하늘의 불꽃을 물끄러미 올려다보고 있었다.

"마치 축제 불꽃 같네요."

"축제 불꽃이지. 토끼몰이 시작을 알리는 불꽃이니까."

두 사람은 나란히 서서 불꽃을 감상했다.

곧 날이 밝는다. 본격적인 시슬리안이 시작되는 것이다.

시슬리안. 성스러운 겨울 달, 아노아가 처음으로 겨울 창공에 나타나는 날.

아노아가 얼굴을 내미는 밤이 되려면 아직 멀었다. 하지만 그들의 달맞이 축제는 지금부터 시작이었다.

Chapter 4
에롬과 고향 가는 길

드칸 산에서 180티온 정도 떨어진 거리에 있는 바라얀 왕국의 항구 도시, 세람에서는 시슬리안 때문에 수난을 겪고 있는 사람이 있었다.

"호오, 방이 없어?! 나를 이렇게 대놓고 문전박대하다니, 너 정말 죽고 싶구나, 응?"

"그, 그런 게 아닙니다. 제, 제발 지, 진정하시고 제 말 좀……"

세람에서 가장 큰 여관, '사슴나무 집' 주인은 꼭두새벽부터 들이닥친 난폭한 손님 때문에 죽을 지경이었다. 방이 다 찼으니 돌아가 달라고 정중하게 말하는 점원을 무시하고, 자고 있는 그를 두들겨 깨워 없는 방을 내놓으라고 멱살을 흔들어대고 있는 것이다.

그 소란에 작은 원목 테이블은 반쪽이 나고 의자도 다리 하나가 날아갔다. 점원은 방 한구석에서 이러지도 저러지도 못하고 오들오들 떨고 있다.

다른 사람이 이런 행패를 부렸으면 당장 치안대를 불렀을 것이다. 하지만 여관 주인인 호이트는 경험을 통해 안다. 세람의 경비대는 이 금발마녀를 감당하지 못한다는 사실을. 게다가 이 마녀를 화나게 만들면 무궁무진한 후환이 기다리고 있다. 그래서 그는 오늘의 이 위기를 어떻게든 온건하게 넘기려고 필사적이었다.

"사, 사전에 연락이라도 좀 주시지 그랬습니까? 오늘 달맞이 행사가 있어서 수주 전부터 왕국 각지에서 사람이 몰려들었습니다. 외, 외국에서도 사람들이 와서······."

"잡소리 집어치우고, 내 방은? 3층에 있는 내 방은 언제, 무슨 일이 있어도 비워두라고 했을 텐데?"

"그, 그게요··· 맹세코 제 잘못이 아닙니다! 티오렌 제국에서 높으신 분이 오셔서 반드시 그 방을 쓰셔야겠다고 하는 바람에······."

와장창!!

마녀의 발길질에 백 년도 넘는 사다하 산(産) 도자기가 박살이 났다. 호이트는 가슴이 무너졌지만 지금은 도자기보다 자신의 목숨을 걱정해야 할 때였다.

"너, 지금 장난하냐? 내 방을 감히 누구에게 줘? 그러고도 살기를 바라냐?"

퍽! 쾅당탕!!

마녀에게 걷어차인 호이트는 침대에서 나가떨어져 마룻바닥에 대자로 뻗었다.

방 한구석에서 주인이 얻어맞는 것을 보고 있던 점원은 얼굴이 창백하게 질린 채 움찔움찔 몸을 떨었다. 무서웠지만 다른 곳으로 피할 엄두조차 낼 수 없다. 그렇게 어설픈 짓을 하다가 혹여나 저 마녀의 눈이 이번에는 자신을 향하면 어떡한단 말인가.

마녀가 목을 밟자 호이트는 '꾸엑!' 하는 소리를 냈다.

"그동안 네놈이 늘어놓는 소리를 내가 다 믿었다고 생각하나? 네놈이 내 눈을 피해 뒷구멍으로 무슨 짓을 하는지 모를 내가 아니다. 단지 귀찮아서 모르는 체했던 것뿐이야. 사람이 그렇게 좋게 좋게 대해주면 고마운 줄 알아야지. 뭐? 방이 없어? 이 빌어먹을 자식이!! 이 엄동설한에 나보고 노숙이라도 하란 말이냐?"

퍽! 퍼퍼퍼퍼벅! 퍼퍼퍼퍼— 억!!

마치 북 치는 것 같은 소리가 났다.

호이트는 비명을 지르려고 했지만 마녀가 무슨 짓을 했는지 목소리가 나오지 않았다.

"내가 뭐라고 했냐? 그 방은 이 집 안에 있어도 네 것이 아니라고 했냐, 안 했냐? 청소만 깨끗이 하고 비워두라고 했지? 그 방으로 돈벌이 하거나 그 방 안에 있는 물건 하나라도 없어지면 죽는다고 한 말, 못 들었어? 그렇지 않아도 열받아서 죽겠는데, 너 오늘 여기서 정말 죽어볼래?!"

두두두! 두두두두! 퍽퍽!!

이건 무슨 소릴까? 어째서 사람을 두들기는데 이런 소리가 날 수 있는 걸까?

사정없이 밟히고 걷어차인 호이트가 오늘 정말 여기서 죽는구나 하고 생각했을 때였다.

삐걱 소리를 내며 나무 문이 열리고 사람이 들어왔다.

제일 처음 눈에 들어온 것은 은색 방울꽃이 수놓아진 검은 가죽 신발의 코다. 크기를 보니 어른의 발이 아닌 것은 확실하고, 10세 전후의 여자 아이 발 같다.

그 위에 바닥까지 끌릴 것 같은 푸른 비단 옷자락이 발등을 덮고 있다.

고개를 좀 더 들자 푸른 옷자락에 금빛 은빛으로 화려하게 그려진 꽃이며, 길게 늘어진 우아한 소맷자락이 보인다. 좀 더 고개를 쳐들자 V 자로 겹쳐진 옷깃 사이로 드러난 새하얀 목덜미, 어깨에 늘어뜨린 달빛 같은 은발, 짙푸른 눈동자를 가진 요정처럼 작고 새하얀 얼굴 등을 볼 수 있었다.

소녀는 바닥에 쭉 뻗어 있는 호이트와 눈이 마주치자 쓴웃음 같은 것을 지었다.

"쥴리아, 아직 멀었어?"

그러자 놀랍게도 마녀가 호이트를 걷어차고 있던 발을 슬그머니 바닥에 내려놓는 게 아닌가!

"어머나, 아스카님! 왜 여기까지 오셨어요? 아래층 홀에서 기다리고 계시면 방이 준비되는 대로 제가 모시러 갈 텐데."

방금 전까지 들었던 음산한 목소리의 소유자와 동일 인물이라고는 도저히 상상할 수 없을 정도로 맑고 발랄한 목소리다.

소녀는 엉망이 된 방을 한 바퀴 휘 둘러보더니 뚜벅뚜벅 걸어와 호이트 앞에 쪼그리고 앉았다.

"네가 여기 주인장을 괴롭히고 있는 것을 보니, 아무래도 방이 없는 모양이지?"

"아뇨! 그럴 리가 있나요? 방이 없으면 내가 얼마나 실망할지 잘 아는 호이트 씨가 설마 그럴 리가 없죠. 곧 방이 준비될 거예요. 그렇죠,

호이트 씨?"

 나긋나긋한 목소리와 달리 음산하게 빛나는 보랏빛 눈동자는 '방을 내놓지 않으면 너 오늘 다 산 줄 알아라!' 라고 말하고 있었다. 호이트는 시슬리안 기간 중에 자신의 장례를 치르고 싶은 생각은 추호도 없었기에 정신없이 고개를 끄덕였다.

 "쥴리아, 억지 그만 부리고 주인장을 일으켜 주지? 네가 그렇게 떼를 쓴다고 없는 방이 나올 리는 없잖아."

 "어머! 방이 없다니, 그 무슨 말씀. 호이트 씨와 저는 상호 간의 오해를 풀고, 원만한 의사 소통 과정을 거친 결과 호이트 씨가 우리를 위해서 방을 준비해 주기로 막 합의를 본걸요?"

 "위층에서 만만한 투숙객 하나를 골라 거리로 내쫓고 말이지?"

 소녀의 말이 정곡을 찔렀는지 금발마녀는 '찻' 하고 혀를 찼다.

 "쓸데없는 소리 하지 말고 주인장이나 일으켜 줘. 시슬리안 새벽부터 소동을 일으켜서 어쩌겠다는 거야?"

 금발마녀는 호이트를 죽일 듯 노려보았지만, 소녀의 말을 거부할 수는 없는지 마지못해 그를 부축해 일으켜 주었다. 그러다 보니 호이트의 눈에는 이 아름다운 소녀가 구원을 위해 내려온다는 신의 사자처럼 보였다.

 "아스카님은 여기에 방이 없을 거라고 어떻게 확신하세요?"

 마녀가 불만스럽다는 듯이 입을 삐죽거리자 소녀는 피식 웃었다.

 "네가 이곳의 주인장이랑 그 상담인가 하는 것을 하는 동안 나는 숙박 장부를 들춰봤거든. 그랬더니 숙박인 기입란에 남은 칸이 없더라고. 사람은 거짓말을 할 수 있어도, 장부는 거짓말을 하지 않지. 뭐, 주인장이 우리에게 보여주기 위해서 장부를 만들었을 리도 없고."

"3층에는 누가 묵고 있어요?"

"티오렌의 제법 이름있는 귀족이야. '칼루이드' 라는 이름 들어본 적 있지?"

"무가(武家)로 이름난 티오렌의 칼루이드 후작가?"

"응. 후작 본인이 온 것은 아닌 것 같지만, 그 휘하의 기사들이 와서 묵고 있는 모양이야."

"흐음, 칼루이드 후작가라……."

마녀는 턱을 만지작거리며 생각에 잠겼다.

"어이, 관둬."

"어머, 뭘요?"

"아닌 척해도 소용없어. '칼루이드 후작가 정도라면 두들겨서 방을 뺏어도 될 것 같은데' 라는 얼굴이잖아, 그거."

마녀는 소녀의 말을 부정하지 않고 '홋' 하고 웃었다. 옆에서 지켜보고 있던 호이트의 간담이 다 서늘해질 정도로 오싹한 미소다.

"아스카님만 허락하시면 당장이라도 할 수 있는데. 소동이 커진다고 해도 이쪽은 별로 문제될 것도 없거든요? 그 방은 원래 제 소유인데다가 저놈이 중간에서 주인 몰래 부정 이득을 취하고 있었던 거라서 말이죠. 칼루이드 후작 본인이 달려온다고 해도 저놈 목만 뎅겅 날리고 말지, 이쪽까지 불똥 튈 일은 절대 없을 거라고 장담해요."

소녀는 시퍼렇게 질려서 달달 떨고 있는 호이트를 힐끔 보고는 혀를 찼다.

"됐어. 네가 준비했다는 그 방이 궁금하기는 하지만, 그렇게까지 할 정도는 아니야. 게다가 여기 아니라도 여관은 많잖아. 지금은 시슬리안이야. 자비심을 좀 발휘해 봐."

소녀는 불만스럽다는 듯이 입을 삐죽거리고 있는 마녀에게서 호이트 쪽으로 고개를 돌렸다.
"호이트 씨라고 했던가? 일행이 다른 여관을 알아보러 간 참이야. 그들이 돌아올 때까지만 이곳에서 몸을 녹이고 가도 될까?"
"무, 물론입지요. 좋고말고요!"
호이트는 죽다가 살아난 기분으로 정신없이 고개를 끄덕였다. 마녀는 못마땅하다는 듯 호이트를 노려보았지만 소녀가 결정을 내린 이상 어쩔 수 없다고 생각했는지 달리 토를 달지는 않았다.
그녀는 불편하게 서 있는 소녀를 보고 개중에 좀 멀쩡한 의자 하나를 끌고 왔다. 바닥이 난장판이 된 탓에 놓을 자리가 없자 카펫의 한쪽 귀퉁이를 휙 잡아당겨 그 위의 잡동사니를 털어내 버렸다. 그나마 온전했던 물건들이 바닥에 나뒹굴며 부서지자 호이트는 비명을 억지로 삼키며 눈만 부릅떴다.
의자가 있으니 테이블도 필요하다. 하지만 쓰러진 테이블은 반쪽이 나서 도저히 회복 불능이다. 왕실의 가구 장인에게 엄청난 보수를 주고 특별 주문한 테이블이 그 꼴이 된 것을 보자 호이트는 새삼 피눈물이 났다.
'으흑! 내 테이블~ 2천 마르셀도 넘는 건데!! 으흐흑! 내 의자, 내 장식장! 크흑! 사다하 산 도자기이ㅡ!!'
방 안은 폭풍이라도 휩쓸고 간 것처럼 무엇 하나 멀쩡한 게 없다. 장식장은 넘어갔고, 그 안에 있던 물건들은 와장창 깨져서 여기저기 나뒹굴고 있다. 거울도 깨지고, 화병도 깨지고, 심지어는 침대의 기둥 한 모서리까지 깨졌다. 그 모든 것이 호이트의 눈물샘을 자극했다.
하지만 줄리아는 호이트가 피눈물을 삼키거나 말거나 못 쓰게 된 테이불은 한쪽으로 치워 버리고 좀 멀쩡한 침대 옆 사이드 테이블을 끌고 왔다.

"아스카님, 여기 앉으세요. 허접한 나무 의자라 불편하시겠지만 서 있는 것보다는 나을 거예요. 이봐요, 호이트 씨, 쿠션 같은 것은 없나요?"

쿠션? 없을 리가 없다. 북 하고 찢겨서 속을 드러내고 있어서 그렇지. 호이트의 시선이 가리키는 대로 찢긴 쿠션을 본 쥴리아는 '흥' 하고 코웃음을 쳤다.

"없으면 됐어요."

뻔뻔하긴. 멀쩡한 쿠션까지 찢어놓은 게 누군데 저런 소릴 한단 말인가. 하지만 약한 게 죄니 참는 수밖에 없었다.

"호이트 씨, 날씨가 춥군요. 뜨거운 차나 한잔하실까요?"

은발 머리 소녀와 마주 앉아 도란도란 얘기를 나누던 쥴리아가 갑자기 고개를 휙 쳐들며 호이트를 노려본다. 서슬 퍼런 눈동자는 '차도 내오지 않고 뭘 하느냐?' 고 말하고 있었다. 이건 완전히 하인 취급이다.

"그, 그러시죠."

이 상황에서 그가 달리 뭐라고 말할 수 있겠는가. 그는 저 마녀가 자신의 여관에서 더 이상의 재앙을 일으키지 않고 얌전히 떠나주기만을 바랄 뿐이다.

그가 방 한구석에서 오들오들 떨고 있는 점원에게 시선을 주자, 녀석은 말 그대로 후다닥 방을 빠져나갔다. 녀석은 아마도 지옥에서 간신히 목숨을 건져 탈출한 기분일 것이다. 호이트는 자신도 여기서 벗어날 수 있다면 얼마나 좋을까 하고 생각했다.

"세람이 이렇게 붐빌 줄은 몰랐어."

소녀가 질렸다는 듯이 고개를 절레절레 흔들었다.

"오다가 보니 빈 공터 여기저기에 세워진 천막들이 보이던데, 그건 밖에서 노숙하는 사람들인가?"

자신에게 한 질문인 것 같아서 호이트는 고개를 끄덕였다.

"예, 그렇습니다."

"눈은 오지 않는다고 해도 지금은 한겨울이니 추울 텐데 어째서 노숙을? 왜 여관에 묵지 않는 거지?"

"그, 그게, 저……."

소녀의 질문은 지금 상황에서 극히 민감한 화제였기 때문에 호이트는 저도 모르게 쥴리아의 눈치를 살폈다. 사실을 알면 저 마녀가 발작할 게 틀림없는지라 대충 둘러댈까도 생각했지만 소녀의 일행이 돌아오면 어차피 들통날 일이라 그냥 사실대로 털어놓기로 했다.

"저기, 그게… 대, 대부분의 여관에 방이 다 찼기 때문에……."

"에? 정말?! 여관에 방이 없어서 천막을 치고 있는 거란 말이야? 돈이 없거나 다른 이유 때문이 아니라?"

"예에, 저기, 그게… 저기, 그렇습니다."

호이트는 '저기'와 '그게'를 되풀이하다가 어물어물 대답했다. 소녀는 이해할 수 없다는 듯이 미간을 찌푸렸다.

"어째서?"

"예?"

"어째서 방이 모자라냐고. 세람은 바라얀 제일의 항구 도시잖아. 항구에 정박한 배의 선원들은 말할 것도 없고, 세람을 방문한 여행자나 용병들도 헤아릴 수 없지만 여관에 방이 부족했다는 얘기는 이제껏 못 들었어. 이쪽 로나튼 거리 양쪽에 쭉 늘어서 있는 게 전부 여관이잖아.

그런데 방이 없다는 게 말이 돼?"

소녀의 말대로다. 세람은 서대륙의 이름난 무역 도시답게 해안에 인접한 지역에는 뱃사람과 여행객을 대상으로 한 여관이나 주점이, 도시 안쪽에는 상회가 밀집해 있다.

세람을 드나드는 상인이나 여행객들이 하루 천 명도 넘지만 방을 구하지 못하는 일은 거의 없다. 지금처럼 시슬리안만 아니라면 말이다.

세람은 많은 신전들의 본산 격인 중앙신전(中央神殿)이 밀집해 있는 곳이다. 이들 신전들은 시슬리안이 되면 일반 참배객들에게는 출입이 허락되지 않던 신전 내부를 개방하고, 신관들은 종교나 종파에 관계없이 찾아온 방문객들을 축복한다.

고위 신관의 축복이란 그리 가벼운 것이 아니다. 때문에 국내뿐 아니라 외국에서까지 축복을 받기를 원하는 신도들이 모여든다. 더불어 그 사람들의 호주머니를 노린 장사치들까지.

"게다가 오늘 밤 열리는 달맞이 행사는 굉장한 볼거립니다. 그래서……."

소녀는 호이트의 설명을 알아들었다는 듯이 고개를 끄덕였다.

"무슨 말인지 알겠어. 지금의 세람은 축복을 노린 열렬한 신도와 단순한 관광객, 상인들로 포화 상태란 말이지? 흐음, 이것 참 곤란하게 됐네."

소녀는 이마를 살짝 찌푸린 채 손가락으로 테이블을 톡톡 하고 두드렸다.

"뭐가 곤란하신데요?"

"라미엘과 폴이 알아보러 갔지만, 주인장의 말이 사실이라면 아마 다른 곳에도 방은 없지 싶어. 난감하네."

그러자 쥴리아는 뭐 그런 것을 걱정하냐는 듯 후후후 하고 웃었다.

"아스카님도 참. 걱정하지 마세요. 다른 곳에서 방을 못 구하면 호이트 씨가 어떻게든 이 여관 안에 방을 마련해 주시겠지요. 설마 이런 추운 날씨에 우리에게 노숙하라고 하시겠어요?"

호이트는 그런 상황이 닥치면 저 마녀가 제일 먼저 자신의 여관을 날려 버릴 사람이라는 것을 잘 안다. 때문에 그는 어설프게 웃으며 식은땀만 죽죽 흘릴 수밖에 없었다.

호이트가 다른 여관에 방이 남아 있기만을 빌며 두 사람에게 뜨거운 차를 대접하고 있을 때, 소녀의 일행이 돌아왔다.

"춥지? 뜨거운 차라도 좀 들어."

소녀가 찻잔을 들어 권하자, 난장판이 된 방 안을 휘 둘러보던 검은 머리의 미청년은 재미있다는 듯이 눈썹을 치켜 올렸다.

" '폐허 속의 한잔 여유' 입니까? 멋진데요."

"불평이라면 쥴리아에게 해. 방이 없다는 말을 듣자마자 말릴 새도 없이 이곳을 이렇게 만들어놓은 것은 저 녀석이니까. 대체 누굴 닮아서 저렇게 흉포한지. 로즈마리(쥴리아의 모친)는 말할 것도 없고, 맥스(쥴리아의 부친)도 저렇게 다혈질은 아니었는데 말이야."

"꼭 부모만 닮으란 법은 없지 않습니까. 원래 주종은 닮아가는 법이라고들 하니까."

청년의 말에 이번에는 소녀가 한쪽 눈썹을 치켜 올렸다.

"뭐야? 날 닮아서 흉포하다는 거야?"

그 말에 청년뿐 아니라 과묵하게 서 있던 중년 사내까지 너털웃음을 터뜨렸다.

온전한 의자가 더 이상 없었기 때문에 두 사람은 그나마 멀쩡한 호이트의 침대에 적당히 걸터앉아 차를 마셨다.
 "아스카님, 아무래도 방을 구하기가 쉽지 않을 것 같습니다. 저희가 이곳 로나튼 거리 구석구석을 돌아봤습니다만 하나같이 빈방이 없다고 하는군요."
 검은 머리 청년이 심각하게 말했다. 이런 결과를 어느 정도 예상했음에도 불구하고 호이트는 눈앞이 캄캄해져서 쥴리아의 눈치만 살폈다.
 이제 어쩌면 좋은가? 저 마녀가 당장 방을 내놓으라고 닦달해 댈 텐데.
 그는 더 이상 아까와 같은 구타를 견뎌낼 자신이 없었다. 그렇게 맞기 싫으면 아무나 하나 내쫓고 방을 비워주면 될 거 아니냐고 할지도 모르지만, 그것은 모르는 말이다.
 그의 여관에 투숙하고 있는 인물들은 보통 사람들이 아니다. 자작이나 남작은 우습고, 제국의 후작가 사람들까지 있다. 대부분이 이곳 세람에 거처가 없는 높은 귀족 분들인 것이다.
 호이트가 비록 여관 주인이라고 해도, 평소라면 말 한마디 붙여볼 수 없을 정도로 귀하신 분들이다. 자신 같은 평민쯤은 비위가 거슬린다는 것만으로 목을 뎅겅 날려 버릴 수 있는 사람들인 것이다. 그런데 어떻게 나가라고 한단 말인가. 죽고 싶어 환장한 것이 아닌 다음에야.
 "이전에는 시슬리안에 세람에 와본 적이 없어서 이렇게 붐빌 줄은 몰랐어. 이렇게 북새통인 것은 신전의 달맞이 행사 때문이라지?"
 호이트의 마음을 아는지 모르는지 소녀는 차를 마시며 담담하게 말을 잇고 있었다.
 "그래도 이곳 로나튼 거리 쪽은 그나마 사정이 나은 편입니다. 노튼 거리 쪽은 여관은 말할 것도 없고 노숙하는 천막으로 발 디딜 틈이 없다고 하더군요."

"어라? 왜 노튼 거리가 붐비지? 노튼 거리는 세람의 외곽 쪽이잖아."

"그 근처에 하칸 신전의 중앙신전이 있지 않습니까. 저도 어떤 여관 주인에게서 들은 건데, 하칸 신전이 유례가 없을 정도로 거창한 달맞이 행사를 준비 중이라더군요. 달맞이 행사에는 보통 신성력이 담긴 방울 같은 것을 던지지 않습니까. 하칸 신전에서 던지는 방울은 '무사 방울'이라고 하는데, 그걸 가진 아이는 용맹한 전사로 자란다는 속설이 있지요. 그래서 어린 사내아이가 있는 집에서는 어떻게든 그걸 얻어주려고 난리들인데, 이번에는 단순한 신성력이 아닌 하칸의 신력(神力)이 깃든 보물을 내놓겠다고 한 모양입니다. 사람들이 미쳐 날뛸 만하지요."

소녀는 '이런, 이런' 하고 혀를 찼다.

"어쩐지 외국의 기사들이 눈에 띈다 했어."

"에슐릿에서도 그렇고, 티오렌 제국 쪽에서도 기사들이 대거 몰려온 모양입니다. 이 여관에도 제법 있지요?"

"칼루이드 후작가, 판첸드라 백작가, 로키엔 남작가."

"티오렌의 제법 한다 하는 무가들이군요. 하지만 칼루이드……. 당대의 칼루이드 후작은 소드 마스터라고 들었는데요? 마스터 급 검사까지 그런 속설에 연연하는 줄은 몰랐습니다."

소녀는 청년의 말이 우스운지 찻잔을 든 채로 쿡 웃었다.

"자식을 가진 부모 마음은 다 똑같은 법이야. 멀리서 찾을 것도 없잖아. 아빠가 어린아이에 관한 것을 속설이라고 무시하는 것을 봤어?

내가 미신이라고 흥분하면, '미신도 다 이유가 있는 거란다' 라고 했지. 그런 것에는 코웃음도 안 칠 것 같은 호한인 아빠가 말이야. 나참! 그리고 그렇게 따지면 킬렌, 샤펜 부인은 물론 라미엘과 폴도 할 말 없지 않나?"

소녀는 화려하게 장식한 자신의 머리를 가리키며 장신구들이 '짤랑짤랑' 소리가 나도록 흔들어 보였다. 더 말할 것도 없이 시슬리안 아침에 어린 여자 아이들이 받으면 길하다고 해서 킬렌과 라미엘들이 선물한 비녀와 장신구를 빗대 하는 말이다.

"이걸 선물한 사람 중에 마스터 급 검사보다 못한 사람이 어디 있어?"

소녀의 말에 쥴리아는 웃음을 터뜨렸고, 장신구를 선물한 두 사내는 쓴웃음을 지었다.

"어쨌거나 묵을 곳이 마땅치 않으니 곤란하게 됐군. 외화벌이들 중에 바라얀에 취직한 녀석은 없지?"

"예. 아스카님께서 가까이서 얼쩡거리는 것은 수행이라 할 수 없다고 다들 멀리 쫓아 보내지 않으셨습니까. 여기서 가장 가까이 있는 것이 티오렌의 에롬 녀석일걸요?"

"티오렌에 있는 놈에게야 볼일없지. 어느 놈이나 이 근처에 집이 있으면 신세 좀 지려고 했더니. 이렇게 되면 노숙을 하는 수밖에 없나?"

소녀의 말에 두 사내는 난감한 얼굴을 했다.

"노숙은 좀… 날씨가 추워서 난방이 제대로 안 되면 여관 안에 있어도 동사할 판입니다."

"됐어. 세람이 아무리 춥다 한들 산꼭대기에 있는 우리 성만큼 추울까."

"그건 아닙니다, 아스카님. 바닷바람도 산바람 못지않게 춥습니다. 게다가 급하게 오느라 천막을 치는 데 필요한 준비도 갖추지 못했구요."

난색을 하며 노숙할 수 없는 핑계를 늘어놓는 사내들을 보고 소녀는 쓴웃음을 지었다.

"내키지 않는 것은 나도 마찬가지지만 방이 없으니 할 수 없잖아."

소녀가 거기까지 말했을 때였다. 끼어드는 일 없이 대화를 듣고만 있던 쥴리아가 찻잔을 달그락 하고 내려놓으며 세 사람을 바라보았다.

"아스카님, 엘라시스님, 나비르님, 제가 호이트 씨와 긴히 할 얘기가 좀 있거든요? 잠시만 자리를 피해주시겠어요? 잠시면 돼요."

화사하게 방긋 웃으며 하는 말에 호이트는 가슴이 철렁 내려앉았다.

올 것이 왔다!

찻주전자를 든 손이 달달 떨렸다. 소녀와 그 일행을 내보내고 저 마녀가 할 일이 뭐겠는가. 상담이라는 이름으로 방을 내놓을 때까지 두들길 것이 뻔하다. 호이트도 바보가 아닌 다음에야 맞기 전에 방을 내놓는 게 낫다는 것을 알지만 문제는 내놓을 방이 없다는 데 있다.

하지만 눈앞의 마녀는 말이 통하지 않는 상대다. 방을 내놓지 않으면 정말로 이 여관을 통째로 날려 버릴지도 모른다. 호이트는 숙박객인 귀족의 비위를 거슬러 목이 날아가는 것과 마녀에게 여관이 통째로 날아가는 것 중 어느 것이 나을지를 저울질하자 정신이 아득해졌다.

소녀와 그 일행은 쥴리아가 자신들을 내보내고 무슨 짓을 할지 대충 아는 눈치다. 하지만 이렇게 추운 날 밖에서 노숙을 할 수는 없다고 생각했는지 순순히 자리를 피해주려는 것 같다. 소녀가 일단 방을 나가면 끝장이라는 것을 누구보다 잘 아는 호이트는 그녀가 일어서기 무섭게 다리를 붙잡고 매달렸다.

"제발 살려주세요!! 숙박 장부를 보셨으니 아실 테지요? 지금 여기에 숙박하고 있는 사람들은 제가 어떻게 해볼 수 있는 사람들이 아닙니다. 목숨 하나 살린다고 생각하시고 한 번만 봐주세요!"

"너, 지금 누구 다리를 붙들고 늘어지는 거냐? 당장 그 손 못 떼?!"

도끼눈을 뜬 쥴리아가 그의 목덜미를 잡아챘지만 그는 놓치면 죽는다는 생각으로 소녀의 다리를 붙들었다. 그의 절박한 표정을 본 소녀가 쓴웃음을 지었다.

"사정은 딱하지만 말이야, 이쪽도 여유가 없어서. 다른 여관에 방이 있다면 몰라도 이런 추운 날씨에 노숙을 하라는 것은 너무하잖아?"

"다른 여관에 방이 있으면 되는 겁니까?"

"응. 하지만 나의 일행이 알아보고 온 것처럼 다른 여관에도 방이 없잖아."

소녀의 말처럼 이 시기의 세람에 방이 남아 있는 여관이 있을 리 없다. 호이트는 여관을 운영하고 있기 때문에 그 사정을 더욱 잘 알고 있었다. 그가 알기로 대부분의 여관이 일주일 전부터 방이 다 찼다고 한다.

다른 여관에 방을 찾아 나서느니 차라리 자신의 방을 비워주는 게 낫다는 것을 모를 호이트가 아니다. 하지만 그는 그럴 수 없었다. 자신의 방을 뺏기는 게 싫어서가 아니다. 일단 자신의 여관에 묵게 되면 저 마녀가 두고두고 자신을 괴롭힐 텐데 그걸 어떻게 견딘단 말인가.

임시방편에 불과하다고 해도 저 마녀를 어디 다른 곳으로 치울 필요가 있었다. 그러자면 다른 여관으로 보내 버려야 하는데, 방이 있는 여관이 없는 것이다. 호이트는 이러지도 저러지도 못하고 딜레마에 빠졌다.
 '주신이시여! 하칸이시여! 신성한 겨울 달의 여신, 아노아여!! 제가 그동안 신전에 갖다 바친 돈이 얼맙니까?! 제발 저 좀 살려주십시오!!'
 호이트는 결국 신을 붙들고 우는소리를 했다. 그런데 의외로 효과가 있었다. 신들이 그를 정말로 불쌍히 여겼는지는 알 수 없지만 그의 머릿속에 기적적으로 해답이 떠올랐던 것이다.
 "방이 남아 있는 여관이 있습니다!!"
 호이트의 외침에 모두의 시선이 그에게 집중되었다. 쥴리아마저도 발길질을 멈추고 그를 바라보았다. 그는 꿀꺽 하고 침을 삼켰다.
 "노튼 거리 외곽에 가면 '고향 가는 길'이라는 여관이 있는데, 그곳의 방이 비어 있습니다!"
 "노튼 거리라면 하칸 신전의 중앙신전이 가깝기 때문에 여기보다 더 붐빈다는 곳이잖아. 그런 곳의 여관에 방이 남아 있을 리가 없다고 생각하는데?"
 미심쩍어하는 소녀의 말에 호이트는 단호하게 고개를 저었다.
 "아니오. 절대로! 틀림없이!! 방은 남아 있습니다!"
 "그렇게 확신하는 이유는?"
 "그곳의 주인도 괴팍하지만 최근 들어온 요리사의 성격도 굉장합니다. 비위에 거슬리는 손님은 안 받기로 유명하지요. 요전에 투숙했던 에슐릿의 기사들이 소동을 피우자 두들겨 패서 내쫓고는 이번 시슬리안 기간 동안에는 외부 손님을 받지 않기로 했답니다. 여관은 3층 건물인데, 단골 손님 몇몇만 묵고 있으니 2층 전체가 텅 비어 있을 거라는 소문입니다. 틀림없을 테니 제발 가보세요. 제 목을 걸어도 좋습니다. 만약 그곳에 방이 없어 다시 되돌아오시게 되면 제가 죽기를 각오하고 저희 여관 3층을 비워 드리겠습니다."

쥴리아는 미간을 찌푸리고 호이트를 노려보았다.

"다 쓰러져 가는 이상한 여관은 아니겠지? 자다가 무너진 지붕에 깔리기라도 하는 날엔 네놈의 목을 졸라 버리겠어!"

"무슨 말씀이십니까! 절대로 그런 일은 없을 겁니다!! 제법 오래되기는 했지만 목재와 석재로 지어진 집이라 노튼 거리에서 손꼽히는 튼튼한 집입니다."

쥴리아의 으름장에 호이트는 도리어 펄쩍 뛰며 손을 내저었다. 그는 이들이 제발 '고향 가는 길' 로 가주기를 간절히 바라고 있었다.

그곳 요리사의 성격을 감안해 보면 무턱대고 간다고 해서 방을 얻으리라고는 장담할 수 없지만, 그건 저 마녀와 그 요리사가 알아서 할 일이다. 호이트로서는 쥴리아가 자신을 두들기기보다 고향 가는 길의 요리사를 두들기길 바랐다. 거기 요리사에게 별다른 악감정이 있는 것은 아니지만 자신이 죽게 생겼으니 어떻게든 지금의 이 위기부터 모면하고 볼 일이다.

슬그머니 눈치를 보니, 쥴리아는 말할 것도 없고 소녀를 비롯한 다른 세 사람도 시큰둥한 기색이다. 있는지 없는지도 모르는 방을 찾아 나서는 것이 귀찮은 듯했다. 이러다 그냥 여기 눌러앉겠다고 하면 큰일인지라 그는 몇 마디 설명을 더 보태기로 했다.

"저, 저기 그 집의 요리사가 요리를 무척 잘하거든요? 저희 여관의 요리사는 물론이고, 세람에서 따라갈 사람이 없을 거라는 평판입니다. 요리사의 성질이 그렇게 개떡 같은 데도 날이면 날마다 손님들로 그 집 앞이 문전성시를 이루는 것만 봐도 알 수 있지 않겠습니까?"

"호오? 그 요리사가 그렇게 요리를 잘해?"

소녀의 흥미를 끄는 데 성공한 듯했다. 호이트는 열렬히 고개를 끄덕이며 이 기회를 놓칠세라 다시 한마디를 보탰다.
"그럼요! 여러 가지를 다 잘하지만, 특히 매운 요리를 잘한답니다."
순간, 침묵이 내려앉았다.
네 사람의 반응은 모두 제각각이었다. 검은 머리 청년은 눈을 부릅뜨고, 중년인의 얼굴은 한껏 일그러졌다. 어딘지 모르게 창백해 보이기도 한다. 줄리아는 그런 두 사람을 번갈아 보며 재미있어하는 기색이고 예의 소녀는……. 소녀와 눈이 마주친 호이트는 흠칫했다. 소녀는 말 그대로 눈 속에 별이라도 뜬 것처럼 초롱초롱하게 눈을 빛내고 있었다.
호이트는 영문을 알 수 없었지만, 이들의 기묘한 반응으로 보건대 자신이 뭔가 결정적인 말을 했다는 것을 직감적으로 느꼈다. 좋은 쪽으로인지 나쁜 쪽으로인지는 알 수 없지만 말이다.
"호오?! 매운 요리를?"
"예? 예에……."
가슴이 쿵쾅거렸다. 다음에 이어질 소녀의 한마디로 그의 운명이 결정날 것이다. 도냐?! 모냐?!
그의 타는 속을 아는지 모르는지 소녀가 씩 하고 웃었다. 호이트는 '꿀꺽' 하고 침을 삼켰다.
"그래서, 그 여관의 위치가 정확하게 어디라고?"
뺨빠라밤! 뺨빠빠빠— 암!!
호이트는 소녀의 목소리가 자신의 무사 방면을 축하하는 팡파르 소리처럼 들렸다.

노튼 거리 외곽에 위치한 낡은 여관, 고향 가는 길.

오늘은 신성한 겨울 달인 아노아가 모습을 드러낸다는 시슬리안의 첫날이다. 이날 새벽, 에롬은 언제나와 마찬가지로 일찍 가게 문을 열었다.

여관 주인인 파렐 영감은 어제저녁 나절에 나가서는 아직까지 소식이 없다. 장기판을 들고 나간 걸로 봐서 어디선가 밤새 내기 장기판이 벌어지고 있으리라. 노인의 성미를 아는 에롬은 별로 걱정하지 않았다. 돈 떨어지면 돌아오겠지.

거리는 새벽부터 부산스러웠다. 축제 분위기에 젖은 사람들이 달맞이 행사니 뭐니 하고 떠들어댔지만 에롬에게는 어제와 별로 다를 것도 없는 하루가 시작된 것뿐이었다.

시슬리안이라고 특별할 게 뭐 있나? 하루 세 끼 제때 챙겨 먹고 잘 자면 그뿐이지. 밤하늘에 달이 뜨거나 말거나 그에게는 별 상관 없는 일이었다.

하지만 그런 그도 미리 준비해 두었던 머리핀 세트를 시슬리안에 맞춰 고향에 보내는 것은 잊지 않았다. 사파이어와 루비로 만들어진 머리핀은 아스카와 이제 일곱 살인 어린 조카딸을 위해 티오렌 제국에서도 이름난 보석 장인에게 특별 주문한 것이다.

사람들은 전투 이외에는 안중에 없을 것 같은 에롬에게 그런 자상한 면이 있다는 것을 믿을 수 없어하지만 팔불출인 주군과 스승에게서 세뇌에 가까운 영향을 받고 자란 그에게는 지극히 당연한 일일 뿐이다.

나름대로 성실한 에롬은 싸리나무 빗자루로 여관 앞을 대충 쓸었다. 여관 문 앞에는 '외국인 사절!' 과 '기사 사절!' 이라는 묘한 문구가 붙어 있다.

청소가 끝나자 아침 준비를 해야 할 시간이 되었다. 그는 청소 도구를 정리하고 안으로 들어갔다. 현관 입구에는 '정숙! 행패 부리면 죽는다!' 라는 문구와 '주인이 왕이다!' 라는 문구가 큼지막한 글씨로, 눈에 잘 띄는 곳에 걸려 있었다.

주방에 들어간 그는 허리에 앞치마를 두른 뒤 식칼부터 갈기 시작했다. 여관의 주 메뉴… 라기보다 유일한 메뉴인 매운탕을 만들기 위해 재료인 생선을 손질하려는 것이다. 커다란 양동이에 담긴 생선들이 첨벙거리며 물을 치는 소리가 마치 음악 소리처럼 흥겨웠다.

에롬은 콧노래를 흥얼거렸다. 어젯밤, 이 겨울에는 거의 볼 수 없는 귀한 생선까지 손에 넣은 터라 그의 기분은 극히 좋은 상태였다. 그는 지금의 생활이 너무나 마음에 들었다.

요리사로 취직한 이후로 이곳에서는 그가 왕이며, 그의 말이 법이었다. 마음에 들지 않는 손님은 받지 않는다. 그의 요리에 트집을 잡거나 술 먹고 행패를 부리는 족속도 가차없이 두들겨 내쫓았다.

이곳에 오는 손님들은 현관에 써 있는 것처럼 정숙하고 조신하게 음식을 먹고 재빨리 꺼져 줘야 했다. 물론 음식 값을 떼먹는 것도 용서할 수 없다.

여관 주인인 파렐도 에롬 못지않게 친절과는 담쌓은 사람인 데다가 손님이라고 드나드는 사람들 모두 거친 용병이나 보다 싼 숙소를 찾은 가난한 여행자들이었기 때문에 그의 이런 태도는 아무런 문제가 되지 않았다.

하지만 지금은 시슬리안인 탓인지 세람 시 전체에 부유하고 신분 높은 여행객들이 넘쳐났다. 단골 손님 몇몇을 제외하고는 언제나 텅 비어 있다시피 한 그의 여관에도 모처럼 방이 찼다. 에슐릿에서 제법 이름있는 기사단 세 무리가 2층과 3층에 나누어 투숙한 것이다. 조용한 것을 좋아하는 에롬에게는 썩 내키지 않는 상황이었지만, 여관의 고용인으로서 만년 적자인 여관 운영도 생각해야 하지 않겠는가.

그러나 '돈 좀 긁어내 보자' 라는 생각에 투숙시킨 기사 무리는 처음부터 안하무인이었다. 에롬은 귀족이라는 것이 어떤 족속인지 잘 알고 있기에 일일이 대응하는 것도 귀찮아서 대충 내버려 뒀더니 여관에서 제놈들끼리 패싸움을 일으키기에 이르렀던 것이다.

화가 난 에롬은 2층과 3층에 투숙한 기사들을 몽땅 잡초 뽑듯이 솎아내서 내쫓고는 '기사 사절!' 과 '외국인 사절!' 의 푯말을 내걸었다.

물론 그 과정에서 반항하는 놈들도 있기는 했다. 하지만 자신들이 뽑은 롱 소드가 에롬의 식칼질 한 방에 반 토막이 나는 걸 보고는 핏기 없는 얼굴로 말없이 사라졌다. 에롬은 말로 해도 못 알아먹는 놈들은 꼭 주먹을 쓰게 만든다며 코웃음을 쳤다.

그날 이후 여관에는 다시 평화가 돌아왔다.

여관, 고향 가는 길의 모토는 현관 앞에 써진 것처럼 '정숙! 행패 부리면 죽는다!' 와 '주인이 왕이다!' 인 것이다.

모르는 사람들은 여관이 백여 개도 넘는 무역 도시 세람에서 이런 영업 방식으로 잘도 망하지 않는다며 신기해한다. 하지만 손님을 내쫓는 불친절함에도 불구하고 여관은 꽤 성업 중이었다. 이유는 간단했다. 에롬의 요리 솜씨가 상당히 괜찮았던 것이다.

에롬은 향신료를 아낌없이 쓴 제블린 식의 매운 요리를 잘했는데, 이것은 세람은 물론이고 바라얀 왕국 전역을 돌아다닌다고 해도 맛보기 힘든 음식이다. 그 덕분인지 미식가들 사이에 소문이 나서 짧은 시간에 노튼 거리의 '명물' 로 자리매김한 상태였다.

에롬이 한참 생선의 비늘을 쳐내고 있을 때, 계단을 내려오는 발소리가 들렸다. 2층에 투숙한 부지런한 손님이 벌써 일어난 모양이다.

"어, 에롬! 일어나 있었군. 아, 시슬리안을 축하하네. 복 많이 받으시게나."

40대 중반으로 보이는 사내가 주방 쪽으로 삐쭉 고개를 내밀고 인사를 건넸다. 에롬은 생선을 장만하다 말고 피식 웃었다.

"내가 애도 아닌데 새삼스럽게 시슬리안 축하는 무슨. 어쨌거나 고맙소. 존, 당신도 올 겨울엔 좋은 건수를 물어 떼돈 벌고, 연분을 만나 장가가기를 빌어드리리다."

얼굴을 가로지르는 칼자국을 가진 사내는 '존 스미드슨'이라고 하는데, 오래전부터 이 여관의 단골이었다고 한다. 에롬과는 나이 차는 있지만 배짱이 맞아 트고 지내는 사이인데, 용병이란 직업을 가진 사내들이 대개 그렇듯이 그 역시 노총각이었다.

그는 에롬의 짓궂은 덕담에 좀 민망한 듯 턱을 쓸었다.

"돈 많이 벌라는 말은 고마운데, 장가가라는 말은 좀 아니군. 내가 이 나이에 장가가길 바라겠나?"

"아니, 왜요? 노총각이니 돈 많이 벌라는 소리보다 더 반가운 말일 줄 알았는데? 기다려 보쇼. 게으른 아노아가 이번 겨울에라도 괜찮은 여자를 하나 붙여줄지 누가 아오? 따지고 보면 겨울 달의 여신, 아노아의 본업이 그거 아뇨. 시집, 장가가고 싶은 청춘들 짝짓기 시켜주는 거."

존은 실실 쪼개는 에롬을 보고 겸연쩍은 듯이 혀를 찼다.

"사람도 참, 아침부터 짓궂기는. 실없는 소린 그만 하고, 지금 아침 식사 되나?"

에롬과 고향 가는 길 143

"왜? 이런 이른 시간부터 일 나가게?"

"어중이떠중이 몰려든 놈이 많으니 용병 길드도 덩달아서 붐비거든. 이런 시기의 호위 일이란 어디까지나 귀족들의 위신 세우기잖나. 대충 머릿수만 맞으면 누가 해도 별로 다를 게 없다는 걸 다들 알고 있으니 일찍 나가야 괜찮은 자리라도 남아 있지 싶네."

에롬은 능숙한 솜씨로 생선 배를 따며 오븐을 힐끔 곁눈질했다. 여관 문을 열기 전에 반죽을 넣어두었으니 곧 빵이 구워져서 나올 시간이다.

"스튜는 무리지만 빵이라면 어떻게 될 것 같소. 소시지 하나 끼우고 소스 끼얹어주는 것은 할 수 있는데, 그거라도 드리리까?"

"좋군. 거기에 포도주 한 병 곁들여서."

에롬은 알았다는 듯이 고개를 끄덕였다.

"할 일 없으면 카운터나 좀 봐주시오. 그냥 앉아 있다가 누가 들어오거든 방 없다고 쫓아내기만 하면 되오. 손님 안 받기로 했다는데도 말이야, 말귀 못 알아듣는 놈들이 많아서."

에롬의 무뚝뚝한 말에 존은 쓴웃음을 지었다. 그 역시 에슐릿의 기사들이 에롬에게 두들겨 맞아 쫓겨나는 기막힌 광경을 목격한 사람 중의 하나다.

"세상이 아무리 넓어도 있는 방 놀리며 손님 마다하는 여관은 여기뿐일 걸세."

"흥! 다 필요없소. 개나 소나 다 손님인가? 부유한 귀족 나리 돈 좀 긁어내 보려다가 성치도 않은 세간 다 날려먹을 뻔하지 않았소? 그러기에 팔자에 없는 돈벌이는 하는 게 아니라고 주인 영감이 그럽디다."

"주인이나 요리사나 똑같군."

"그러니까 그 괴팍한 노인네 밑에 있는 게 아니겠소."

존은 고개를 설레설레 내저으며 카운터를 향해 걸어갔다.

카운터는 현관 바로 옆에 있다. 폭이 좁고 긴 호두나무 테이블인데 닳아서 반질반질했다.

카운터 위에는 한 권의 책과 뜨다가 만 뜨개질감 바구니가 놓여 있었다.

남자밖에 없는 여관에 웬 뜨개질 바구니냐고 할지 모르지만 존은 그것이 에롬의 것이라고 짐작했다. 근거없는 추측이 아니다. 에롬이 무릎 덮개를 뜨고 있는 것을 봤기에 할 수 있는 생각이다.

존 역시도 190티노트가 넘는 사내가 조신한 규방 규수나 할 것 같은 섬세한 뜨개질을 하는 것을 봤을 때는 턱이 빠지는 줄 알았다. 한 방 치면 소도 나가떨어질 것 같은 손으로 뜨개질이라니, 가당키나 하단 말인가.

하지만 본인은 전혀 거리낌이 없는 것 같았다. '저 비용, 고 효율' 이라는 둥 알아들을 수 없는 소리를 하면서 파렐의 무릎 덮개를 떠준 다음에 홀의 나무 의자에 놓을 방석까지 떴다. 본인은 신경 쓰지 않는다고 해도 거구의 사내가 조신하게 앉아 뜨개질을 하는 광경은 확실히 등골을 오싹하게 하는 데가 있었다.

존은 뜨개질감에서 시선을 돌려 책을 바라보았다. 제법 두꺼운 책의 표지에는 '동대륙사─제블린 제국의 성장과 발전' 이라는 제목이 써 있다. 일견하기에도 전문적이고 난해할 것 같은 책이다.

존은 고개를 돌려 주방 쪽을 바라보았다.

에롬이라는 사내를 이해할 수 없는 것은 이런 부분이다. 이름있는 기사들도 간단하게 꺾은 것을 보면 분명 엄청난 검사인 것 같은데, 아무렇지도 않게 뜨개질이나 요리를 하고, 학자나 읽을 것 같은 책을 읽는다. 대체 정체가 뭘까?

드르륵 하고 문이 열리는 소리에 존은 상념에서 깨어났다. 현관문이 열리고 누군가 안으로 들어서고 있었다. 이런 새벽부터 밥을 먹으러 왔을 리는 없으니, 장사치가 아니라면 방을 구하러 다니는 여행자일 것이다. 어느 쪽이나 그다지 달갑지 않은 손님이니 적당히 내보내려고 고개를 돌린 그는 눈앞에 나타난 사람을 보고 눈을 크게 떴다.

짙은 회색의 망토 위로 붉은 기가 섞인 화려한 금발이 흩어져 있었다. 작은 얼굴은 눈처럼 새하얗고, 대리석 조각처럼 단정했다. 그린 것 같은 눈썹 아래 황금빛 속눈썹에 둘러싸인 아름다운 보랏빛 눈동자가 보석처럼 자리하고 있었고, 오뚝한 코에 모양 좋은 입술은 석류처럼 붉었다.

키는 170티노트가 조금 넘는다. 상당한 장신이라 처음에는 남자인가 하고 생각했으나 가슴과 허리의 늘씬한 실루엣으로 보아 여자가 틀림없는 것 같다. 용병으로 대륙 여기저기를 떠돈 존조차도 한 번도 본 적이 없는 엄청난 미인이었다.

존이 넋을 잃고 자신을 바라보자 금발 미녀는 미간을 살짝 찌푸렸다. 그 모습조차도 가슴이 철렁 내려앉을 정도로 매력적이었다.

"여기 주인이신가요? 방을 구하러 왔는데요."

종소리처럼 맑은 목소리가 들리자 존은 그제야 정신을 차렸다. 그는 자신의 추태를 깨닫고 쓴웃음을 지었다. 정말 대단한 미모다. 그는 엘프도 본 적이 있지만 이렇게 사람의 넋을 빼놓지는 않았었다.

"여기 주인은 아니지만, 방을 구하러 왔다면 돌아가는 게 좋겠소."

저런 미인을 쫓아내야 하다니, 존도 마음이 좋지는 않지만 어쩌겠는

가. 여관 주인과 요리사가 손님을 받지 않겠다는 것을.

그의 말에 금발 미녀는 눈을 가늘게 떴다.

"방이 없다는 말인가요? 이상하군요. 분명히 방이 있다고 들었는데."

"방이야 있지만 손님을 받을 생각이 없다는군. 이쪽도 이유가 있어서 내린 결정이니 이해해 줬으면 좋겠소."

그는 최대한 부드러운 어조로 양해를 구했지만, 금발 미녀는 전혀 이해해 줄 생각이 없는 듯했다. 그녀는 자신의 머리를 거칠게 쓸어 올리며 그를 쏘아보았다.

"이것 봐요, 나는 내 방을 허락도 없이 티오렌의 귀족 놈에게 팔아치운 망할 놈의 여관에서 오는 길이에요. 덕분에 오늘 밤 묵을 곳이 없어졌다고요."

"그, 그것참, 안되셨군."

존은 여인의 사나운 눈초리에 움찔해서 그렇게 말했다. 하지만 안됐다는 말은 진심이다. 빈방이 품귀 현상을 빚고 있는 지금의 세람에서는 비일비재하게 일어나는 일이지만 하루아침에 거리로 내몰려 노숙을 하게 된 사람으로서는 분통이 치밀 것이다.

"방이 없다고 나불거리는 여관 주인 놈의 목만 비틀까, 겁도 없이 내 방을 차지한 귀족 놈의 목도 같이 비틀까, 아니면 여관을 통째로 날려버릴까를 고민하는 사이, 말리는 사람들에게 등 떠밀려서 여기까지 온 거라고."

"그, 그렇소?"

존의 이마에서 땀이 한 방울 흘러내렸다. 금발 미녀는 생긴 것 같지 않게 입버릇이 무척 험했다.

"살려달라고 매달리는 놈과 시슬리안이라고 자비심을 발휘하라는 사람들 때문에 내 인내심은 이미 바닥이야! 그런데 분노와 살의를 꾹꾹 눌러 참으며 여기까지 와보니, 뭐가 어째? 방이 있는데도 방을 못 주겠다고?! 그런 싸가지없는 말을 하면서 이해하라는 말이 나와?!"

여자의 언성이 높아지자 존은 흠칫해서 주방 쪽을 살폈다. 그는 에롬이 여자라고 사정 봐주는 사람이 아니라는 것을 알고 있기 때문에 어떻게든 자기 선에서 이 일을 해결하고 싶었다. 이런 미녀가 에롬에게 두들겨 맞고 쫓겨난다면 얼마나 가슴이 아프겠는가.

"쉿! 조용히 좀 하시오. 자는 사람들 다 깨겠소!"

"하! 정말 웃기고 있군! 지금 자는 놈들 깨는 게 대수야? 방이 있는데도 안 주겠다는 이 빌어먹을 여관 때문에 나는 이 추운 날에 노숙을 하게 생겼다고!! 하긴, 당신에게 주저리주저리 늘어놔 봐야 소용없지. 주인 나오라고 해!!"

'쾅' 하고 현관문을 걷어차기까지 했는데 주방에 있는 에롬이 그 소리를 듣지 못했기를 기대하는 것은 무리한 바람이었다. 일련의 소동을 모두 들었는지 주방 쪽에서 쩌렁쩌렁한 목소리가 들려왔다.

"이게 무슨 소란이야?! 현관에 걸린 문구 못 봤나? 정숙! 대체 어느 경우없는 여자가 이런 꼭두새벽부터 남의 영업장에 와서 행패를 부리는 거야?"

"경우없는 여자? 하! 있는 방 놀리면서 손님을 거리로 내모는 이 여관의 행태는 경우있는 거냐? 그리고 대체 웬 놈이기에 모습도 내비치지 않고 입만 가지고 나불거리는 거야? 네놈은 투명 인간이냐?"

여자의 신랄한 빈정거림을 들은 존은 원만한 해결은 다 틀린 것 같다고 생각했다. 아니나 다를까, 주방에서 요리 중이던 에롬이 분기탱

천해서 현관으로 달려나왔다.

"내가 손님 안 받겠다는데 네가 웬 참견… 커, 커헉!"

험악하게 쏘아붙이던 에롬은 여자의 얼굴을 보자마자 숨넘어가는 신음 소리를 냈다. 존은 그의 기분을 이해할 수 있었다. 저런 미녀를 보고 어떤 사내가 태연할 수 있겠는가.

하지만 존의 짐작과 달리 에롬은 그녀의 눈부신 미모에 놀란 게 아니었다. 가슴이 쿵쾅거리는 것도 로맨틱한 이유와는 거리가 멀다. 에롬은 마치 보지 말아야 할 것을 본 사람처럼 얼굴에서 핏기가 사라지고 있었다.

"어? 어랏?! 에롬 오라버니?! 에롬 오라버니잖아요!!"

존이 어떻게 알겠는가. 놀란 눈으로 에롬을 올려다보고 있는 금발 미녀는 그가 꿈에서도 보고 싶지 않은 인물 1순위라는 것을.

"쥬, 쥴리아?!"

신음에 가까운 잠긴 목소리가 흘러나왔다. 어찌나 놀랐던지 정신까지 몽롱해져 오는 것 같다.

'내가 잠이 덜 깼나, 아님 몸이 허해졌나? 헛것이 다 보이고, 쥴리아, 그 마녀가 아무리 신출귀몰하다고 해도 동대륙에 있는 녀석이 갑자기 내 여관에 나타날 리는 없잖아. 내가 여기에 취직한 줄은 아무도 모르는데. 그래, 현실적으로 이런 일이 가능할 리가 없지. 그래, 맞아. 나는 꿈을 꾸는 거야. 요즘 과로를 했나? 나답지 않게 새벽부터 서서 백일몽을 다 꾸고.'

하지만 에롬이 아무리 자신의 볼을 꼬집고 눈을 비벼봐도 눈앞의 미녀는 사라지지 않았다. 당연하다, 환상이 아니었으니까.

"에롬 오라버니가 어째서 이런 곳에……? 티오렌에 있는 게 아니었어요?"

이해할 수 없다는 듯이 고개를 갸웃거리는 쥴리아를 보고 에롬은 울고 싶었다.

"그건 내가 하고 싶은 말이다. 너, 대체 왜 여기에 있는 거냐?"

존은 쥴리아와 에롬을 번갈아 바라보았다. 공통점이라고는 없어 보이는 이 두 사람이 뜻밖에도 아는 사이 같았기 때문이다.

"에롬, 아는 분이라면 방으로 모시고 올라가는 게 어떤가? 날씨도 추운데 현관에서 마냥 이러고 있을 수도 없으니."

존의 제안에 에롬은 벌레라도 씹은 것처럼 인상을 구겼고, 금발의 미녀는 감사하다는 듯이 배시시 웃으며 자기소개를 했다.

"오라버니와 아시는 분인가 봐요? 저는 쥴리아 헤렌다인이라고 한답니다. 초대면부터 볼썽사나운 모습을 보여 드린 것 같아 민망하기 그지없네요. 아무리 돌아다녀 봐도 빈방은 없고, 이 추운 날씨에 노숙할 생각을 하니 저도 모르게 초조해진 나머지……."

그녀가 방금 전과는 전혀 다른 사람처럼 공손하게 자신의 무례한 언사를 사과하자 존은 웃으며 고개를 끄덕였다.

"이해합니다. 아마 나라도 그런 상황이면 화가 났을 겁니다. 특히나 헤렌다인 양은 여자 분이시니 노숙에는 아무래도 어려움이 따르겠죠. 저는 존 스미드슨이라고 합니다."

쥴리아가 반갑다는 듯이 손을 내밀자, 존은 악수를 해야 할지 그 손등에 입을 맞추어야 할지 난감했다. 쥴리아는 그의 어색한 마음을 아는 것처럼 그의 손을 잡고 가볍게 흔들었다.

"만나서 반갑습니다, 존 스미드슨 씨. 쥴리아라고 불러주세요. 다들 그렇게 부르거든요."

"아, 나도 존이라고 불러주십시오. 그런데 에롬의 여동생입니까?"

"아, 친동생은 아니구요, 고향에서 오빠처럼 의지하고 지내던 사이예요. 3년도 넘게 얼굴을 못 봤는데, 이런 곳에서 만날 줄은 몰랐네요."

존은 '그렇군요' 하고 고개를 끄덕였다. 힐끔 곁눈질로 에롬의 표정을 살피니 부루퉁하다. 친동생은 아니라고 해도 3년이나 못 봤던 이웃 여동생을 만났으니 반가울 법도 한데.

존은 두 사람끼리 얘기를 나눌 수 있도록 자신이 자리를 피해주기로 했다. 가능한 한 현관에서 먼, 홀의 구석 테이블로 걸음을 옮기는 그의 귀에 에롬의 퉁명스러운 목소리가 들려왔다.

"어떻게 된 거냐? 네가 왜 여기 있는 거지? 동대륙에 약초 채집을 떠난 게 아니었냐?"

에롬의 무뚝뚝함에 존은 내심 혀를 찼다. 저렇게 박대하면 아가씨가 상처받지 않겠나. 오랜만에 만난 반가운 사람이니 좀 사근사근하게 대해주어도 좋으련만. 쑥스러운 걸까?

하지만 존의 우려와 달리 줄리아는 에롬의 퉁명스러움에 전혀 상처받지 않았다. 그녀는 방긋방긋 웃으며 발랄하게 대꾸했다.

"오라버니도 참! 내가 여기 있어서 불만이라는 투네요?"

"내가 좋은 기분 아니라는 거, 모르지 않을 텐데? 딴청 피우지 말고 대답이나 해."

"그렇게 험악하게 노려보지 않아도 오라버니 쫓아온 거 아니네요!"

그녀는 '베—' 하고 혀를 내밀었다.

"성에 급한 일이 생겨서 돌아왔어요. 한 20일쯤 됐나? 지금은 집사님의 지시로 나와 있는 길이에요. 어쨌거나 여기서 오라버니를 만나니 무척 반갑네요. 이 소식을 들으면 집사님이 기뻐하시겠어요. 그렇잖아도 오라버니에게 긴히 전할 말이 있는데 어디로 사라졌는지 찾을 수가 없다며 안타까워하셨거든요."

에롬의 얼굴이 사정없이 구겨졌다.

그는 카린 성의 집사이며 자신의 사부이기도 한 킬렌이 얌전하게 안타까워하고만 있을 사람이 아니라는 것을 잘 알고 있었다. 그 과격한 성미에, 이놈이 어디로 사라진 거냐며 길길이 날뛰다가 추적대라도 보내지 않았을까.

그런 생각을 하자 등으로 식은땀이 쭉 흘렀다.

쥴리아는 두리번거리며 그녀의 등 뒤를 살피는 에롬을 보고 쿡 하고 웃었다.

"안심하세요, 집사님은 같이 오시지 않았으니까. 그렇지 않아도 겨울에는 정신없이 바쁜 분이잖아요. 한가하게 저를 따라나설 여유가 어디 있겠어요?"

에롬은 조금 안심했다. 아무래도 자신의 위치가 발각난 것은 아닌 듯하다. 쥴리아의 말이 사실이라면, 그녀가 자신을 발견한 것은 아마 우연이리라.

우연치고는 참으로 재수가 없지만, 그래도 아직은 수습이 가능하다. 쥴리아는 약았지만 말이 통하지 않는 위인은 아니니까. 어떻게든 협상을 해서 못 본 척해달라고 할 생각이었다.

"혼자 온 거냐?"

제발 그래 주기를 빌며 묻는 순간, 드르륵 하는 소리와 함께 현관문이 열렸다.

"쥴리아, 뭘 하는 거야? 여기에도 방이 없대?"

문을 열고 나타난 것은 에롬의 허리에도 채 미치지 않는 작은 키의 소녀였다.

긴 은발을 청옥으로 만든 비녀로 틀어 올리고, 발목까지 늘어지는 단아한 검은색의 비단 외투를 걸쳤다. 목에 두른 크림색의 머플러가 백옥처럼 하얀 얼굴을 더욱 사랑스럽게 보이게 했다.

하지만 그 얼굴을 본 순간, 에롬의 머리는 하얗게 텅 비어버렸다.

"아스카님! 여기 좀 보세요! 에롬 오라버니예요!! 방을 구하러 왔다가 에롬 오라버니와 딱 마주쳤지 뭐예요? 우연치곤 정말 기가 막히죠?"

쥴리아가 가리키는 손끝을 따라 아스카의 짙푸른 시선이 에롬에게 와 꽂혔다.

"어라? 정말 에롬이잖아?"

아스카는 놀랐다는 듯이 눈을 크게 떴지만, 그녀의 놀람이 에롬에게 비할 수 있겠는가. 경악으로 부릅떠진 에롬의 은회색 눈동자가 그의 심경을 잘 대변해 주고 있었다.

하지만 그는 재빨리 충격을 수습하고 아스카 앞에 무릎을 꿇었다.

"지상 위의 귀하고 귀하신 분, 신수(神獸) 카린과 주신(主神)의 축복을 받으소서. 에롬 프레드릭 웨스가 차대(次代), 아스카님을 뵙습니다."

그는 아스카의 손등에 이마를 가져다 댔다. 정신은 충격으로 공황 상태였지만 몸은 알아서 제가 해야 할 일을 하고 있었다. 오랜 반복 훈련의 성과라고나 할까?

아스카는 에롬이 자신의 손끝에 입 맞추는 것을 허락하고, 그의 볼을 톡톡 두드려 주었다.

"밖에 나와서까지 이럴 것은 없다고 했을 텐데? 정말이지 말을 안 듣지. 알았어, 알았어. 인사는 받았으니 그만 일어나. 뻣뻣하기로 소문난 라파툰의 무릎이 이런 지저분한 바닥에 꿇려졌다고 소문나면 화가 난 네 추종자들이 달려오는 것은 시간문제야."

에롬은 쥴리아가 옆에서 킥킥대고 웃는 소리를 들으며 일어났다.

"그런데 에롬. 만나서 반갑기는 한데, 어떻게 된 거야? 티오렌에 있는 게 아니었어?"

"저도 그걸 묻고 있는 중이었어요. 어떻게 된 거예요, 에롬 오라버니?"

두 여인이 자신을 빤히 바라보자 에롬은 평소의 그 달변이 무색할 정도로 아무런 변명도 떠오르지 않았다. 아무런 마음의 준비도 없는 상태에서 이렇게 딱 걸리게 될 줄 누가 상상이나 했겠는가.

"저기, 아스카님. 그게요……."

에롬이 사실대로 털어놓고 아스카의 재떨이 세례를 받는 게 나을지, 지금이라도 현관문을 부수고 도주하는 게 나을지를 열심히 저울질하고 있을 때, 현관문이 다시 열렸다.

"아스카님, 말씀하신 대로 마차와 말은 이곳 마구간에 일단 넣어두었습니다. 그런데 정말 빈방이 있답니까?"

20대 후반쯤으로 보이는 호리호리한 체구의 검은 머리 청년과 그보다는 좀 더 나이가 들어 보이는 사내가 나란히 들어왔다. 그들을 본 순간, 에롬의 얼굴에서는 그나마 남아 있던 핏기마저 가셨다.

"에, 엘라시스님?! 허, 허억! 나, 나비르님?!"

오늘은 무슨 재앙의 날이란 말인가? 아니면 끔찍한 악몽이라도 꾸고 있는 것일까?

절대로 여기에 있을 리 없는, 있어서도 안 되는 인물들이 왜 자신의 여관 현관문을 열고 줄줄이 들어서는 것일까? 에롬은 정신이 아득해져 왔다.

"어? 너, 에롬이잖아?! 네 녀석이 여기는 어떻게?"

자신의 이름이 불리자 아무 생각 없이 고개를 돌렸던 라미엘은 에롬을 발견하고 눈을 크게 떴다. 어떻게 된 영문인지를 묻는 얼굴로 아스카를 바라보자, 그녀는 자신도 모른다는 듯이 어깨를 으쓱했다.

"방이 있나 물어보러 간다던 쥴리아가 아무리 기다려도 돌아오지 않기에 와봤더니, 둘이서 수다를 떨고 있더라고."

쥴리아와 한가하게 수다 같은 것을 떤 기억이 없는 에롬은 억울했지만 지금은 그런 게 중요한 게 아니다. 폴은 팔짱 낀 자세로 무표정하게, 라미엘은 녹색 눈동자를 가늘게 뜨고 미심쩍다는 듯이 그를 바라보고 있었다.

"여기는 어쩐 일이냐, 에롬? 티오렌의 헥티발 기사단장쯤 되면 시슬리안이라고 세람에서 어슬렁거릴 여유는 없을 텐데?"

추궁하는 듯한 라미엘의 말에 아스카가 생각났다는 듯이 손바닥을 '짝' 하고 부딪쳤다.

"아, 그렇지! 에롬, 헥티발 기사단장이 됐다지? 승진을 축하해!"

"예? 예에… 가, 감사합니다."

에롬은 어정쩡하게 웃으며 대답했다. 그는 기쁘게 활짝 웃는 아스카 앞에서 '저기요, 일하기 싫다고 사표 써놓고 가출했거든요? 아마 잘렸을 겁니다'라고 사실대로 말할 수 없었다.

"에롬의 승진 소식에 다들 기뻐했지만 특히 킬렌이 무척 기뻐했어. 그렇지, 라미엘?"

"아무렴요. 제자가 출세했다는데 기뻐하지 않을 스승이 있겠습니까."

에롬은 일그러진 얼굴로 웃었다.

분명 킬렌은 기뻐했을 것이다. 그 수전노 집사가 에롬의 승진에 따라 오를 몸값에 관심을 두지 않았을 리가 없다. 에롬은 자신의 세금이 벌써 상향 조정되었는지 물어보려다가 긁어 부스럼이라는 생각에 꾹 참았다.

"그런데 에롬, 정말로 여기는 어쩐 일이야?"

에롬은 왼쪽에서부터 줄리아, 아스카, 라미엘과 폴을 순서대로 응시했다.

줄리아에 라미엘과 폴까지 있는 한 도주는 틀렸다. 그가 제아무리 대륙에 명성이 자자한 티오렌의 라파툰이라고 해도 저 세 사람의 추격을 뿌리치고 도주할 자신은 없다. 그렇다면 남은 선택은 한 가지뿐. 어떻게든 이 자리를 모면하는 것이다.

그는 필사적으로 변명거리를 찾았다. 아직 살날이 구만리인 자신이 여기서 이렇게 허무하게 죽을 수는 없지 않은가. 특히 날아오는 재떨이에 맞아 죽는 것은 절대 사양이다.

"추, 출장 왔습니다."

저도 모르게 내뱉은 말에 에롬은 머리를 쥐어뜯고 싶어졌다. 이 상황에서 기껏 생각해 낸 핑계란 게 고작 출장이란 말인가!

"출장?"

아스카가 이맛살을 살짝 찌푸리자 에롬은 가슴이 철렁 내려앉았다. 누가 뭐라고 한 것도 아니건만, 에롬은 도둑이 제 발 저린다고 부족한 신빙성을 보충하기 위해서 황급히 말을 둘러댔다.

"무, 무슨 일인지는 저도 모릅니다. 저는 그저 호위로 따라왔을 뿐이거든요."

"호위라니, 누구 호위?"

"예? 그, 그거야 고용주를……."

"에롬의 고용주라면 테이칸 왕제(王弟)?"

테이칸 왕제의 이름을 듣자 뜨끔 하고 찔린 에롬은 '하하하' 하는 웃음으로 대충 얼버무렸다.

모르긴 몰라도 테이칸 왕제는 지금쯤 일을 내팽개치고 달아난 에롬에게 이를 갈고 있을 것이다. 별것 아니었던 거짓말이 수습이 불가능할 정도로 커져 가자 에롬은 식은땀이 났다.

다행히 아스카는 더 이상 추궁할 마음이 없는지 선선히 고개를 끄덕여 주었다.

"일하고 있는 중이라면 더 할 말 없지. 그런데, 에롬?"

웃음기를 머금은 푸른 눈동자가 자신을 바라보자 에롬은 반사적으로 '예?' 하고 대답했다.

"그게 요즘 티오렌의 유행이야?"

"뭐가 말씀이십니까?"

"앞치마."

아스카의 손가락이 가리키는 곳에선 하얀 프릴이 달린 앞치마가 단정하게 그의 허리에 매달려 있었다. 그것을 본 에롬의 얼굴은 앞치마만큼이나 새하얗게 변했다.

"이, 이건… 그, 그게요, 아스카님, 고, 고용주가……."

"응. 그래, 고용주가?"

아스카가 계속해 보라는 듯이 재촉하자 에롬은 꿀꺽 하고 침을 삼컸다.

"고용주가 이런 꼭두새벽부터 배가 고프다며 뭔가 먹을 걸 내놓으라고 해서… 하하하! 참, 어쩔 수 없는 고용주죠? 하지만 귀족이란 족속들은 원래 다 그렇게 제멋대로이게 마련이지 않습니까. 그렇다고 아직 영업도 안 하는 식당에 가서 뭘 만들어 달랄 수도 없고 해서 할 수 없이 제가……."

에롬은 스스로 듣기에도 어설픈 변명을 웃음으로 대충 무마하고 아스카의 눈치를 살폈다. 뭘 생각하는지 조용히 웃고만 있는 그녀를 보자 식은땀이 났다.

"헤에? 대단한걸? 요즘에는 왕제랑 사이좋게 잘 지내나 봐. 배가 고프다고 했다고 천하의 에롬 웨스가 냉큼 요리를 다 해다 바칠 정도니 말이야."

"뭐, 뭘요. 돈을 받으면 돈 값만큼은 해야겠기에… 하, 하하하……."

파랗게 질린 얼굴로 필사적으로 변명을 늘어놓는 모습이 어쩐지 측은하기까지 하다. 본인 스스로도 어눌하다고 느끼고 있었기 때문에 에롬은 아스카의 눈을 마주 대하지 못하고 죄없는 바닥만 노려보고 있었다.

"훌륭한 정신 자세야, 에롬."

"예?"

마땅히 터질 거라고 생각했던 불호령 대신에 생각지도 못했던 말이 들려오자 놀란 에롬은 고개를 번쩍 들었다. 눈이 마주치자 아스카는 환하게 웃고 있었다. 하지만 그 웃음에 가슴이 더 철렁 내려앉는 것은 왜일까?

"내가 그동안 괜한 걱정을 했던 것 같아. 이렇게 성실한 에롬이 무책임하게 일을 내팽개치고 도망친다던가, 자신의 일을 주변에 떠넘기고 혼자만 논다던가 할 리가 없는데 말이야."

아스카가 '내팽개치고'와 '도망친다', '일을 떠넘기고 논다'에 특별히 강세를 실어 말할 때마다 에롬은 흠칫흠칫 몸을 떨었다. 말은 하지 않았지만 얼굴에 드러난 표정만으로도 그가 왜 여기에 있는지는 다 자백한 것이나 마찬가지다.

"장하군, 에롬. 처음에 우는소리했던 것에 비해서 너무 잘 적응하고 있잖아. 나는 또 에롬이 스트레스를 받아서 고생하고 있으면 내가 억지로 취직시킨 책임도 있고 하니까 다른 일자리를 알아봐 줄까 하고 생각하고 있었는데 말이야. 후우, 걱정을 덜었어."

"아, 아니요, 저, 그게 아닙니다, 아스카님, 저기요……."

아스카가 기쁘다는 듯이 에롬의 허리를—어깨는 손이 닿지 않으니까—팡팡 하고 두드리자 그는 횡설수설하며 손을 내저었다. 그 낭패한 모습에 라미엘과 폴, 줄리아 등은 억지로 웃음을 삼켰다. '여우 같은 곰'으로 이름난 에롬 웨스에게서 이런 표정을 보게 될 거라고 누가 상상이나 했겠는가.

"자, 우리 여기서 이럴 게 아니라 방으로 올라갈까? 여기 식당을 빌려서 요리까지 하려고 든 것을 보면 여기에 방을 잡은 모양이지?"

"예? 아니요, 그게, 저, 아스카님, 저기, 그게 말입니다……."

"알았어, 알았어. 자세한 얘기는 올라가서 해. 자, 그럼, 에롬이 묵고 있다는 방으로 가볼까? 가서 기나긴 대화를 나눠보자고. 그동안 어떤 생활을 했기에 에롬 웨스가 고용주의 식사까지 챙겨주는 사려 깊은 성격으로 변했는지 참으로 궁금하거든. 에롬을 이렇게 바꿔놓은 그 '고용주'는 물론이고. 이렇게 만난 것도 인연이니 인사 정도는 시켜줄 테지?"

에롬은 뭔가를 더 말하고 싶은 표정으로 입을 뻐끔거렸지만 아스카의 단호한 눈을 보고 입을 다물었다. 더 이상 변명해 봐야 소용없다는 것을 느낀 것이다.

에롬은 어깨를 축 늘어뜨린 채 내키지 않는 걸음으로 터덜터덜 2층 계단을 올랐다. 그의 뒷모습은 어딘지 모르게 도살장에 끌려가는 가련한 소를 연상시켰다.

"쯧쯧. 불쌍한 놈. 어떻게 매번 도망칠 때마다 외통수에서 딱 걸리냐 그래?"

라미엘이 측은하다는 듯 혀를 차자, 쥴리아는 웃음을 터뜨렸다.

"괜히 '카린 성 제일의 불운남'이겠어요? 다음부터 에롬 오라버니를 찾으려거든 아스카님 뒤만 쫓아다니면 되겠네요."

"변명을 하려거든 앞치마나 좀 벗고 하던가. 저 앞치마는 대체 왜 입었대? 기사단장 관두고 신부 수업이라도 받는 중인가?"

폴의 말에는 라미엘까지 웃음을 터뜨렸다. 190티노트에 이르는 거구 사내의 두꺼운 허리에 걸쳐져 있던 앙증맞은 흰색의 프릴 앞치마를 떠올리자 웃음을 참을 수가 없었다. 거기다 신부 수업이라니, 성별을 떠나 그 말이 에롬 웨스처럼 어울리지 않는 사람이 어디 있으랴.

"자네, 아무리 그래도 신부 수업은 좀 심했네. 저런 곰 같은 신부를 데려가고 싶어하는 별난 놈이 있으려고?"

"모르는 소리. 저 녀석은 요리는 말할 것도 없고, 청소와 빨래, 자수 등의 수예와 편물 뜨기에 이르기까지 못하는 게 없는 놈이란 말일세. 게다가 알뜰하기는 또 얼마나 알뜰한지. 어디에 내놔도 하자가 없는 일등 신붓감이지. 눈이 제대로 박힌 놈이라면 당연히 이 녀석보다는 그놈을 선택할 걸세."

폴이 '이 녀석' 이라고 말하며 쥴리아를 슬쩍 턱으로 가리키자 그녀는 당장에 '뭐예요?!' 하고 눈에 쌍심지를 켰고, 그 모습을 본 라미엘은 다시 웃음을 터뜨렸다.

"어쨌거나 에롬 녀석, 딱하기도 하지. 출장이라고? 큭큭큭! 평소에는 그렇게 언변 좋던 놈이 왜 아스카님 앞에만 서면 다섯 살배기 거짓말하는 거보다 못한지."

"그게 저 약은 녀석의 그나마 귀여운 점 아니겠나. 그나저나 아스카님께서 저 녀석 사표 내고 도망쳐 나온 것까지 눈치 채신 것 같지?"

"우리도 눈치 챘는데 아스카님께서 눈치 못 채셨을까. 솔직하게 털어놓으면 차라리 나을 것을, 꼭 저렇게 말 같지도 않은 변명을 늘어놓으니 매를 번다고 할 수밖에."

라미엘의 말에 폴도 덩달아 끌끌 혀를 찼다.

"일자리 내팽개치고 도망쳐 나온 것에, 거짓말까지 했으니 오늘 내로는 몸 성한 모습을 보기 힘들겠는걸?"

"뭐 어때요. 몸 하나는 튼튼한데 그 정도야 버티겠죠. 어쨌거나 방을 구했으니 다행이네요. 눈치를 보아하니 에롬 오라버니 여기서 일하는 것 같던데, 방이 있으나 없으나 우리보고 나가란 소린 못하겠죠?"

존은 왁자하게 웃는 사람들을 멍하니 보고 있었다.

그는 홀의 구석 테이블에 앉아 있었던 관계로 본의 아니게 그 모든 광경을 훔쳐본 꼴이 되고 말았다. 에롬과 이들의 대화가 심각하고 개인적으로 흐르자 자리를 피해주려고 했지만 적절한 타이밍을 놓쳐서 이렇게 어정쩡하게 엿듣게 되고 말았다.

사실 엿듣고 싶은 마음이 전혀 없었다고는 말할 수 없다. 베일에 싸인 에롬의 정체가 궁금하기는 했었으니까. 하지만 그가 들은 사실은 너무 엄청났다.

그 때문인지 헥티발 기사단장이니, 라파툰이니, 종국에는 에롬 웨스라는 이름까지 들었어도 그것이 체계적인 사고로 이어지지 않았다.

'대체 뭐야? 에롬이 티오렌 제국의 라파툰이라도 된다는 거야?'

이런 허름한 여관의 요리사가 대륙적으로 유명한 검사라니, 그런 말을 대체 누가 믿겠는가. 하지만 엿들은 말을 종합해 보면 결론은 그런 것이다.

이렇게 되자 존은 뭔가 확신을 줄 수 있는 단어를 하나라도 더 듣기 위해 귀를 쫑긋 세웠다. 서둘러 아침을 먹고 일거리를 찾아 나가야 한다는 생각은 잊혀진 지 오래였다.

Chapter 5
노예 상인과 몬스터 공주,
그들의 인연

원우드 후작, 리온 나세 맥파렌이 노튼 거리의 한 허름한 여관에 연행되다시피 끌려온 것은 날이 밝은 지 얼마 되지도 않은 이른 아침이었다. 보통의 바라얀 귀족이라면 도박이나 여자에 미쳐 있지 않은 다음에야 절대로 활동하지 않는 시간대였다.

쥴리아라는 이름의 마녀가 그가 탄 마차를 세우고자 마차를 도랑으로 굴려 버렸을 때, 그는 새벽까지 계속되었던 시슬리안 전야제 파티에서 간신히 해방되어 자신의 집으로 돌아가는 중이었다. 바라얀에서 잘 나가는 귀족답게 그날 하룻밤에만 파티장을 네 곳이나 돌며 체력을 소진한 다음이다. 눈은 뻑뻑하고, 어깨는 바위라도 얹힌 듯 묵직하며, 귀에서는 질리도록 들은 춤곡이 아직도 앵앵거리며 울리는 듯하다. 그런데 피로에 지쳐 꾸벅꾸벅 졸고 있던 와중에 타고 있던 마차가 뒤집히기까지 했으니 온몸이 아프지 않은 곳이 없었다.

하지만 그는 불평 한마디 할 수 없었다. 동행 상대가 자신의 껍질을 벗길 기회만 노리는 마녀였기 때문이다. 동행 내내 그를 보는 쥴리아의 눈빛은 위험하게 빛났다. 그를 이대로 얌전히 끌고 갈 것인지, 아니면 나중에 문책당하는 한이 있더라도 근질거리는 손을 들어 일단 패고 볼 것인지를 고민하는 듯이 보였다. 리온은 독이 잔뜩 오른 마녀를 자극해 매를 벌고 싶지 않았다.

쥴리아는 그를 여관 2층의 한 객실로 안내했다.

눈으로 대충 둘러본 여관은 낡은 것치고는 나름대로 신경 써서 청소를 하고 있는 것 같았지만, 흠잡을 데 없는 숙소라고 말하기는 어려웠다. 2층을 오르는 돌계단은 여기저기 실금이 가 있었고, 놋쇠 난간에는 녹이 피어 있었다. 복도의 나무 바닥은 오랜 세월 사람들 발길에 시달려 나뭇결이 일어나 있었고, 딱 맞지 않고 조금씩 틈이 벌어진 투박한 나무 문도 세월의 흔적을 느끼게 했다.

쥴리아가 로나튼 거리의 고급 여관에 전용 객실을 마련해 두고 있다는 것을 알고 있는 리온은 어째서 이런 곳에 묵고 있는 걸까 하는 의문을 잠시 가졌지만 그 생각을 말로 표현하지는 않았다. 자칫 말 한마디 잘못해서 그렇잖아도 심기 불편한 마녀가 폭발이라도 하면 그 뒷감당을 어떻게 하겠는가.

방문을 열자 하얀 시트가 깔린 딱딱한 나무 침상과 테이블, 의자 몇 개밖에 없는 실내가 눈에 들어왔다. 검박하다 못해 초라해 보이기까지 하는 그곳에 그녀가 있었다.

카린 일족의 공주님은 리온이 한 번도 본 적이 없는 바다 빛의 화려한 드레스를 입고, 은빛 머리를 우아한 꽃가지 모양의 청옥 비녀로 틀어 올린 모습이었다. 그 자태가 얼마나 화사한지 우중충한 무채색 세계 속에서 그녀만이 빛을 머금고 있는 듯했다.

아스카는 딱딱한 나무 의자에 편안한 자세로 앉아 있었는데, 단지 그녀가 거기 있다는 것만으로 초라한 여관 객실이 마치 왕의 접견실처럼 보였다. 그 존재감에 새삼 감탄하며 리온은 쓴웃음을 지었다.

그는 아스카와 눈이 마주치자 문간에서 모자를 벗으며 익숙한 예법대로 우아하게 절을 했다.

"참으로 오랜만에 귀한 모습을 뵙습니다. 윈우드 후작, 리온 나세 맥파렌이 카린 공주님을 뵙습니다. 그동안 평안하셨습니까?"

아스카는 눈썹을 치켜 올리더니 피식 웃었다. 고개가 살짝 기울자 긴 청옥 비녀 끝에 늘어진 은방울꽃 모양의 장신구가 흔들리며 짤랑짤랑 하고 귀여운 소리를 낸다.

"여전히 언변은 유수로군. 덕분에 전혀 평안하지 못했지만, 차 마시자고 불러놓고 뺨부터 때리고 볼 생각은 없으니까 거기 대충 앉아."

하얀 리넨 테이블보가 깔린 테이블은 정면에는 아스카와 라미엘이, 왼쪽에는 줄리아가, 오른쪽에는 폴이 앉아 있고, 아스카와 마주 보는 자리가 비워져 있는 형태였다. 라미엘과 폴에게 짧은 인사를 건네고 자리에 앉자, 아스카가 티 포트에서 우려진 황금빛 찻물을 하얀 찻잔에 따라 건넸다.

"넌 바쁜 사람이고, 나도 시간 낭비는 딱 질색이니 간단하게 하도록 하지. 내가 왜 불렀는지 알겠나?"

웃음기 없는 푸른 눈동자는 서늘할 정도로 차갑고 엄격하다. 방 안의 공기가 단숨에 3, 4도쯤 떨어진 것 같다. 리온은 꿀꺽 하고 침을 삼켰다.

"예."

"호오? 내가 왜 부르는지 알면서도 왔다? 배짱 한번 두둑하군."

새파란 청금석 빛 눈동자는 다른 곳으로 시선을 피하는 것조차 용납하지 않겠다는 듯 그의 시선을 붙잡고 있었다. 타오르는 불꽃처럼 격렬하고, 북쪽에 우뚝 선 빙산처럼 차갑고 흔들림이 없다.

리온은 가위눌린 것처럼 그 눈동자를 응시하며 내심 식은땀을 흘리고 있었다. 신경이 칼날처럼 곤두섰다. 더 이상 이 긴장감을 견딜 수 없다고 생각했을 때, 아스카가 픽 하고 웃었다.

"유서는 써놓고 왔나?"

푸른 눈이 장난기를 머금고 부드럽게 웃는다. 그대로 말려 죽일 생각은 없었는지 여기서 봐주자고 생각한 모양이다. 리온은 안도의 한숨을 내쉬며 어깨에서 힘을 뺐다.

정말이지! 겪을 때마다 생각하는 일이지만, 저게 정말로 열세 살짜리 소녀의 눈이란 말인가?! 그냥 마주하는 것만으로 온몸이 위축될 정도로 시퍼렇게 날이 선 기백을 가진 저 눈이?

"시슬리안 때문에 파티장을 전전하다 우연히(?) 길 한가운데서 레이디 헤렌다인을 만나 함께 오게 된 겁니다. 그 와중에 유서 같은 것을 쓰고 있을 시간이 어디 있었겠습니까?"

"그런가? 내 생각에 시간은 충분해 보였는데? 노예 사냥꾼들이 내 땅에 나타났을 때를 계산해 보면 네겐 적어도 일주일 이상의 시간 여유가 있지 않았어? 그렇게 자신이 있었나? 유서 같은 것은 쓸 필요가 없다고 생각할 정도로?"

"설마하니 그랬겠습니까. 그저 유서 같은 것은 귀찮은 종잇조각 이상이 아니라고 생각하는 터라… 죽고 나면 그뿐 아닙니까? 유산이든 빚이든 남겨진 사람들이 알아서 할 일입니다. 죽으면서까지 이건 이렇게 해라, 저건 저렇게 해라라고 잔소리를 늘어놔 봐야 효율적이지도 않고, 서로 귀찮기만 할 뿐이지요."

리온의 담백한 말투에, 사전에 언질 한마디 없이 어마어마한 빚을 남기고 죽어버린 메사하르의 무책임함이 겹쳐 보이자 아스카는 가볍게 인상을 썼다.

"일리있는 말이라고 생각하지만, 비슷한 사고방식의 소유자로 보이는 조상 때문에 덤터기를 쓴 내 입장에서 보면 상당히 짜증나는 말이군."

그녀는 어깨를 으쓱하더니 차를 권했다.

"들어. 맛있을 거라고 장담은 못하지만 일단 독은 안 들었으니까. 그리고 찻잎도 좋은 거야."

자신 앞에 놓인 찻잔을 들어 한 모금 마신 리온은 저도 모르게 새어 나올 뻔한 신음을 삼켰다. 차의 향은 정말 짙고 더할 나위 없이 향기로웠지만 맛이 엄청나게 쓰고 떫었던 것이다. 미식가로 소문난 그의 섬세한 입맛에 그 강렬함은 폭력에 가까웠다.

슬쩍 아스카의 눈치를 살피니, 차를 한 모금 삼킨 그녀도 미간을 찌푸리고 있다.

"쳇! 쓰잖아. 대체 뭐가 잘못되었기에 내가 차를 타기만 하면 써지는 거야?"

리온은 '물 온도가 너무 뜨겁거나 찻잎을 너무 많이 넣은 겁니다' 하고 말해주고 싶었지만 그 말을 그냥 삼켰다. 본인도 잘 알고 있을 거라는 생각이 들었던 것이다.

테이블에 함께 앉은 카린 일족 사람들은 아스카가 타는 차라는 것은 으레 그런 것이란 것을 잘 알고 있는지 아무도 차 맛에 놀라지 않았다.

특히 라미엘과 폴은 차 맛을 보지도 않고 뜨거운 물을 왕창 부어 중화해서 마시는 노련함을 보여주었다.

솔직히 리온도 뜨거운 물이 간절했지만, 어려운 자리에 와서 무서운 공주님이 대접한 차를 대놓고 맛없다고 타박할 용기는 없었기에 울며 겨자 먹기로 그냥 마셨다.

"지난 수일 동안 몬스터의 길목과 드래곤 계곡을 비롯한 일족의 영토에서 불미스러운 일이 있었다. 어때? 금시초문인가?"

"아니오. 이미 알고 있습니다."

"흠. 적어도 발뺌할 생각은 없는 것 같군. 하긴, 그렇게 어설픈 짓을 하기엔 넌 너무 머리가 좋지. 뭐, 어쨌든 좋아. 사고 현장을 살피고, 침입자들을 추적하는 과정에서 네가 그들에게 협조했음을 말해주는 몇 가지 정황 증거를 발견했다. 혐의를 부인하겠나?"

슬쩍 눈치를 살폈지만 어둡게 가라앉은 짙푸른 눈동자는 도무지 속을 읽을 수 없다.

리온은 상대가 이 공주님만 아니라면 노련한 화술을 맘껏 발휘해서 마지막까지 유들유들하게 시치미를 뗐을 것이다. 심증이 있다고 해도 결정적인 증거가 없는 한 국왕이라 해도 고위 귀족인 그를 마음대로 추궁하거나 처벌할 수 없기 때문이다.

하지만 이 공주님 앞에서 그가 가진 지위나 권력은 방패가 되어주지 못한다. 그래서 그는 솔직하게 혐의를 시인했다.

"아니오. 침입자들에게 협조했음을 인정합니다."

"시원시원해서 좋군. 줄리아, 그걸 넘겨줘."

그러자 끈으로 묶인 두루마리 몇 개가 리온 앞에 놓였다. 두루마리 안에는 침입자들의 이동 경로와 날짜와 시간에 따른 자세한 정황, 그리고 몬스터의 길목과 드래곤 계곡에 이르는 피해 현황 등이 자세하게 기록되어 있었다.

그뿐 아니라 두 수레 분의 폴렌초 무단 반입과 드칸 산에서의 워프 좌표 누설, 포획한 이종족들을 제2진입로를 이용해 운반한 것에 대한 의혹과 관련 인물들의 명단, 거기다 추가로 드래곤 계곡의 안내역을 맡았던 랄프를 비롯한 열네 명에 대한 신상 명세까지 첨부되어 있었다.

리온은 쓴웃음을 지을 수밖에 없었다. 그 짧은 시간에 조사를 마치고 기다렸다는 듯이 증거를 들이밀다니. 알고는 있었지만 이 일족의 정보력은 정말 대단하다고밖에 말할 수가 없다. 어설프게 발뺌을 했더라면 도리어 우스운 꼴이 될 뻔했다.

"할 말 있으면 해봐."

"여기에 관해서는 없습니다. 카린 성 의국과의 약초 거래를 이용해 드래곤 계곡에 폴렌초를 무단 반입한 것도, 침입자들에게 드칸 산의 워프 좌표를 알려준 것도, 랄프를 비롯한 사람들을 안내역으로 딸려 보낸 것도 모두 제가 지시한 일입니다."

"할 말은 그게 전부야?"

"아닙니다. 혐의를 시인했으니 이제부터는 어떻게 된 일인지 설명할 수 있도록 허락해 주시지요."

"내가 그걸 꼭 들어야 할 이유가 있어?"

"예. 저를 위해서도, 또한 카린 일족과 공주님 자신을 위해서도 반드시 들어두셔야 한다고 생각합니다."

카린 일족과 아스카를 위해서라는 말에 줄리아는 같잖다는 듯이 코웃음을 쳤지만, 아스카는 재미있다는 듯이 입술 끝을 휘며 웃었을 뿐이다.

"드래곤 계곡의 금기는 알고 있지?"

"네."

"일의 규모나 파장도 상당해. 드래곤 계곡에서 엘프의 숲과 렉실이 불타고, 엘프와 유니콘이 대거 잡혀갔다. 네게 어떤 사정이 있었다고 해도 사죄 정도로 대충 넘어갈 수는 없다는 말이야."

"아스카님께서는 저를 너무 가볍게 보시는군요. 비록 아스카님께서 부르셔서 왔다고는 해도 제 발로 이곳에 왔습니다. 책임질 각오도 없이 이 자리에 앉아 있겠습니까. 말 몇 마디로 상황을 회피하고자 했다면 혐의를 시인하지도 않았을 겁니다. 제가 사정을 설명하려는 것은 책임을 모면하기 위해서가 아닙니다."

"그렇다면 그 각오라는 것을 들어볼까? 대체 어떻게 책임을 지겠다는 것인지?"

리온은 등을 곧게 펴고, 진실을 꿰뚫어 본다는 청금석 빛 보석안을 똑바로 응시했다.

"원하신다면 무엇이라도. 설사 이대로 노예 사업을 접으라 하신다고 해도 따르지요. 물론, 드래곤 계곡에서 납치당한 이종족들은 빠짐없이 되찾아 돌려 드린 다음에 말입니다만."

쥴리아를 비롯한 라미엘, 폴 등은 눈을 크게 떴다. 리온의 말이 그 정도로 예상 밖이었기 때문이다.

노예 매매는 엄청난 수익이 남는 고부가가치 사업이다. 리온은 바라얀 왕국에서도 손꼽히는 노예 상인이며, 그의 자금력은 대부분 노예 시장에서 나온다고 해도 과언이 아니다. 그런 것을 하루아침에 접어도 좋다고 하는 것이다. 책임을 추궁하는 아스카의 입장에서도 리온의 입에서 이런 말이 나올 줄은 몰랐다.

"요즘 노예 시장 벌이가 시원찮은 모양이지? 미련없이 접겠다고 하는 것을 보면."

리온은 웃음을 터뜨렸다. 과연 몬스터 공주라고 할까. 나름대로 비장의 패였음에도 눈썹 하나 까딱하지 않는다.

"노예 시장이 경기 타는 걸 보셨습니까? 여전히 금을 쓸어 모으다시피 하고 있지요. 아시다시피 버몬트 공작 파벌에 비해 저희 쪽의 자금력이 달리는 편이라서요. 노예 사업마저 접으면 3년 안에 거리로 나앉게 될지도 모릅니다."

"그런데?"

"무서운 공주님을 적으로 돌리는 사태만큼은 피해야 하니까요. 남이 건드린 벌집 때문에 벌침에 쏘여 죽고 싶지도 않고."

흔들림없는 눈을 본 아스카는 그가 진심이라는 것을 알았다.

34대 윈우드 후작이기도 한 리온은 정적에 대항할 자금력을 손에 넣기 위해 노예 사업에 손을 댔다. 선대로부터 내려온 후작가의 명성에 오점을 남기게 되리라는 것을 알면서도.

아스카와 그는 5년 전 노예와 노예 상인으로 처음 만났다. 당시 아스카는 엄마가 죽고 실의에 빠진 아빠를 일으켜 세우고자 자진해서 노예 마차를 탔다. 세람의 크고 작은 노예 시장을 거치는 동안 갖가지 유형의 노예 사냥꾼과 노예 중개상, 노예상들을 봐왔지만 리온 같은 노예상은 처음이었다. 한눈에 알아보았다, 범상치 않은 정치가로서의 자질을.

하지만 그보다 더 인상 깊었던 것은 리온의 강한 의지였다. 그는 아스카를 멋모르고 노예 경매대에 세웠다가 금지옥엽 외동딸이 상품으로 거래되는 걸 보고 격분한 로사드에 의해 경매장을 비롯한 사업장이 풍비박산나는 수난을 겪었다. 그 일로 인해 이 업계에서 신용이 바닥으로 추락하고, 다들 재기할 수 없을 거라고들 했지만 본인은 포기하지 않았다. 굳건한 의지로 마침내 재기에 성공했고, 지금의 그는 바라얀에서 세 손가락 안에 드는 거물급 노예상이다. 그런 그가 자진해서 노예 사업을 포기해도 좋다고 하는 것이다. 뭔가 심상치 않은 문제가 있음은 듣지 않아도 알 수 있다.

"솔직히 궁금하기는 했어. 네가 5년 전의 그 일로 나에게 앙심을 품고 있을 수도 있지만, 개인적인 감정이랑 상관없이 넌 자신의 말 정도는 지키는 녀석이지. 상인으로서 신용의 중요함도 알고. 네가 그런 사람이기 때문에 줄리아는 거리낌없이 네 소유의 상회와 거래를 했던 거야. 설마 일이 이렇게 될 줄 몰랐나? 그럴 리 없겠지. 너는 내가 어떤 사람인지도 잘 알아. 그렇다면 일이 이렇게 될 것을 예상하고도 그럴 수밖에 없었다는 말인데, 네가 협력한 침입자 네 놈이 네게 그렇게 중요한 사람들이었어? 상인의 재산인 신용을 엉망으로 만들고, 나와 반목하는 것도 감수할 만큼?"

"그들이 좋아서 협력했다기보다 목에 칼을 들이대니 어쩔 수 없었던 것이지요."

"하지만 넌 그런 것에 굴하는 성격이 아닐 텐데? 예전에 내가 경매대에 세워졌던 일로 아빠의 섀도우였던 카렌이 너에게 경고를 하러 갔더니, 오히려 자신이 피해자라고 바락바락 대들었다고 하던데? 목에 칼을 들이대도 제 할 말 다 하고 빈정거리기까지 했다면서? 몸을 지킬 무력 수단도 없는 주제에 뭘 믿고 그렇게 당당한지 모르겠다며 카렌이 재미있어했어."

리온은 쓴웃음을 지었다. 어느 날 한밤중에 그를 찾아왔던 붉은 머리 사신의 이름이 카렌인 모양이다. 사실 그는 그렇게 당당하지도 태연하지도 못했다. 그 인상적인 붉은 머리 때문에 한동안 붉은색이라면 치를 떨고, 그가 마시고 간 포도주로 인한 연상 작용 때문에 기껏 수집했던 귀한 포도주를 모두 처분해 버린 것만 봐도 알 수 있지 않은가.

"저의 목이라면 찔러보라고 허세라도 부려보겠지만, 그분의 목을 위협하니 제가 어떻게 할 수 있겠습니까?"

리온이 말하는 그분이란, 사다하 출신의 바라얀 왕비 에나시르를 뜻하는 것이다. 그의 파벌은 특이하게도 국왕이 아니라 외국 출신의 왕비를 주군으로 섬기고 있었다.

"뭐? 그놈들이 왕비를 위협했다고? 아무리 5서클 마법사와 마스터 검사라고 해도 어떻게 한 나라의 왕비를 죽이겠다고 위협할 수가 있어? 황실 근위대와 왕비의 친위대는 그동안 뭐 하고?"

"직접적으로 목에 칼을 들이댄 것이 아니라 왕비의 자리에서 끌어내리겠다고 한 거라서요."

"그건 더욱 말이 안 되잖아. 그놈들, 이 나라 사람도 아닌 것 같은데 어떻게 한 나라의 왕비를 마음대로 폐위시키고 말고 할 수 있겠어? 그런 건 남편인 국왕과 신전이 허락을 해야……."

"그 국왕님이 그럴 생각인 것 같던데요?"

쥴리아가 슬며시 끼어들어 말했다.

"그 애첩 있잖아요, 황태자 시절부터 총애했다는. 그 여자가 이번에 또 임신한 모양이더라구요. 점쟁이들이 이번에 틀림없이 아들이라고 했다나 뭐라나. 왕비는 어차피 애를 못 낳으니까 이혼하고 그 애첩에게서 난 아들로 왕위를 잇자고 생각한 것 같던데요?"

"그건 또 어디서 들었어?"

"도박장에서요. 요즘 그 얘기로 다들 시끄러워요."

아스카는 어이가 없었다. 이런 개념없는 국왕을 봤나. 왕가의 혼인이란 개인적인 연애가 아니라 국가 간의 동맹의 결과물이다. 사다하는 페이샨 제국 팽창을 견제하기 위해 막대한 지참금까지 딸려 공녀를 시집보냈다. 그런데 그 공녀와 이혼을 하고 페이샨 출신인 애첩을 왕비로 들여? 전쟁이라도 해보겠다는 건가?

이러니까 귀족들도 국왕이 아니라 외국인인 왕비를 더 신임하고 따르는 것이 아니겠는가.

"그러니까 그놈들이 국왕에게 어서 이혼하라고 바람을 넣겠다며 협박했단 말이야?"

"그런 걸로 협박이 되겠습니까? 국왕 폐하께서는 굳이 바람을 넣지 않아도 그럴 마음이시니 이혼의 유일한 장애물인 신전을 압박하겠다는 거지요."

"신전이라면 어느 신전? 그 두 사람 어디에서 결혼했지? 아노아(겨울달의 여신. 사랑의 여신이기도 함) 신전인가?"

"아노아는 정략적인 혼사는 주관하지 않잖아요. 아마 룬니르(화목과 다복의 여신) 신전일걸요? 그러고 보니 당시에 시끄러웠댔어요. 신부가 가져온 지참금의 반쯤을 신전에 기부해 버렸거든요. 신전에서 국왕이 아무리 난리쳐도 이혼이나 혼인 무효 신청을 승인해 주지 않는 데는 아마 그런 이유도 있을 거예요."

쥴리아의 도움말에 뜻밖의 사실을 알게 된 아스카는 눈을 크게 떴다.

"룬니르라면 화목의 여신인 동시에 복수의 여신이기도 하다는 그 룬니르?"

"네."

아스카는 국왕이 개념만 없는 게 아니라 겁도 없다고 생각했다. 룬니르라면 엄청 외골수 타입의 여신이 아닌가. 충동적으로 상이나 벌을 남발하지는 않지만 벌을 줄 때는 정말 확실하게 준다는 평판이다. 그런 여신 앞에서 한 혼사의 약속을 깨다니, 무슨 재앙을 당하려고?

"그래서 그놈들은 신전을 어떻게 압박한다는 거야?"

"룬니르 중앙신전에서 대신관의 서찰 같은 것을 받아온 모양입니다."

어느 신전이나 할 것 없이 중앙신전이나 대신관의 위세는 대단하다. 그 대신관이 직접 편지까지 써서 보냈다면 바라얀의 룬니르 신전으로서는 싫어도 이혼을 승인해 줄 수밖에 없다.

"보통이 아니군. 그놈들 대체 정체가 뭐야?"

"저도 잘은 모릅니다. 한 달 전쯤 아몰루 후작 부인(바라얀 국왕의 애첩)의 생신을 축하한다며 그녀의 본국에서 배 한 척을 보내왔거든요. 그 배에 타고 있던 사람들입니다."

"아몰루 후작 부인이라면 페이샨 출신이잖아? 그럼 그놈들이 페이샨에서 왔단 말이야?"

"대신관의 서찰, 일신에 지닌 능력과 재력, 은연중 내비치는 품격 등으로 보건대 페이샨에서도 상당한 고위 귀족이 아닐까 짐작됩니다."

"돈 많은 놈이라니, 보상비 받아낼 걱정은 덜었군. 몬스터의 길목뿐 아니라 드래곤 계곡에서도 그 난리를 쳐놓고 배 째라고 하면, 정말 배를 째버릴 수도 없고 난감하니까."

"벌써 네 사람 모두 생포하신 겁니까?"

"아직은 아냐. 우리 애들이 놀 기회를 달라고 해서. 지금쯤 온 산을 헤집고 다니고 있겠지."

토끼몰이를 당하고 있다는 것을 알아들은 리온은 꼴좋다고 기뻐해야 할지, 인간적으로 동정해야 할지 알 수가 없었다. 카린 일족이 재미난 유희쯤으로 여기고 있는 그 놀이는 육체적으로나 정신적으로나 보통 사람은 도저히 감당하기 힘든 레벨의 것이다.

리온의 수하 중에서 토끼몰이 유경험자인 랄프는 지금도 그 얘기만 나오면 치를 떨곤 했다. 지금 토끼몰이를 당하고 있는 페이샨 출신 네 사람처럼 랄프도 이유도 모른 채 토끼가 되어 쫓기고 또 쫓겼다. 굶주림과 피로, 정신적인 한계에 몰려 차라리 잡히는 게 낫지 않을까 생각하면 웬 놈이 나타나 구해준다는 것이다. 그리고는 절대로 잡히면 안 된다고, 잡히면 뭔가 끔찍한 일이 있을 듯한 암시를 던지고 사라진단다. 도망치지도 잡히지도 못한 채, 희망과 절망을 오가며 끔찍한 3일을 보낸 랄프는 그것이야말로 살아 있는 지옥이었다고 했다.

"룬니르 대신관의 편지까지 받아와서 이혼을 부추기다니, 페이샨에서 본격적으로 아몰루 후작 부인을 밀어주기로 결정한 모양이네요. 다른 것도 아니고 신 앞에서 맹세한 혼인 서약의 파기니 엄청난 돈이 들었을 거예요. 젠장! 그럴 돈 있으면 나나 주지!"

"가망이 있다고 생각한 거겠지. 시기가 시기니까 사다하에 대한 견제의 의미도 있을 테고."

동대륙의 분위기는 상당히 불온하다. 남방의 대국 제블린이 사다하 국경을 집적거리고 있고, 북방의 대국 페이샨은 조용히 관망하면서 제블린이 사다하를 삼켰을 때 페이샨 출신의 사다하 왕비를 내세워 어부지리를 노리고자 하는 욕심이 보인다.

바라얀 왕국은 멀리 떨어져 있기는 하지만 사다하의 우방이니 페이샨 쪽에서는 혹시 모를 변수를 제거하기 위해서라도 동맹의 증거인 왕비를 밀어내는 게 좋겠다고 판단했을 수도 있다.

"제국치고는 하는 짓이 좀스러워."

"우방이나 적 가리지 않고 여자를 하나씩 박아두는 것은 페이샨 놈들이 예전부터 좋아하는 방식입니다. 수고에 비해 싸게 먹힌다나요?"

라미엘의 설명에 아스카는 그렇게 싼 게 좋으면 장사치나 하지 제국은 뭐 하러 세웠냐고 투덜거렸다.

"그래서 그 페이샨 놈들이 처치 곤란이라 내 땅에 몰아넣기로 했어? 바라얀의 왕비파 귀족인 윈우드 후작으로서는 페이샨 귀족이나 되는 놈들을 건드리긴 곤란하지. 그럴 무력도 없고. 하지만 그놈들이 날 건드리면 내가 알아서 해결할 거야. 너는 아무 책임질 일 없이 구경만 하면 돼. 그걸 기대한 거 아냐?"

아스카는 냉정한 눈으로 리온을 노려보았다. 그녀는 개인적으로 바라얀 국왕보다 왕비가 마음에 들었고, 생각없는 국왕 때문에 고생하는 리온에게도 동정이 갔다. 그가 평민을 위하는 몇 안 되는 귀족이라는 것도 알고, 페이샨의 얄은 짓거리가 눈에 거슬리기도 했다. 하지만 그것과 이것은 다른 문제다.

"그런 마음이 전혀 없었다고는 할 수 없지만, 제가 나서서 일을 획책한 것은 아닙니다. 그랬다면 그들이 대신관의 서찰까지 들먹이며 절 협박할 이유가 없었겠지요."

"뭘 하라고 협박한 거야? 이종족 사냥을 할 테니까 폴렌초 등 기타 소품 넉넉하게 준비하고, 사냥하기 좋은 장소 물색해 놓으라고?"

"그랬다면 그들이 드래곤 계곡에서 발견되는 일은 없었겠지요. 바라얀에서 이종족 거주지는 거기가 아니더라도 많습니다. 저도 제 목숨 아까운 것을 아는데 설마하니 드래곤 계곡으로 보냈겠습니까? 그들이 요구한 것은 드칸 산의 워프 좌표입니다."

"마법사도 아닌 너에게 드칸 산의 워프 좌표를 요구했다? 네가 그걸 안다는 것은 어떻게 알고?"

"저도 그 점에 놀랐습니다. 드칸 산의 워프 좌표를 실제로 아는 것은 저뿐이고, 제가 그걸 알고 있다는 것을 아는 사람도 몇몇 측근들뿐입니다. 랄프를 비롯해 한 손으로 꼽을 정도지요. 그래서 처음에는 저를 떠보는 것이 아닐까 생각했습니다만, 그들의 태도를 보고 아니라는 것을 곧 알았습니다. 그들은 제가 알고 있다는 것을 확신하고 있었습니다. 사적인 대화는 물론이고 진지한 말 한마디 나눠본 적이 없는 그들이 말입니다. 누가 그들에게 그런 확신을 주었겠습니까?"

아스카는 미간을 찌푸렸다.

"정보가 새고 있군."

"말씀하신 대롭니다. 제가 이해할 수 없는 것은 왜 그렇게까지 하는가 하는 것입니다. 드칸 산의 워프 좌표가 극비이기는 해도 카린 성에 용무가 없는 사람들에겐 별로 소용없는 것이 아닙니까. 잘은 모르지만 그들의 목적은 처음부터 아몰루 후작 부인의 지원 같은 것이 아니라 카린 성에 있었던 게 아닌가 하고 추측하고 있습니다. 왕비 전하의 폐위가 목적이라면 저를 협박하거나 할 것 없이 대신관의 서찰을 신전에 보내 버리면 그뿐인 일이니까요."

"그렇군. 이상한걸? 바다 건너 다른 대륙에서 온 녀석들이 우릴 어떻게 알지? 카린이라는 이름이 그렇게 대륙적으로 잘 알려져 있던가?"

아스카가 쥴리아, 라미엘, 폴 등을 돌아보며 의견을 구하자 찔리는 것이 많은 그들은 하나같이 애매한 미소를 지으며 '글쎄요…' 하고 말끝을 흐렸다.

"그리고 한 가지 마음에 걸리는 것이… 혹시 아스카님의 선대 분들 가운데 '메사하르'라는 성함을 가진 분이 계시지 않으신가요? 이전에 어디선가 그런 말을 들었던 것 같은데."

"갑자기 그건 왜 묻지?"

"그 네 사람 중 하나가 제법 심각한 분위기로 그 이름을 언급하기에 말입니다. 처음에는 저도 거기까지는 생각이 미치지 않아서 메사하르 상회를 말하는 것인가 하고 여겼습니다만, 시간이 지나 곰곰이 생각해보니 아무래도 사람 이름을 말하는 것 같아서요."

리온은 어제 일처럼 선명하게 기억나는 그들과의 대화 한 자락을 떠올렸다.

"메사하르라는 이름을 알고 있나?"

대화에는 일체 끼어드는 일이 없던, 그래서 벙어리가 아닐까 의심했던 백발의 사내가 뜬금없이 그렇게 물었다.

"메사하르? 메사하르 상회를 말하는 겁니까?"

그러자 갈색 머리의 청년이 피식 웃었다.

"에드윈, 뭘 기대하는 거야? 벌써 3백 년도 전의 인물이라고. 개나 소나 그 이름을 알고 있을 리가 없잖아."

자신에게 직접 한 말은 아니었지만, 은근히 무시하는 듯한 그 말투가 비위에 거슬렸다. 그래서 다른 때 같았으면 그냥 흘려들었을 그 '메사하르'라는 이름이 유난히 선명하게 뇌리에 박혔는지도 모른다.

리온의 설명에 아스카는 눈을 부릅떴다.

"이런, 젠장! 또 메사하르야?!"

아스카는 벌써 오래전에 죽은 주제에 하나뿐인 증손녀를 잘 돌볼 생각은 않고, 산 사람마냥 대륙을 휘저으며 사고만 치는 증조부의 망령에게 이를 갈았다.

"놈들이 우리 성을 노린다는 확신이 있었으면, 드래곤 계곡을 그 지경으로 휘저어놓기 전에 경고를 보내줄 수도 있었을 텐데?"

"저도 그러고 싶었지만 감시를 당하는 입장이라서."

"감시라니, 그 네 놈에게서?"

"그들 네 명뿐이었다면 어찌어찌 따돌릴 수도 있었겠지만, 그들 말고도 많아서요. 못해도 120명 정도는 태울 수 있는 배다 보니."

아스카는 미간을 찌푸렸다. 도무지 무슨 말인지 알아들을 수가 없던 것이다.

"120명은 태울 수 있는 배? 그건 또 무슨 말이야?"

"아, 그걸 설명드리는 걸 잊었군요. 드래곤 계곡에 침입한 네 사람 말고도 배가 있습니다. 제가 그들의 목적이 카린 성에 있지 않나 의심하게 된 것도 그 배 때문입니다. 아무리 대륙이 다르고 풍습이 다르다고 해도 생일 축하 선물을 군함에 실어 보내는 건 좀 과하다고 생각지 않으십니까? 그렇다고 바라얀을 침략할 목적이라고 보기엔 120명에 배 한 척은 너무 적지요."

리온이 말하는 배가 한 달 전 아몰루 후작 부인의 생일 축하 목적으로 왔다는 그 배임을 알아들은 아스카는 눈을 크게 떴다. 상선일 거라고만 생각했는데, 그게 군함이었단 말인가?

"페이샨에서 왔다는 그 배가 군함이란 말이야?"

"본인들은 상선이라고 하는데 말이지요. 저의 견해로는 그렇게 짐

대신 무기를 싣고, 다수의 전투원으로 채워진 배는 상선이라고 하기 어렵지 않을까 싶습니다."

"다수의 전투원? 그렇다면 그 배에 탄 사람들 대부분이……."

"다수의 마법사, 다수의 기사, 나머지는 전투 경험이 있는 병사로 추측됩니다."

아스카는 저도 모르게 신음했다. 이쯤 되면 놈들의 목적이 카린 일족에게 있는 것 같다는 리온의 말을 과대망상으로 치부해 버릴 수 없다. 아스카 역시 자신과 일족을 향한 그들의 적의를 느낄 수 있었기 때문이다. 얼굴도 본 적 없는 페이샨 놈들이 어째서 자신들을 적대시하는지 모르겠지만 이것만은 확실하다. 드래곤 계곡 사건은 결코 우발적으로 벌어진 일이 아니라는 것. 철저히 준비하고 계획한 냄새가 난다.

아스카가 생각에 잠겨 있는 사이 폴은 라미엘을 향해 눈짓을 보냈다. 어떻게 된 거냐는 의미다. 라미엘은 살짝 고개를 저었다. 자신도 모른다는 듯이. 그러자 폴의 얼굴은 딱딱하게 굳어졌다.

"일단 머릿수에서 밀리는 데다가 정신을 차리고 보니 저의 주변 인물들에게까지 감시망이 넓혀져서요. 섣부르게 망루에 접촉을 시도할 수 없었습니다. 자칫 들키기라도 하면 왕비님을 인질로 잡힌 저로서는 아는 것을 다 털어놓을 수밖에 없지 않습니까. 제가 아는 것이라고 해 봐야 그렇게 대수로운 것은 없습니다만, 정보라는 것은 어디서 어떻게 쓰일지 알 수 없는 것이지요. 놈들의 의도도 알 수 없는 터에 그런 것은 좀 곤란하다 여겼습니다. 그렇다면 카린 성과 몇 번 거래해 본 적 있는 상인으로만 일관하고, 그 이상의 정보는 일절 넘겨주지 않는 수밖에 없지요."

아스카는 놀랐다. 리온이 불리한 상황에서도 신의를 지키려고 나름대로 최선을 다했음을 깨닫게 된 것이다.

드래곤 계곡의 좌표는 넘겼어도 카린 성이 있는 루브 협곡의 좌표는 넘기지 않았다. 그가 루브 협곡의 좌표를 넘겼다면 페이샨의 침입자 네 놈이 몬스터의 길목을 힘들게 걸어서 왔을 리가 없다.

워프 좌표를 넘겨주면서도 고심한 흔적이 엿보인다. 어떤 것이 놈들이 필요로 하는 고급 정보인지 알 수 없는 상황이기에 차라리 대처가 가능한 워프 좌표를 넘기기로 한 것이다. 그것은 드칸 산 지역이 마나가 불안정한 지역이고, 워프로는 많은 사람이 이동할 수 없다는 것을 계산한 선택일 것이다.

리온이 정보를 지키는 방식은 우직하게 입을 다무는 것이 아니다. 침묵은 오히려 더 많은 것을 알려줄 수도 있기에 선별해서 정보를 제공하고, 누락하며, 때로 교란한다. 그것은 정보의 가치와 활용을 제대로 아는 자만이 할 수 있는 교활한 방식이다. 하지만 그 목적이 아스카와 그녀의 일족에 대한 신의를 지키기 위함임은 의심의 여지가 없다.

아스카는 새삼스러운 눈으로 리온을 바라보았다. 모르는 사이에 훌쩍 커버린 나무를 보는 듯하다.

처음 만났을 때의 그는 꿈과 현실 사이에서 괴로워하는 청년이었다. 꿈을 이루기 위해서라면 수단, 방법 가리지 않겠다고 마음먹은 주제에 그런 자신에게 환멸을 느끼고 있었다. 예민하고 신경질적이라 손을 더럽히는 것도 싫어했고, 현실에 발 딛지 않으면 꿈을 현실로 만들 수 없다는 것도 이해하지 않으려 했다. 고집불통의 까다로운 소년 같았달까?

하지만 불과 5년 사이에 적들을 능수능란하게 요리하는 정치가로 성장했다. 그보다 더 놀라운 것은 신의나 충성처럼 그가 소중하게 생각했던 가치들이 전혀 퇴색하지 않았다는 것이다. 이대로 도량을 키워간다면 그는 머지않은 미래에 바라얀을 떠받칠 거물 정치가가 될지도 모른다.

두 사람의 첫 만남은 악연이라면 악연이지만 아스카는 그를 별로 싫어하지 않았다. 이상한 것은 리온 역시도 그런 것 같다는 것이다. 그래서 아스카는 일족의 재능있는 아이들이 커가는 것을 지켜보듯이 그의 성장을 지켜봐 왔다. 그 때문인지 묘하게 가슴 설레고 기뻤다.

아스카는 저도 모르게 실실 새어 나오는 웃음을 누르기 위해 입술을 깨물었다. 아직은 엄격한 얼굴을 유지해야 한다.

"하나 묻지. 폴렌초는 어떻게 된 거야? 실수였나, 아니면 의도한 건가?"

리온의 눈에 기광이 스쳤다. 과연, 이라고 해야 할까? 저 몬스터 공주는 사소한 것 하나도 놓치는 법이 없다.

"그것은 의도한 겁니다."

"왜?"

"그들 네 사람이 드래곤 계곡에서 엘프를 사냥하는 것은 막을 수 없더라도, 엘프를 상처 입히지 않고 사로잡기를 바랐으니까요. 도저히 막을 수 없는 일이라면 뒷일을 생각해야 하지 않겠습니까. 일단 엘프가 하나라도 죽거나 다치면 돌이킬 수 없어집니다. 하지만 상처없이 사로잡기만 한다면 어떻게든 수습할 방도가 있지요. 저는 세람에서도 제법 영향력있는 노예 상인이니까요."

아스카는 소리 내어 웃었다. 정말로 유쾌한 듯이. 짙푸른 눈동자에서는 은빛 반점들이 춤을 추었고, 비녀 끝에 달린 은방울꽃 보요가 짤랑거리며 함께 웃는 듯했다.

리온은 멍해졌다. 아스카가 왜 웃는지 알 수 없었던 것이다. 별달리 우스운 말을 한 것 같지 않은데 왜 저렇게 웃는 걸까?

그는 미처 깨닫지 못했다. 그가 이 방 안에 들어선 이후로 아스카가 저토록 꾸밈없이 환하게 웃은 것은 처음이라는 것을. 그 웃음의 의미도 알지 못했다.

"들었지, 쥴리아? 내가 졌어. 네놈 때문에 내 집 안마당이 난장판이 됐다고 따지러 왔더니, 홍수가 나서 다 떠내려갈 걸 막아줬다고 하는 격이야. 이렇게 황당할 데가 있나. 어쨌든 그의 말대로라면 우리는 그에게 빚을 진 셈이야."

"그 말을 어떻게 다 믿어요? 자신에게 유리한 말만 한 것일 수도 있잖아요."

"네가 아는 나는 참, 거짓도 구분 못하는 속이기 쉬운 사람이야?"

쥴리아는 입을 다물었다. 아스카의 통찰력은 놀라운 데가 있다. 아주 어렸을 때부터 말하지 않은 상처나 속내까지 읽어버리곤 했다. 그렇기에 그녀의 푸른 눈동자를 진실을 꿰뚫어 보는 보석안(寶石眼)이라고들 하지 않는가.

"리온이 폴렌초 반입에 너의 의국을 이용한 문제로 네가 열받았다는 것은 알아. 결과만 따져 옳고 그름을 가릴 생각은 없지만, 너도 약사이니 알겠지? 그 상황에서는 그것이 제일 현명한 선택이라는 것을. 자존심이 상하고 분하더라도 이번 한 번만은 그냥 넘어가 줘."

세람으로 오는 내내 리온의 처리는 자신에게 맡겨달라고 아스카를 졸랐던 쥴리아는 불만스럽다는 듯 입을 삐죽거렸다. 아스카는 그 모습을 보고 쓴웃음을 짓다가 후 하고 한숨을 내쉬었다.

"이번 사태의 근본적인 원인은 리온이나 페이샨에서 왔다는 그놈들이 아니라 우리 쪽의 정보 수집 능력에 있는 것 같아. 대륙 각지의 정황은 훤히 들여다보면서 코앞인 세람에서 무슨 일이 벌어지는지는 모르다니, 말이 안 돼. 어쩌다 이렇게 큰 구멍이 생긴 걸까? 뭔가 대책을 세워야겠어."

눈을 마주친 폴과 라미엘은 동시에 쓴웃음을 지었다. 아스카는 아직 모르지만 세람에서 카린 일족이 활발하게 정보 수집을 할 수 없는 이유는 이곳이 케이람의 영역이며, 동시에 하칸 신전의 영역이기 때문이다.

카린 일족의 수장들은 그 둘을 존중하는 의미로 이곳에서 벌어지는 일을 그들에게 맡겨두었다. 하지만 드래곤인 케이람은 나서는 것을 싫어하므로, 실질적으로 이곳을 맡고 있는 것은 하칸 신전 쪽이다. 그러니까 이번 일은 카린 성까지 오기 전에 하칸 신전 쪽에서 해결했어야 한다는 말이다.

그렇잖아도 하칸의 신관이라면 질색하는 킬렌이 이 소식을 들으면 직무 태만도 유분수라며 펄펄 뛰고도 남을 것이다.

"그래도, 그래도요! 아스카님만 믿고 맥파렌을 괴롭힐 방법을 백 가지 정도는 생각해 놨단 말이에요! 신전의 영향력을 동원해서 자금줄을 틀어막고, 유언비어를 집중적으로 퍼뜨려서 저놈과 관련있는 상회의 신용을 실추시키고, 각종 공작을 동원해서 거래를 방해하고, 왕비파 귀족 사이를 이간질하고, 몇몇 놈들은 대대적인 정치 스캔들을 일으켜 정계에서 실각시키는 등, 계획을 다 세워놨는데에~!"

떼쓰는 어린아이처럼 어깨를 들썩이며 울먹이는 미녀의 모습은 충분히 사랑스러웠지만, 그녀가 주절주절 늘어놓는 '계획'을 듣고 있는 리온의 입장에서는 그야말로 등골이 서늘했다.

쥴리아가 아무렇지도 않게 열거하는 계획 하나하나가 범상치 않았다. 어떻게 해야 자신에게 치명타를 가할 수 있는지 정확하게 아는 사람만이 세울 수 있는 계획이다. 게다가 쥴리아의 경우에는 그 계획을 실행하고도 남는 조직력과 영향력이 있다는 것이 가장 큰 문제였다.

리온은 자신이 아슬아슬하게 지옥 문턱을 밟고 서 있었음을 깨닫고 식은땀을 흘렸다.

"그렇게 울지 말라니까."

"저는 이제 아무런 즐거움이 없어요. 케일 오라버니가 토끼몰이 나가자고 할 때 가고 싶었지만 아스카님만 믿고 이쪽을 따라왔는데! 흐아앙!! 저의 자존심은 너덜너덜 넝마예요~ 평생 회복될 수 없을 거예요오~"

보채는 어린아이처럼 앙앙 소리 내어 울어대는 쥴리아를 보고 있자니, 리온은 어떤 표정을 지어야 할지 알 수 없었다. 젠장. 저렇게 순진무구한 얼굴로 어린아이처럼 울어대면서 한다는 소리는 하나같이 흉악하기 이를 데 없다. 그러니까 마녀랄 밖에.

"쥴리아, 그만 해라. 아스카님께서 곤란해하시잖아."

"그치만……."

라미엘의 나무라는 말에도 쥴리아는 아스카에게서 떨어질 생각을 않는다. 다른 먹잇감을 주기 전에는 줄곧 이 상태일 거라는 것을 아는 아스카는 지금이라도 성으로 돌아가 토끼몰이에 참가하라고 말하려다 더 좋은 생각이 났다.

"쥴리아, 내 말 좀 들어봐. 드래곤 계곡의 침입자 네 놈은 토끼몰이에 참가한 아이들이 잘 데리고 놀고 있어. 침입자들에게 협력한 혐의가 있어 원래라면 리온에게도 책임을 물으려고 했지만, 얘기를 들어보니 타당해서 죄를 물을 수가 없어. 하지만 네가 불만인 것은 리온을 괴롭히지 못하게 되어서라기보다 화풀이할 데가 없다는 거 아냐? 그렇다면 아직 하나가 남아 있잖아!"

쥴리아는 울음을 뚝 그치고 고개를 들었다.

"뭐가 남았는데요?"

"페이샨의 군함이라는 배와 약 120명의 기사, 마법사, 경험 많은 병사들이 있잖아."

"아!"

쥴리아의 얼굴은 환하게 펴졌다.

"어떻게 하고 싶은지 기획안부터 올려. 검토해 보고 타당하다 싶으면 그 녀석들에 대한 처리는 너에게 일임할게."

"정말요?! 그 배랑 배 안에 있는 집기는 몽땅 팔아서 돈으로 바꾸고, 배에 타고 있는 놈들도 몽땅 여기저기 노예 시장에 넘겨서 돈으로 바꾸고, 그렇게 해서 생긴 수익금은 저와 저의 의국에서 차지해도 된단 말씀이신가요?"

쥴리아가 그 배를 어떻게 하고 싶은지는 그 말만으로 극명하게 드러났다. 리온은 질린 눈으로 그녀를 바라보았다. 반짝반짝하는 눈동자가 마치 마르셀 금화처럼 보였다.

"그, 글쎄? 그건 아무래도 킬렌이랑 의논해 봐야겠는걸?"

아스카도 열의에 찬 쥴리아의 시선이 부담스러운지 슬그머니 시선을 피한다. 그 모습을 본 라미엘과 폴은 웃음을 삼켰다.

수전노 집사의 이름을 들은 쥴리아는 조금 실망스럽다는 듯이 콧등을 찡그렸지만, 크게 개의치 않는 듯 아스카의 목을 와락 끌어안았다.

"아스카님, 너무 좋아요~ 오늘 밤에라도 당장 기획안을 제출할게요."

"그, 그래."

언제 눈물을 흘렸냐는 듯이 환하게 웃는 얼굴로 매달려 오는 쥴리아를 보고 아스카는 떨떠름한 얼굴로 괜한 제안을 한 것이 아닌가 하고 후회하고 있었다. 어쨌거나 물은 이미 엎질러졌고, 배는 이미 떠난 다음이다.

"뭐, 아스카님이 그렇게까지 말씀하시니 이번은 제가 물러날게요. 하지만 두 번은 없어요."

아스카는 리온을 향해 고개를 돌렸다.

"들었지? 두 번은 없대."

이쯤 되면 리온으로서는 쓴웃음을 지을 도리밖에 없다. 이번에는 운 좋게 그냥 넘어갔다고 해도 원한은 절대로 잊지 않는 걸로 유명한 저 마녀가 이를 갈며 한 번만 더 걸리라고 벼르고 있을 것이 뻔한데, 목숨 아까운 줄 모르고 그런 짓을 하겠는가. 제아무리 리온이라고 해도 그 정도의 배짱은 없었다.

바로 그때, 똑똑 하는 노크 소리와 함께 방문이 열렸다. 제국의 라파툰에서 여관집 요리사로 취직한 붉은 머리의 거한, 에롬 웨스가 김이 모락모락 피어오르는 오목한 그릇과 다섯 개의 잔이 담긴 쟁반을 들고 들어왔다.

"실례하겠습니다. 지금쯤이면 차가 식었을 것 같아서요."

그는 그렇게 말하며, 뜨거운 김이 피어오르는 잔을 테이블 위에 내려놓았다. 잔에 담긴 것은 달콤한 향기를 풍기는 농밀한 붉은색의 액체다.

"어라? 이거, 데운 포도주잖아!"

"예. 아무래도 시슬리안이니 술이 없으면 섭섭하실 것 같아서요."

"물론 그렇지!"

아스카는 환하게 웃으며 잔을 받아 들었다.

또 하나 오목한 접시에 든 것은 뜻밖에도 복숭아 절임을 데운 것이었다. 이런 한겨울에, 한여름에나 나는 과실이, 비록 설탕에 절인 것이라고는 해도 원형 그대로 반짝반짝 광택을 빛내고 있는 것에는 놀랐다.

"귀한 손님이 오셨다고 옆집 과일 가게에서 얻은 겁니다. 아스카님, 이 복숭아 좋아하시잖습니까."

그러고 보니 아모이에스 절임만이 아니라 복숭아 절임도 아스카가 습격하는 단골 메뉴였다. 아스카는 괜히 자신의 꼬임에 넘어가 복숭아 절임통을 털러 갔다가 샤펜 부인에게 걸려서 복숭아는 맛도 못 보고 벌을 서곤 했던 에롬을 떠올리고 미소를 지었다.

"그래, 이거 내가 좋아하는 거지."

아스카가 빙그레 미소 짓자 에롬의 날카로운 은회색 눈동자도 덩달아 부드럽게 웃는다.

"모처럼 봤으니, 에롬도 복숭아 맛이나 좀 볼래?"

"아닙니다. 저는 이제 그렇게 단 것은 좀……."

에롬은 고개를 설레설레 저으며 거절하고는 손을 뻗어 아스카의 이마를 짚어보았다.

"아, 열은 없으시군요."

"왜 열이 있을 거라고 생각했는데?"

"아니, 저기, 아까 제게 재떨이 던지실 때 보니까 힘이 예전만 못하신 듯해서 혹 감기 기운이라도 있으신 게 아닌가 싶어서……."

"뭐야? 아프지 않은 것도 불만이야? 고생하고 있는 듯 보여서 대충 용서해 줬더니 본인은 덜 맞은 게 신경이 쓰여서 일이 손에 안 잡힌다는 거지? 그럼 네 마음을 편하게 해주기 위해서라도 2라운드를 시작해 볼까? 마침 중요한 얘기도 거의 다 끝난 마당이니."

에롬의 얼굴이 창백하게 변하자 쥴리아, 폴, 라미엘 등은 웃음을 터뜨렸다.

"아, 저는 그만 내려가 보겠습니다."

에롬이 도망치듯 황급히 등을 돌리자 웃음소리는 한층 커졌다.

"에롬 오라버니, 잠깐만요! 할 말이 있어요!"

뭔가 생각난 듯 쥴리아가 급히 소리쳤지만 에롬은 무시하고 나가 버리려고 했다. 하지만 방을 나가기 전에 쥴리아에게 어깨를 붙들리자 지극히 귀찮다는 얼굴로 그녀를 돌아보았다.

"나의 경험에 따르면 너의 '할 말'이나 '부탁'이라는 것은 대개가 변변찮아. 꼭 귀찮은 일이 따라붙지."

"정말 너무한다니까."

쥴리아는 투덜투덜거리다가 '빨리 용건을 말 안 하면 간다'라는 시선을 받고 마지못해 입을 열었다.

"저기, 여관 밖에요. 이쪽의 동정을 살피며 얼쩡거리는 치들이 있을 거예요. 지금은 넷이지만 숫자는 경우에 따라 변화가 있을 거라고 생각해요."

쥴리아는 예민한 자신의 기감을 동원해 외부의 동정을 이미 파악해 놓았다. 리온이 감시당하고 있다고 한 만큼 꼬리가 붙지 않았을 리가 없고, 그를 여기로 데려오는 중에도 거슬리는 시선 같은 것을 느꼈던 것이다.

"그런데? 그놈들을 나더러 청소라도 해달라는 말이냐, 지금?"

"아니요. 그 반대예요. 그놈들은 절대, 절대 건드리지 말아주세요. 소중하고도 소중한 저의 '재산' 이거든요."

"재산?"

이건 또 무슨 황당한 얘기인가 싶어 아스카 쪽을 바라봤더니 쓴웃음을 지을 뿐이다. 그래서 에롬은 그런 게 있는가 보다 하고 받아들였다. 하지만 수전노로 유명한 쥴리아의 입에서 '재산'이라는 표현이 나왔으니 조금 신경이 쓰였다.

"내 쪽에서 먼저 건드리는 일은 없겠지만, 그놈들 쪽에서 덤비는 경우엔 어떻게 하나?"

"아, 상품 가치가 크게 손상되지 않는 한에서는 두들기셔도 상관없어요. 노예 시장에 매물로 내놓을 거라서요."

정숙한 레이디의 입에서는 절대로 나올 수 없는 엄청난 단어들이 나왔음에도 에롬의 반응이라는 것은 굵은 눈썹을 치켜 올리고 '흠' 이라는 소리를 내뱉는 것이 전부였다. 어린 시절부터 이 쥴리아 헤렌다인이라는 마녀를 알아온 에롬으로서는 새삼 놀라고 자시고 할 것도 없었던 것이다. 이 수전노가 자신을 팔아버리겠다고 덤비지만 않는다면 누굴 팔아치워 돈을 벌든 큰 관심도 없다. 그는 알아들었다는 듯이 가볍게 손을 흔들고는 방을 나가 버렸다.

탁 하고 방문이 닫히자 아스카는 진지한 얼굴로 리온을 응시했다.

"납치한 엘프와 유니콘은 어떻게 했지?"

"안전한 곳에 있습니다. 감금 상태이기 때문에 화가 나 있는 것을 빼고는 건강 상태도 대체로 양호합니다."

"곧 명단이 넘어갈 거야. 빠짐없이 돌려줘야 하는 것 알지?"

"물론입니다."

"유니콘의 수장은 모르겠지만 엘프 쪽의 대표는 엘프들을 데리러 올 거야. 만나게 해줄 테니까 그때 재주껏 풀어."

"네?"

"사과하라고. 크게 다치거나 죽은 엘프가 없다고 해도 마을과 렉실이 불탔어. 사과는 있어야겠지?"

"네? 네, 그렇게 하도록 하겠습니다."

엘프들의 마을은 할 수 없다고 해도 렉실이 사라져 버린 것은 안타까웠다. 아스카는 알고 있었다. 레드 드래곤의 브레스마저 거뜬히 막아낸다는 렉실이 고작 인간들이 뿌린 기름과 불화살 따위에 타버린 것은 그전에 불의 마수, 트릴의 화기를 막아내면서 기운을 소진한 탓이라는 것을.

정 깊은 나무의 요정은 풀 한 포기, 풀벌레 하나의 생명까지 꺼져 버리는 게 안타까워 자신의 목숨을 깎아가며 화기에서 이 땅을 지켰건만, 생각없는 인간들은 그런 나무를 향해 불화살을 쐈다.

입맛이 썼다. 하지만 더 이상 지나간 일을 두고 이랬으면 좋았을걸, 저랬으면 좋았을걸 하고 아쉬워하지 않기로 했다. 그런 것은 자신답지도 않고, 그래서는 앞으로 나갈 수도 없으므로.

누구도 원망하지 않는다. 아마 렉실의 요정도 그럴 것이다. 리온은 자신이 할 수 있는 한에서 최선을 다했고, 최선을 다한 다음에 벌어진 일은 인간의 능력 밖의 일이다. 또한 렉실의 마지막은 그녀 자신의 선택이기도 하니 언제까지고 안타까워하는 것은 그녀를 모욕하는 일일 것이다.

리온은 긴장한 채 아스카의 다음 말을 기다리고 있었다. 그걸 보고 아스카는 웃었다.

"할 말 다 했는데?"

"네에?!"

리온은 그럴 리 없다는 듯이 눈을 크게 떴다.

"무슨 말을 해주길 바라는데? 들어서 알겠지만 페이샨에서 온 배와 타고 있던 놈들 전부는 우리가 알아서 처리할 거야. 아참, 그 룬니르 대신관의 편지는 어떻게 됐어?"

"제가 보관하고 있습니다. 워프 좌표와 교환 조건으로 받기로 했으니까요."

"흠. 그래? 그럼 너의 왕비님은 한 고비 넘긴 셈이군. 아, 후작 부인이 임신했다니까 꼭 그렇다고 볼 수만은 없나? 하지만 그 문제는 내가 어떻게 해줄 수가 없어."

"알고 있습니다. 그런 걸 바란 적도 없고요. 페이샨의 군함과 실질적 위협 요건이 사라지는 걸로 저는 충분합니다."

"그럼 됐잖아. 더 이상 뭘 어떻게 더 해달라고?"

"그런 게 아니지 않습니까! 저의 책임 추궁은 어떻게 된 겁니까?"

리온이 기다리고 있던 것은 아스카의 최종 결론이었다. 어떤 식으로든 드래곤 계곡의 금기를 범했으니 그냥 넘어가지는 못할 거라 각오하고 있었던 것이다. 리온은 침을 꿀꺽 삼켰다.

"노예 사업을 접을까요?"

"왜? 접고 싶어?"

"그럴 리가 있겠습니까? 하지만……."

말끝을 흐리는 리온을 보고 아스카는 웃었다.

"설사 네가 나의 뒤통수를 쳤다 해도 그렇게까지 과하게 할 생각은 없었어. 노예 매매를 찬성하지는 않지만 네가 단순한 돈벌이 목적으로 그 일을 하고 있는 것이 아니라는 것도 알고, 노예 상인들 중에서 네가 가장 양심적이라는 것도 알아. 어차피 사람들의 의식이 바뀌지 않는 한 노예 매매가 사라지긴 무리야. 그렇다면 악질 노예 상인보다는 네가 그 자리를 차지하고 있는 게 낫겠지."

리온은 눈을 크게 떴다. 이 공주님의 또 한 가지 놀라운 점은 이 공정함과 감정에 휘둘리지 않는 균형 감각이다. 자신의 영지가 침탈당하고 권위가 무너진 상황에서 어느 누가 그런 데까지 생각이 미칠까. 도대체 카린 일족은 그녀를 어떻게 키웠기에 이렇게 무시무시한 공주님이 나올 수 있었을까 하고 새삼 궁금해졌다.

"게다가 네가 책임지고 노예 사업을 접는다고 해서 집을 잃은 엘프나 유니콘들에게 무슨 도움이 되겠어? 괜히 너의 정적인 버몬트 공작 좋은 일만 시키겠지. 그래도 그대로 있기엔 양심에 찔리거든 밀 수매 우선권이나 금전 같은 걸로 지원해 줘. 현실적으로도 그게 훨씬 도움이 되겠지. 한동안 집 잃은 엘프 난민을 떠안게 될 내 입장에서도 짐이 좀 가벼울 테고."

"밀 수매 우선권이오? 정말로 그런 것이면 됩니까? 밀이 필요하시면 제 영지에 있는 것을 풀어드릴 수도 있는데요?"

"아니, 그 정도론 안 돼. 엘프들은 마을을 재건해 나갈 때까지, 그리고 나의 영지민들은 밀을 추수할 때까지 먹을 수 있어야 하니까. 일, 이만 포대로는 어림없어. 게다가 국가 차원에서 밀을 단속하고 있잖아. 네 영지에서 밀이 무단으로 풀려 나온 것이 들통이라도 나면 뒤처리가 골치 아파. 그러니까 밀을 원가에 살 수 있는 우선권 정도면 좋아."

"그렇군요. 그런 거라면 얼마든지 해드릴 수 있습니다."

리온은 어깨에서 힘을 빼고 뜨거운 포도주를 홀짝였다. 달짝지근한 포도주가 기분 좋게 넘어간다. 최악의 사태는 면했다는 안도감 때문인지 조금 마음의 여유가 생긴 리온은 이 포도주는 어디 산(産)일까 하는 한가한 생각을 하고 있었다. 바로 그때, 허를 찌르려고 작정이라도 한 것처럼 믿기 힘든 말이 들려왔다.

"아, 그리고 이 말 하는 것을 잊었는데… 고마워."

뜨악해서 고개를 돌리자 아스카가 웃었다.

"뭐야? 그게 그렇게 놀랄 말인가? 덕분에 일이 최악으로 치닫지도 않았고, 수습 가능한 선에서 끝났어. 이번 일로 너에게는 빚을 진 셈이야. 뭔가 원하는 것이 있으면 말해봐. 내가 들어줄 수 있는 것이라면 가능한 한 들어줄 테니까."

리온은 쓴웃음을 지었다. 자신이 페이샨과 카린을 저울질했다는 것을, 카린에 의리를 지킨 것은 순수한 마음만은 아니고 그들을 이용하고자 하는 의도도 있었다는 것을 알 텐데도 그 눈은 흔들림이 없다. 졌다는 기분이 든다. 자신은 대체 언제쯤이 되어야 이 작은 소녀와 비슷한 눈높이로 설 수 있게 될까?

말씀만으로 감사하다고 그 제안을 거절하려는 순간, 그의 뇌리에 생기를 잃고 종이꽃처럼 변해 버린 왕비의 얼굴이 떠올랐다.

"그렇다면 왕비님을 만나주시겠습니까?"

카린 성을 통해 얻을 수 있는 무기 거래권이나 포션 독점권 같은 이권을 원할 줄 알았던 아스카는 뜻밖의 말에 그의 의도를 파악할 수 없어 미간을 찌푸렸다.

"나에게 너희 왕비를 만나게 해서 어쩔 셈인데? 왕비가 권력을 잡게 도와달라고? 우린 왕위 다툼이나 권력 다툼에 끼지 않는다는 것을 알고 있을 텐데? 더구나 바라얀에서 그런 짓을 하면 귀찮아져."

"아니오. 그런 말이 아닙니다. 카린 성주로서가 아니라 아스카님 개인으로서 만나주십사 부탁드리는 겁니다. 그조차 내키지 않으신다면 이름을 밝히지 않으셔도 좋습니다."

"나 개인으로서? 이름을 밝히지 않아도 좋다면 그냥 열세 살짜리 여자 아이로 만나달라고?"

"네."

더 더욱 영문을 알 수가 없다.

"만나서 어쩌라는 말인데?"

"그냥 대화를 나누어주시기만 하면 됩니다."

"뭐?"

"정황을 다 들으셨으니 짐작하시겠지만 왕비님은 궁지에 몰리셨습니다. 아몰루 후작 부인이 임신을 했다던가, 그로 인해 남편이신 국왕 폐하께서 이혼을 요구하신다던가 하는 외적인 상황은 오히려 작은 문제입니다. 더 큰 문제는 왕비님의 마음이 지치셨다는 겁니다. 심지 곧고 굳건하신 분이었건만 요즘은 모든 것에서 다 손을 놓아버리신 듯 느껴집니다."

세상을 살다 보면 그럴 때가 있다. 기다렸다는 듯이 나쁜 일들이 줄줄이 닥쳐와 의지를 꺾고 사람을 궁지로 몰 때. 그럴 때면 심지 굳건하던 사람에게도 심마(心魔)가 찾아온다.

이제껏 노력해 온 일들이 다 무의미한 것은 아닌가. 그냥 포기해 버리는 편이 낫지 않을까. 그러면 좀 편해지지 않을까.

놓지도 못하고 잡지도 못하는 가운데 길을 잃게 된다. 리온도 그런 경험이 있었다.

어떻게든 버몬트 공작의 전횡을 막아야 했기에, 그에 대항할 자금력을 손에 넣으려고 노예 사업에 손을 댔다. 하지만 아무리 명분이 훌륭하다고 해도 그 돈은 사람을 사고팔아 얻은 돈이다. 자신이 팔아치운 사람들 앞에서, 혹은 불행하게 만든 사람들 앞에서 이 나라를 위해서 그랬노라고 주장해 봐야 무슨 설득력이 있을까.

그가 아무리 노력해 본들 국왕은 알아주지도 않고, 사람들의 생활이 더 나아지는 것 같지도 않다. 그렇다면 자신이 하고 있는 짓은 사람을 사고파는 짓일 뿐이지 않은가.

그런 고민들로 힘들어할 때 아스카를 만났다. 그녀는 그에게 말했다.

"누가 시켜서 하는 일 아니잖아. 알아달라고 하는 일도 아니고. 그렇다면 우는소리하지 마."

아스카는 옳은 일을 하고 있다고 그를 긍정해 주지 않았다. 다만 신념에 대해 말했을 뿐이다.

"스스로를 믿어. 그러지 않고서야 어떻게 반 발짝인들 앞으로 나아갈 수 있겠어? 손이 더럽혀지는 것을 두려워하지 마. 그 정도 각오도 없이 저 늙은 악당 버몬트를 상대하려고 했어? 괜찮아, 소중한 것을 잊지만 않으면. 언제나 남에게서 확신을 구하려 하지 말고 네 마음에 묻도록 해. 네 가슴속에 그것이 아직 변함없이 빛을 발하고 있는지."

이상했다. 별말이 아니었던 것 같은데, 그 말을 듣는 순간 눈앞을 가렸던 안개가 걷힌 느낌이었다. 그렇게 오랫동안 헤매던 미로에서 빠져나왔다.

리온은 아스카가 왕비에게도 그것을 일깨워 줄 수 있기를 바랐다.

"급한 불은 어찌어찌 껐지만 기다리는 미래는 결코 밝다고 할 수 없습니다. 왕비님 본인께서 굳건히 버티고 헤쳐 나갈 각오가 없다면 절대로 살아남을 수 없습니다. 가혹한 현실 속에서 부서질 뿐. 그러니까 마음을 다잡으시길 바라는 겁니다."

"그런 말은 얼굴도 잘 모르는 남인 나보다 네가 하는 게 더 낫지 않아?"

"아닙니다. 꼭 아스카님께서 해주셔야 합니다."

본인은 잘 모르는 모양이다, 자신의 말이 가진 힘을. 리온 자신도 달변가라고 자부하지만 아스카의 말은 뭔가 다르다. 말이 살아 있는 것처럼 힘을 가지고 가슴 깊이 스민다고 할까? 때때로 마법 같다고 느낄 정도다. 그러니까 왕비를 만나 그녀를 일으켜 세우는 것은 아스카가 아니면 안 된다.

"무슨 말인지 잘 모르겠지만, 왕비를 만나 힘내서 열심히 살라고 하면 되는 거지?"

"네."

"알았어. 급한 일을 마무리 짓는 대로 왕비를 만나서 그렇게 말해줄게. 다다음주쯤 되면 시간이 날 것 같아. 한동안은 세람에 있을 테니까 내 쪽에서 연락하도록 하지."

하지만 아스카도, 리온도 알 수 없었다. 인연은 그보다 훨씬 이른 시간에, 생각지도 못한 장소에서 만남을 준비하고 기다리고 있다는 것을. 그래서 운명이란, 혹은 사람의 인연이란 알 수 없다고 하는 모양이다.

"망루에 연락해서 그 페이샨 놈들의 정체와 배후를 캐보라고 해."

리온이 돌아간 뒤, 아스카는 심각한 표정으로 지시를 내렸다.

"하는 짓을 보아하니 잡혀온다고 해도 순순히 목적을 불 것 같지는 않고, 그렇다고 페이샨의 고위 귀족으로 추측되는 인물들의 목을 날려 버릴 수도 없으니 돈이나 넉넉히 뜯어내는 수밖에. 제국 소유의 군함을 끌고 올 정도로 권력있고 돈있는 놈들인 것 같으니 보상비와 몸값은 특급으로 책정하라고 해."

"키리엔이 들으면 기뻐하겠군요. 놈들이 입을 열기를 원하신다면 로즈마리와 다른 애들에게 좀 세게 굴리라고 할까요? 토끼몰이 기간을 한 일주일 정도로만 연장하면 저절로 입이 열릴 것 같은데."

"그러다 미치지."

"그렇게 섬세한 놈들처럼 보이지는 않았습니다만?"

라미엘의 주장에 아스카는 쓴웃음을 지었다.

"알잖아. 초심자에게는 3일도 길다는 걸. 그리고 토끼몰이는 고문 수단 같은 게 아니잖아. 놀이는 즐겁게 즐겨야지. 언제까지 이 일로 시간을 허비할 수도 없으니까 3일 정도가 딱 적당해. 망루 녀석들도 그렇게 능력없지 않잖아. 놈들의 정체나 목적 등은 자력으로 알아내라고 해. 어차피 몸값을 받아내려면 놈들의 가문 정도는 알아야 하니까."

"네, 알겠습니다."

"그리고 쥴리아. 그 군함 말인데, 세람 항에서 일 치면 안 된다는 것은 알고 있지? 배경에는 후작 부인이라는 권력자가 있고, 제국의 배야. 실수해서 국제 문제로 비화되기라도 하면 골치 아파. 알지?"

"네. 그렇지 않아도 아르카스 해(海)로 끌어내 작업할 생각이었어요."

"어련히 잘 알아서 할 거라고 생각하지만, 명색이 군함이고 머릿수도 꽤 많은데 너 혼자서 괜찮겠어?"

"그래서 로칸 오라버니께 협력을 요청할까 하고요."

로칸 하울러 역시 카린 성 출신의 외화벌이로, 아르카스 해에서 해상 운송업을 가장한 해적질을 하고 있다.

"배에 관해서는 그쪽이 전문이니까 맡기는 것도 좋겠지. 하지만 혹시 모르니까 배는 부수지 말라고 해."

"물론이죠. 배는 값나가는 재산인걸요. 그대로 팔아먹을 수는 없으니 어차피 개조를 하겠지만, 흠집이 없는 편이 개조 비용도 싸게 먹혀요. 페이샨의 군함은 처음인데, 배는 신형일까요? 기왕이면 신형이면 좋겠어요."

아스카는 우후후 웃으며 행복한 표정을 짓는 줄리아에게 '아직 배가 손에 들어오지도 않았거든?' 하고 찬물을 끼얹을 정도로 매정하지 못했다.

"그쪽은 맡길 테니까 알아서 하고, 망루에 연락해서 킬렌보고 한 번 다녀가라고 해. 엉뚱한 놈의 입에서 메사하르의 이름이 나왔으니 어떻게 된 일인지 확인해 둘 필요가 있을 것 같아. 젠장! 그 빌어먹을 중조부, 여기저기 끼지 않는 데가 없군. 페이샨 놈들이랑은 또 무슨 관계야? 설마하니 그놈들도 빚쟁이인 것은 아니겠지? 천만 마르셀 말고도 또 빚이 있다고 하면 이번에야말로 그놈의 초상화를 끌어내려 다트판으로 써버리겠어!"

아스카의 전신에서 음습한 살기가 몽글몽글 피어오르는 듯하자 줄리아는 하하하 하고 마른 웃음을 흘렸다. 라미엘과 폴은 아스카 몰래 시선을 주고받았다.

두 사람은 침입자들이 페이샨 제국 출신이라는 말을 듣는 순간 그들의 목적을 짐작했다. 카린 일족의 봉문이 풀리는 날이 머지않았으니 그에 대한 탐색일 것이다. 휘페리온(페이샨의 황제)을 비롯한 제국 쪽도,

3백 년 전의 일을 전설 속의 이야기쯤으로 치부하고 마냥 손놓고 있지만은 않다는 반증이기도 했다.

3백 년의 빚을 갚을 권리는 메사하르의 유일한 적손이며, 일족의 수장인 아스카에게만 있다. 하지만 일족의 봉문에 대한 것부터 시작해서 중요한 것은 아무것도 모르는 그녀에게 어디서부터 뭘 어떻게 설명하면 좋단 말인가?

결국 그들은 설명이라는 이름의 귀찮고, 난해하며, 위험하기까지 한 작업을 모두 킬렌에게 떠넘기기로 했다.

"미리부터 그렇게 신경을 곤두세우실 필요는 없다고 생각합니다. 자세한 경위는 키리엔이 와봐야 알 수 있으니 느긋하게 기다려 보시지요. 별일 아닐 수도 있지 않겠습니까?"

"별일 아닌데 다른 대륙의 제국 놈들이 일부러 바다를 건너오는 수고까지 하면서 내 땅에서 노예 사냥꾼 짓을 했단 말이야? 제국의 고위 귀족으로 짐작되는, 그것도 5서클 마법사와 마스터 급 검사가 남아도는 시간을 주체할 수가 없어서?"

"엘라시스님께서는 모든 건 마음먹기 나름이라는 얘기를 하시고 싶었던 거예요. 페이샨이 뭐 어쨌다는 말인가요? 놈들이 싸움을 걸어오면 '주제를 알아라' 하고 지그시 밟아주면 그뿐인 것을. 아스카님께서 그렇게 신경 곤두세우실 필요가 뭐가 있나요?"

아스카가 어이없다는 표정을 지어도 줄리아는 전혀 굴하지 않고 생글생글 웃었다.

"신경이 자꾸만 곤두서고 머리가 아프신 것은 수면 부족 때문이에요. 지난밤부터 한숨도 주무시지 못하셨잖아요. 아스카님은 지금 정신력으로 체력의 한계를 넘어서신 상태예요. 이제 중요한 일은 다 해결하셨으니, 몸을 그만 쉬게 해주시는 게 어떠세요? 한숨 푹 주무시고 나면, 내가 왜 별것도 아닌 일로 그렇게 고민했지? 하고 생각하시게 될 거랍니다."

쥴리아는 그렇게 말하며 아스카의 머리를 틀어 올리고 있는 청옥 비녀와 진주가 박힌 검은 비단 리본, 은방울꽃 보요 등을 차례로 풀어냈다. 그러자 그때마다 푸른빛을 띤, 결 고운 은발이 사르륵사르륵 하고 어깨 위로 떨어져 내렸다.

제아무리 경량화 마법이 걸려 있다고 해도, 머리 위에 무언가 얹혀 있다는 것은 상당히 답답했었나 보다. 비녀와 뒤꽂이, 보요와 리본 등의 장신구를 풀어내자 아스카는 홀가분함을 느꼈다.

그리고 보니, 쥴리아의 말처럼 이종족들이 집으로 찾아온 뒤로는 거의 눈을 붙이지 못했다. 이성적인 사고를 위해서라도 한숨 자두는 편이 좋을지도 모른다.

"그래, 좀 자야겠어. 앞으로의 일을 생각하면 이렇게 푹 쉴 수 있는 시간이 없을지도 모르니까 쉴 수 있을 때 쉬어둬야지. 라미엘과 폴은 어떻게 할 거야?"

"아, 저희들 걱정은 하지 마십시오. 적당히 둘러볼 생각이니까요. 마침 축제 기간인 데다가 페이샨 제국에서 왔다는 그 배도 궁금하군요. 적어도 구경거리가 부족하지는 않을 것 같습니다."

"그래, 사고만 치지 말고 놀아."

아스카가 마치 개구쟁이 꼬맹이들에게 하듯 당부하자 라미엘과 폴은 저도 모르게 쓴웃음을 지었다. 하지만 쥴리아의 눈짓을 받은 그들은 말없이 방 밖으로 나갔다.

쥴리아는 아스카의 허리띠를 풀어 트니에를 벗기고 신발과 비단 양

말까지 벗긴 다음, 그녀를 나무 침상에 눕혀주었다.

아스카는 확실히 피곤했던지 베개에 머리가 닿기 무섭게 색색 고른 숨소리를 내며 잠이 들었다. 쥴리아는 잠든 아스카의 이마를 부드러운 손길로 쓸어 올려주었다. 열이 좀 있는 걸까?

그녀는 아스카의 손목을 잡고 맥을 짚어보았다. 맥은 약했지만 다행히 별 이상은 없다. 단지 체중이 좀 있으신 것 같다. 나중에 약을 지어 올려야겠다.

잠든 아스카의 얼굴은 창백해 보인다. 마치 겨울 하늘을 장식하고 있는 청백색의 외로운 달, 아노아 같다. 그렇지 않아도 겨울에는 여러 가지 잔병치레가 잦은데 안락한 집을 떠나 이런 곳에서 하지 않아도 될 고생을 하고 있는 데다가 연일 사고가 터지니 마음 편할 사이도 없을 게다.

쥴리아는 한숨을 내쉬었다.

'텐 론께서 살아계시기만 했어도…….'

어쩔 수 없다는 것을 알면서도 이런 때에는 이런 생각이 불쑥불쑥 고개를 쳐든다. 자신이 아무리 노력해도 친혈육이자 아버지인 텐 론의 빈자리를 메워줄 수는 없다. 로사드라면 그 무엇에서고 이 어린 딸의 든든한 방벽이 되어주었을 텐데.

'텐 론! 아버지! 조금만 더 저희 곁에 있어주시지 그러셨어요?'

아무에게도 할 수 없는 말. 쥴리아는 불쑥불쑥 두려워질 때가 있다. 자신에게 남겨진 몇 안 되는 의미 중의 하나인 아스카마저 허무하게 떠나 버리지나 않을까 하고. 그것이 아스카를 어미 닭처럼 과보호하는 이유이기도 했다.

무엇이라도 할 각오를 했기 때문에 레이엘(각인)을 계승받고 섀도우가 되었다. 하지만 쥴리아는 자신의 한계 또한 분명히 알고 있었다. 자신이나 킬렌, 샤펜 부인, 라미엘 등이 아스카를 아무리 사랑한다고 해도, 로사드가 그랬던 것처럼 그녀를 자신의 무릎 위에 안아 올려 등을 토닥여 줄 수는 없다.

아스카는 그들의 누이이고 딸인 동시에 '주군'이기 때문이다. 아스카를 허물없이 안아 올릴 수 있는 것은 오직 아버지인 로사드에게만 허락된 권리였다. 때문에 그녀는 로사드를 잃어버리면서 유일하게 마음 놓고 안길 수 있고, 응석을 부릴 수 있는 품을 잃어버린 것이다.

이번의 침입자 사건은 아스카에게 로사드의 부재를 재각인시킨 셈이었다.

"빌어먹을 휘페리온 놈, 목을 날려 버릴까 보다."

그녀는 이를 갈며 흉악한 소리를 거침없이 내뱉고는 아스카의 손을 말없이 바라보았다. 안타까워질 정도로 가늘고 작은 손이다.

쥴리아는 가지런하게 정돈된 핑크빛 손톱 끝에 살며시 입을 맞췄다.

"신수(神獸) 카린이시여, 당신의 어린 딸을 보살피소서."

경건하게 속삭이고는 모포와 시트를 어깨까지 덮어주었다. 그리고 벽난로의 불길을 확인했다.

그렇게 아스카의 잠자리를 봐준 다음에 방을 한 바퀴 둘러본 쥴리아의 얼굴은 점차 딱딱하게 굳어졌다.

쿠션이랄 것도 없는 딱딱하고 조악한 나무 침상, 앉을 때마다 삐거덕거리는 나무 의자와 지저분한 나무 원탁은 그렇다고 치자. 이 빌어먹을 난방은 뭐란 말인가? 이렇게 추운데 화력도 변변찮은 벽난로 하나만으로 이 방을 훈훈하게 데울 수 있을 거라고 정말로 믿는단 말인가?

쥴리아의 입가가 실룩거렸다. 그녀는 아스카가 깨지 않도록 조심스럽게 방문을 닫고 나왔다.

라미엘과 폴은 아래층의 홀에서 차를 마시고 있었다. 에롬은 그 옆에 앉아서 뭔가 심각한 분위기로 이야기를 주고받고 있었다. 에롬을 발견한 쥴리아는 눈을 빛내며 그를 향해 성큼성큼 걸어갔다.

"아, 쥴리아. 아스카님은 잘 잠드셨나?"

쥴리아를 발견한 에롬이 그렇게 묻자, 그녀의 이마에는 슬그머니 핏대가 솟았다. 잘 주무시냐고? 저렇게 춥고 난방도 안 되는 방에서 잘 주무시냐고?

"에롬 오라버니, 저 좀 보실까요?"

"왜, 왜?"

실룩거리는 쥴리아의 입가를 본 에롬은 뭔가 심상치 않음을 깨달았다. 문제가 뭔지는 모르지만 자신에게 좋지 않은 영향을 미칠 거라는 것도. 그는 앉은 자리에서 허리를 뒤로 뺐다. 쥴리아를 피하기 위한 반사적인 행동이었다.

하지만 쥴리아 쪽이 한발 빨랐다. 눈 깜짝할 사이에 그의 코앞까지 다가온 그녀는 그가 도망가지 못하도록 양손으로 그의 어깨를 꽉 붙들었다.

"에롬 오라버니?"

"으, 으응?"

험악한 보랏빛 눈동자를 지근거리에서 마주 보게 된 에롬은 눈을 어디에 두어야 할지 몰랐다. 대체 또 무슨 일로 심사가 꼬였기에 이렇게 먹이를 노리는 뱀 같은 눈으로 사람을 노려보냔 말이다.

"방 꼴이 그게 뭐예요?"

"으, 으응?"

"방 꼴이 그게 뭐냐고요! 나무 침상에는 변변한 쿠션도 없잖아요! 달랑 나무 판자 하나 걸쳐 놨다고 해서 그걸 침상이라고 부를 수 있다고 생각하세요?! 게다가 바닥은 그게 뭐예요? 대체 언제부터 청소를 안 한 거냐고요! 카펫을 깔 수 없으면 바닥 청소라도 열심히 해야 할 것 아니에요!! 변변한 방석도 없는 나무 의자는 균형이 안 맞아 삐걱거리고, 테이블은 지저분하고… 대체 어디에 발을 둬야 할지 모르겠어요! 그러고도 이 여관에서 일하고 있다고 말씀하실 수 있겠어요? 대체 무슨 일을 어떻게 하시는데요? 이렇게 지저분한 곳에서 만든 요리의 청결을 어떻게 믿을 수 있겠어요?!"

쥴리아가 쏘아붙일 때마다 의자에 앉은 에롬의 상체는 점점 뒤로 넘어가고 있었다. 식은땀을 줄줄 흘리고 있는 에롬의 곤란한 모습을 보면서도 라미엘과 폴은 느긋하게 차만 마시고 있을 뿐이었다. 카린 성에 있을 때부터 이런 광경을 수도 없이 보아온 그들에게 지금의 상황은 별로 대수로운 게 아니었던 것이다.

"그, 그게 말이다, 쥴리아. 이 여관의 방은 다 비슷비슷하거든. 그리고 그 방이 제일 좋은 방이야."

"제일 좋은 방의 침대에 짚으로 된 매트 하나 없나요! 대체 제일 좋은 방의 기준이 뭐예요?"

"그, 그게… 매트가 없는 것은 주인 영감의 방침이야. 네가 몰라서 그렇지, 사실 딱딱한 침대가 건강에는 더 좋다는……."

쥴리아의 눈이 스산하게 빛났다.

"그 건강에 좋은 딱딱한 침대에서 자다가 허리가 절단나면 어떻게 되는지 몸으로 가르쳐 드릴까요?"

쥴리아의 음산한 목소리에 에롬은 움찔해서 입을 다물었다.
"게다가 방의 난방이 저게 뭐냐고요!! 어떻게 대륙 최북단에 있는 우리 성보다 더 추울 수가 있어요?! 정말로 저 꼴 같지도 않은 벽난로만으로 방을 따뜻하게 만들 수 있다고 생각하는 것은 아니겠죠? 정말이지! 이게 어디 티아 에스텔을 모시는 방이랄 수 있어요!!"
분통을 터뜨리는 쥴리아를 보고 에롬은 차마 '내가 여기에 묵으라고 한 것도 아니잖아' 라고 말할 수는 없었다. 그도 후환은 두려웠으니까.
"자, 어떻게 해주실 거예요? 문제를 알았으면 뭔가 대책이 있어야 할 것 아니에요?"
험악한 쥴리아의 눈과 마주친 에롬은 식은땀만 죽죽 흘렸다.
"그, 그… 스, 스토브를 알아보마."
"그리고?"
"매, 매트도 구해볼게."
"그리고?"
"나무 의자랑 테이블도 손질하고."
"그리고?"
"……."
"그리고?"
쥴리아가 대답을 재촉하자 에롬은 울고 싶었다. 더 이상 뭘 더 어쩌란 말인가?
에롬에게서 기대한 대답이 나오지 않자 쥴리아는 가까이에 있던 테이블을 휙 하고 집어 던졌다. 그 테이블에 찻잔을 놓고 차를 마시고 있던 라미엘과 폴은 쥴리아의 폭발할 듯한 안색을 보고 재빨리 찻잔을 집어 들고 사정거리 밖으로 피신했다.

콰아앙!!

장정 서넛이 들어야 간신히 들 수 있을 것 같은 묵직한 원목 테이블이 요란한 소리를 내며 바닥에 나뒹굴었다. 에롬은 테이블을 한 손으로 집어 던진 쥴리아의 가느다란 팔을 바라보며 꿀꺽 하고 침을 삼켰다.

쥴리아의 보랏빛 눈동자에는 불이 활활 타오르고 있었다.

"청소! 청소를 해야 할 것 아니에요!!"

라미엘은 에롬이 쥴리아에게 쥐 잡히듯 달달 볶이는 광경을 보고 어깨를 으쓱했다.

"나는 이만 나가봐야 할 것 같군."

여기 남아 있다가는 도매금으로 넘어가서 대청소를 하게 될 것 같은 불길한 예감이 들었다. 그러니 그전에 밖으로 피신하는 것이 제일이겠지.

"일단 세리올(하칸 신전의 대신관. 세리올 모레트)도 만나봐야 하고, 전할 말이 있으니까."

"아, 킬렌으로부터의 전언 말인가? 뭐랬더라? '꿈도 꾸지 마라, 변태 사자머리야. 메롱~!' 이라고 했던가?"

어린아이 낙서 수준의 전언을 폴의 냉정하고 억양없는 목소리로 들으니 라미엘은 웃음을 참을 수가 없었다.

"세리올로부터 왔다는 서신은 '아스카님을 내놔라, 이 미치광이 마법사 놈아!' 라는 내용이었다지? 정말이지, 나이를 어디로들 먹었는지. 다 늙어서 그러고 놀고 싶은가?"

폴의 냉정한 말에 라미엘의 웃음은 폭소로 변했다.

"사람은 타고난 상성이 있다고 하니까 어쩔 수 없지. 그 둘은 본래

사이가 나쁘지 않았나. 안 그래도 잡아먹지 못해 안달인데, 이번 침입자들의 배후가 페이샨인 것까지 밝혀지면 키리엔이 정말로 펄펄 뛰겠지. 그 급한 성미에 당장 세람까지 날아올걸?"

"이번 일은 어쨌거나 페이샨의 감시를 소홀히 한 세리올의 책임이니까 녀석도 할 말이 없겠지. 뭐, 그렇다고 해서 킬렌이 쏘아붙이는 동안 얌전히 '나 죽었네' 하고 당하고 있을 것 같지도 않지만."

폴의 말 대로라고 생각하며 라미엘은 설레설레 고개를 저었다. 두 사람이 그렇게 한가한 대화를 나누는 동안에도 옆에서는 물건 부서지는 소리와 '쥴리아, 그건 안 돼! 그것까지 부수면 나, 주인 영감에게 쫓겨나!'라는 에롬의 비명 소리가 배경 음악처럼 들려왔다.

"어쨌든 그런 이유로 난 하칸 신전에 가봐야 하는데, 자네는 어떻게 할 생각인가?"

"글쎄, 나는 여관을 지킬 생각이었네만……."

폴을 그렇게 말끝을 슬쩍 흐리며 쥴리아에게 당하고 있는 에롬을 흘낏 곁눈질했다.

"뭐, 에롬 녀석이 있으니 나까지 그럴 필요가 있겠는가. 밖에 나와서까지 바닥 청소에 심혈을 쏟고 싶은 마음도 없고 말이야."

두 사람은 마주 보고 씨익 웃었다. 역시 폴도 눈치가 보통이 아니다.

"뭐, 거리를 적당히 돌아볼 생각이네. 자네가 말했던 것처럼 페이샨의 군함이라는 것도 궁금하고 말이야."

"그것도 좋겠지. 그러면 그에 대한 얘기는 키리엔이 온 뒤에 본격적으로 해보도록 하지."

"그럼, 그렇게 하세."

두 사람은 그렇게 빠져나갈 궁리를 마쳤다.

"쥴리아, 에롬, 우리는 나간다. 저녁때쯤 들어올 예정이니 그렇게 알아라."

라미엘의 그 한마디에, 정신없이 에롬을 몰아세우고 있던 쥴리아가 획 하고 두 사람을 돌아보며 '잠깐만요!' 하고 서둘러 만류한다.

"나가시려거든 이것 좀 부탁드려요."

그녀는 뭔가가 빽빽하게 기입된 종이 두 장을 라미엘과 폴의 손에 올려주었다. 두 사람은 동시에 눈썹을 치켜 올렸다.

"이게 뭔데?"

"쇼핑 목록이에요. 보다시피 이 여관에는 아무것도 없어서요. 그거라도 있어야 아스카님을 어떻게 모실 수 있을 것 같아요. 다른 것은 집사님이 오실 때 챙겨 오실 테니, 일단 그것만 부탁드릴게요."

생글생글 웃으며 말하는 쥴리아를 보고 폴과 라미엘은 동시에 '당했다!' 라고 생각했다. 결국 여관 안에 있든 밖으로 나가든 뭔가 일을 해야 한다는 거다. 자신은 놀아도 남이 노는 꼴은 절대로 보지 못하는 쥴리아답다고나 할까.

Chapter 6
시슬리안 풍경

에롬은 요리사 주제에 여관에 투숙한 손님들의 점심 식사도 나 몰라라 한 채 자신의 방에 틀어박혀 열심히 저녁 메뉴를 구상 중이었다.

"포타주(Potage:농도가 짙고 걸쭉하며 불투명한 수프)로는 매운탕을 내기로 하고, 생선 요리는 연어찜을 할까? 그래, 연어는 요즘이 제철이지. 그러려면 어디 보자, 재료가… 일단 연어 큰 것 한 마리, 가재도 한 열 마리, 홍합도 서너 개 있어야 되고… 아, 빙어도 스무 마리 정도는 있어야지. 대구도 네 마리, 포도주도 좋은 걸로 한 네 병 있어야 하고, 버터, 달걀… 젠장! 없는 게 너무 많잖아! 시간도 없는데 언제 이걸 다 사 와서 손질하냐고!"

종이에 필요한 것들을 꼼꼼하게 적어가던 에롬은 성질이 난다는 듯이 인상을 썼다. 본래라면 시간이 넉넉했을 테지만, 줄리아라는 마녀에게 예정에도 없는 청소로 혹사당한 다음이라 서두르지 않으면 재

시슬리안 풍경 215

료도 제대로 준비하지 못할지도 모른다.

"할 수 없지. 연어찜은 다음 기회에 하기로 하고, 오늘 밤에는 그냥 농어를 굽자. 손이 적게 가는 데 비해서는 그것도 맛있으니까. 대신 아스카님이 좋아하시는 고기 파이를 여러 종류로 해서 잔뜩 굽고, 후식으로는 오렌지 머랭(Meringue:달걀 흰자에 설탕 등을 섞어 거품을 낸 것으로 구운 과자)이나 차가운 오렌지 젤리를……."

거기서 또 깨닫게 되었다, 지금은 겨울 초입이라 오렌지가 없다는 것을.

"이런 썩을! 없는 게 왜 이렇게 많아?!"

그는 화가 나서 쓰고 있던 종이를 구겨 바닥에 내동댕이쳤다. 하지만 성질을 부려봤자 없는 것은 없는 것이다.

에롬이 이렇게 공을 들여 준비하려고 하는 저녁 식사는 물론 여관 투숙객을 위한 것이 아니라 아스카를 위한 것이다. 아스카뿐 아니라 두 노친네(라미엘과 폴)의 입맛을 맞추기 위해서도 상큼한 디저트는 꼭 있어야 하는데, 계절이 계절이니만큼 과일류는 구하기 어렵다는 데 그의 고민이 있었다.

하다못해 레몬 절임처럼 저장한 과일이라도 손에 넣고 싶지만, 마침 시슬리안이라 그마저도 귀족가의 주방으로 들어가기도 모자란 터라고 한다.

"오렌지, 레몬, 체리, 살구, 앵두, 포도, 딸기, 블루베리… 하다못해 사과도 없단 말이야?!"

옆집 과일집 주인의 말을 떠올린 에롬은 새삼 짜증이 치솟았다. 이건 그가 여관집 요리사가 된 이후 처음 겪는 불편이다. 라파툰 시절에는 적어도 식재료가 부족해 곤란을 겪진 않았다. 요리사가 자신의 입맛을 제대로 못 맞춰서 문제였지.

어쨌거나 디저트용 과일은 꼭 필요하니 귀족집의 주방이라도 털어 올까 하고 생각할 때였다. 노크도 없이 불쑥 들이닥친 쥴리아가 황당한 요구를 했다.

"그러니까 지금 나보고 신전에 월담을 해서 그 방울인가 뭔가 하는 것을 훔쳐 오란 말이냐?"

"어머, 제가 언제요?"

"네가 지금껏 한 말이 그거잖아!"

아스카님을 위해 신성력이 깃든 방울이 꼭 필요하다. 그 방울은 신전에 있다. 어떻게 해서든 꼭 가져와 주기 바란다. 쥴리아가 지금껏 한 말은 이 세 마디로 요약될 수 있다.

그렇다면 여기서 생각할 수 있는 결론은 뭐겠는가? 신성력이 깃든 방울이라면 제법 가치있는 것일 테고, 그런 보물을 신전에서 호락호락 내놓을 리 없으니 어떻게든 가져오려면 훔치는 수밖에.

하지만 에롬의 설명에 쥴리아는 정말 웃기는 소릴 들었다는 듯이 박장대소했다.

"아, 너무 웃었더니 복근이 끊길 것 같네. 아니에요, 오라버니. 헛짚으셔도 한참 헛짚으셨어요. 신전의 달맞이 행사에 참가하기만 하면 준다고요."

"공짜로?"

"공짜로."

허접한 물건 하나 떠안겨 놓고 뒤에 기부금 명목으로 돈을 요구하는 게 아닐까 싶어 의심스럽게 물었더니 아주 확실하게 대답해 준다. 저 수전노가 저렇게 확신할 정도면 일단 사기는 아닌 듯하다.

"신전에서 왜 그런 미친 짓을 하지? 신관의 신성력이 남아돌아 마구 써 없애야 할 지경이라는 얘기는 아직 못 들었는데."

"시슬리안이니까 그렇죠. 그리고 방울은 그 많은 사람들에게 다 주는 게 아니라구요. 달맞이 행사가 끝나갈 때쯤에 신관이 사람들을 향해서 방울 하나를 휙 하고 던지는데, 먼저 낚아채는 사람이 임자예요. 거기 모인 사람들이 다 그거 하나 노리고 오는 거니까 경쟁률이 치열하다는 것은 말 안 해도 아시겠죠?"

에롬은 그제야 알아들었다는 듯이 고개를 끄덕였다. 그의 반응을 보고 줄리아는 웃었다. 요즘 이 세람 시가 그 일로 온통 난리법석인데 어떻게 혼자만 모르고 있을 수가 있을까? 멀리 갈 것도 없지 않은가. 이곳 노튼 거리에도 하칸 신전의 방울을 얻기 위해 멀리 외국에서 원정 온 기사들이 부지기수로 천막 생활을 하고 있지 않은가.

"달맞이 행사, 한 번도 구경 못해봤어요? 시슬리안 기간 동안에 몇 번 왕제(티오렌의 테이칸 왕제)를 따라왔었다면서요? 신전까지 왔다면서 어떻게 그걸 못 볼 수가 있어요?"

"놀러 온 게 아니라 일하러 온 거였으니까. 암살자들과 주제 모르는 도전자들의 마빡을 부수는 데 바빠서 방울 같은 데 눈 돌릴 시간 같은 건 없었어."

에롬다운 대답이다.

"그렇다면 7대 신전의 위치도 잘 모르겠군요? 그럴 것 같아서 약도를 준비했으니 참고하세요."

"너답지 않게 무척 친절하군?"

사람이 평소에 안 하던 짓을 하면 불안하게 마련이다. 특히 '줄리아 헤렌다인의 친절' 처럼 등골을 오싹하게 하는 게 달리 있을까.

에롬 역시 기쁘다기보다 '이걸 주고 뭔 뒤통수를 치려고?' 라는 표정을 짓고 있었다. 경계심 가득한 그의 얼굴을 보고 쥴리아는 후후후 하고 웃었다.

"그만큼 그 방울을 얻어오는 게 중요하다는 말이에요. 이렇게까지 했는데 빈손으로 오실 경우, 후후후……! 제가 어떻게 나올지는 말 안 해도 아시겠죠?"

알다 뿐인가. 아마 산 채로 다진 고기가 되겠지. 임무를 완수하지 못한 죄로 저항 한번 못해보고. 물론, 일족 내에서 두고두고 웃음거리가 되는 것도 빼놓을 수 없다.

하지만 에롬은 어깨를 한 번 으쓱하는 걸로 마녀의 강압을 흘려 버렸다. 아무리 그래도 방울 따위에 목숨까지 걸 수는 없지 않은가.

"신전들 사이의 거리가 제법 먼데 이 일곱 곳을 다 다녀와야 하나?"

자칫 저녁 식사가 늦어지겠다고 걱정하며 한 말에 쥴리아는 다시 웃었다.

"그럴 리가 있겠어요? 한 곳에서 방울 하나만 가져오시면 돼요. 엘라시스님은 로티스(생명의 여신) 신전에 다녀와 주기로 하셨고, 나비르님은 별말씀없으셨지만 세람 항 쪽으로 가신 것을 보면 가까이 있는 물의 신전에 들르실 것 같네요. 그 두 곳을 뺀… 아, 달의 신전도 빼야겠다. 거기는 방울이 아니라 세이프리아 꽃을 던지니까요. 어쨌거나 그 세 곳을 제외한 신전 아무 곳에나 가서 하나만 얻어오시면 돼요."

"뭘 하려고 방울을 세 개씩이나……?"

"저도 잘 모르지만 그런 말이 있다네요. 신성력이 깃든 달맞이 방울 세 개를 몸에 지니고 있으면 무병장수한다는."

"그거 믿을 수 있는 거냐?"

"그거야 모르죠. 하지만 명색이 신이라면 자신의 신성력에 책임 정도는 지지 않겠어요?"

그 신성력이 깃든 방울에 기대했던 것만큼의 효과가 없을 경우, 줄리아는 신에게라도 따질 인물이었다.

에롬은 한숨을 내쉬었다. 그다지 내키지는 않지만 그에게는 달리 선택의 여지가 없는 듯하다. 저 라미엘과 폴마저도 방울 쟁탈전에 동원된 마당이니.

그는 그렇게 예정에 없던 방울 획득의 임무까지 추가한 채 저녁 장보기에 나섰다.

에롬은 그날 오후 다섯 시간을 아주 알차고 보람되게 보냈다.

먼저 항구에 들른 그는 고기잡이배가 도착하자마자 치열한 몸싸움 끝에 수산물 중개인과 귀족가의 하인들도 뻥뻥 날려 버리며 싱싱한 생선 및 해산물을 선점했다. 시장에서는 필요한 채소를 얻기 위해 예약된 채소를 가로채기까지 했다. 하지만 그렇게 열정적으로 온 시장을 다 돌아다녀도 디저트용 과일은 찾을 수가 없었다.

에롬이 낙담하고 있을 때, 귀가 번쩍 뜨이는 정보가 들어왔다. 오후 5시경에 이웃 나라 에슐릿에서 마법사까지 동원되어 운반해 온 과일 수레가 지나간다는 것이다. 어느 미식가 귀족이 주문한 거라나?

결국 그는 수레가 지나간다는 로나튼 거리에 잠복해 있다가 수레를 털었다.

명예로운 전사로 불리며, 티오렌 제국의 기둥으로까지 칭송받았던 에롬이 요리사의 탈을 쓴 강도로 돌변해 버릴 걸 알았다면 아스카가 그의 전업(轉業)을 허락해 주었을지는 의문이다. 하지만 기대했던 것

이상의 수확을 올린 에롬의 기분은 마냥 뿌듯하기만 했다.

결국, 에롬은 방울 획득을 위해 쥴리아가 지정한 다섯 개 신전 중에서 하칸(전쟁의 신) 신전을 선택하기로 했는데, 그것은 장보기에 시간을 너무 할애하다 보니 멀리까지 갈 시간이 없었기 때문이다.

하칸 신전에서 달맞이 행사에 던지는 방울은 검은색이다. 신비한 윤기를 머금은 흑옥(黑玉) 표면에 금빛 사자가 음각되어 있다. 방울이 내는 소리 또한 금속성과는 거리가 먼 약간 묵직하면서 옥이 부딪치는 듯한 청량한 소리가 난다.

방울에는 하칸의 가호가 깃들어 있어 소유자를 독으로부터 지켜주고, 뱀파이어처럼 미혹의 힘을 가진 마물로부터 정신을 보호해 주며, 공포에 지지 않도록 굳건히 마음을 지켜준다고 한다. 하지만 소유자가 하칸의 아들로서 걸맞지 않는 비겁한 행동을 하면 방울 표면의 사자가 사라짐과 동시에 가호도 떠난다고 한다.

그래서 이 방울을 '전사의 방울' 이라고 부른다. 혹은 '용맹무쌍 방울' 이라고 불리기도 한다.

많은 전사나 용병들이 이 방울을 자신의 무기 끝에 달기를 원하지만, 누구보다도 이 방울을 원하는 사람은 어린 사내아이를 둔 아버지일 것이다. 이 방울을 지닌 사내아이는 미래에 기사나 전사로 대성한다는 말이 있기 때문이다.

바라얀뿐 아니라 이웃 나라인 에슐릿과 티오렌에서도 그 방울을 얻기 위해 수많은 기사들이 몰려와 주 신전 앞에서 진을 치고 있다시피 했다. 그들은 오늘 아침, 신전 문이 열리자마자 몰려와 좋은 자리를 차지하기 위해 치열한 몸싸움을 했으며, 경쟁자들끼리 끊임없이 신경전을 벌였다. 그들의 험악한 기세 싸움을 지켜본 사람들은 자칫 시비라도 붙을까 약간 거리를 두고 떨어져서 서 있었고, 그 덕분에 기사들과 일반 구경꾼들 사이에는 공간이 조금 비어 있는 상태였다.

바로 그 빈 공간을 에롬이 비집고 들어갔다. 한 손에는 파와 당근을 비롯한 저녁 반찬거리를 들고, 다른 한 손에는 신전에서 파는 술과 달맞이 떡을 든 행색으로. 그의 손에 생선과 약탈한 과일이 없는 이유는 그 식품들은 신선함이 생명이라 여관까지 배달을 맡겼기 때문이다.

멋모르는 에롬은 단순히 운이 좋다고만 생각했다. 늦게 온 것도 아닌데 벌써 사람이 꽉 차 있어서 자리 없을까 봐 걱정했더니, 앉아달라는 듯이 한 자리 비어 있지 않은가. 그것도 행사장에 가까운 중앙 자리로. 역시 행운의 신은 그를 외면하지 않는다.

티오렌 제국, 칼루이드 후작가에서 온 젊은 기사는 아무도 없던 뒷자리에서 갑자기 인기척이 느껴지자 고개를 돌렸다가 흠칫 놀랐다. 빈말로라도 인상 좋다고 말하기 힘든 거구의 사내가 불쑥 나타나 있었으니 그럴 만도 했다.

하지만 기사의 얼굴은 곧 '피식' 하는 비웃음으로 바뀌었다. 거구의 사내는 도끼나 해머가 어울릴 듯한 그 체구로 장바구니에 선물 바구니를 들고 있었기 때문이다.

'마누라 등쌀에 대신 장이라도 보러 나온 건가? 사내 망신은 다 시키는군. 그 덩치가 아깝다, 아까워.'

눈이 마주치자 사내는 씩 웃는다. 그렇게 웃으니 거칠어 보이는 인상에 비해 눈매는 선량해 보이기도 한다.

'그런데 이상하군. 꼭 어디선가 본 것처럼 눈에 익어. 저런 덩치가 그렇게 흔할 리도 없는데 말이야. 대체 어디서 본 걸까?'

고개를 갸웃거리던 기사가 다시 뒤로 고개를 돌리자, 사내는 기다리기 지루했는지 장바구니 속의 당근을 꺼내 우적우적 씹어 먹고 있었다. 기사는 설레설레 고개를 저었다.

'그래. 근본없고 무식한 용병들 중에 저놈과 비슷한 놈이 한둘은 있겠지.'

기사는 그를 '멋모르는 촌놈'이라고 판단하고 경쟁자 명단에서 빼기로 했다. 아무리 키가 커서 유리하다고 해도, 저 굼떠 보이는 몸으로 재빨리 방울을 낚아챌 수나 있겠는가.

둥둥둥!

오랜 기다림의 끝을 의미하는 북소리가 울렸다. 검은색 사제복을 갖춰 입은 하칸의 신관들이 제단을 중심으로 빙 둘러섰다. 달맞이 군무(群舞)를 출 모양이다.

검은색 사제복 위로 두른 표범 가죽이 특색있다. 머리에는 다 같이 검은색 띠를 둘렀지만 머리 모양은 모두 제각각이었고, 손에 든 무기도 모두 제각각이었다. 발은 맨발이다.

얼핏 보기엔 어중이떠중이를 모아놓은 것 같은데, 하나하나가 범상치 않은 기세를 흘린다. 이것이 바로 하칸의 신관이었다.

둥둥둥!

북소리가 다시 울리자 제단 앞으로 나온 신관 하나가 무릎을 꿇으며 자신의 검을 양손으로 받쳐 들었다. 이 춤을 그들의 아버지인 하칸과 오늘의 주역인 아노에게 바친다는 의미다.

그 신관이 든 검의 자루 끝에서 오색실에 묶인 검은색 방울이 흔들리며 영롱한 소리를 내자 앞자리를 차지한 기사들의 눈에서 불꽃이 튀었다. 저것이 바로 이곳에 온 사람 대부분이 받아가길 소망하는 하칸의 방울이기 때문이다.

 북소리를 비롯한 각종 타악기 소리, 피리를 비롯한 관악기 소리가 어우러지며 단순하면서도 경쾌한 음악이 연주되었다. 하칸의 신관들은 그 음악에 맞춰 춤을 추었다.

 맨발로 땅을 구르고, 각자의 무기를 휘두르거나 부딪치고, 한목소리로 소리를 질렀다. 투박하면서도 거칠기 짝이 없는 몸짓인데 눈을 뗄 수 없는 것은 왜일까?

 둥둥, 둥둥, 하는 북소리에 맞춰 심장도 함께 뛰는 듯했다.

 홀린 듯이 그 광경을 보고 있던 칼루이드 후작가의 기사는 '과연, 하칸 신전!' 이라고 감탄했다. 하지만 그의 몰입은 그리 오래 계속되지 못했다. 바로 뒤에서 '와삭, 와삭' 하는 소리가 끊임없이 들렸기 때문이다. 바로 뒤에 앉은 사내 망신은 혼자 몰아서 시키는 그 얼간이가 분위기 파악도 못하고 당근을 씹어 먹는 소리였다.

 '제발 그만 좀 먹어라, 이 빌어먹을 자식아! 네놈도 사내라면 이런 걸 보면서 당근을 씹을 마음이 든단 말이냐?!'

 에롬도 군무를 보며 나름대로 감명을 받았다. 제단을 중심으로 유형화된 기운을 느꼈기 때문이다. 보통 사람이라면 느끼지도 못했을 테지만 그는 눈으로 보는 것처럼 뚜렷하게 읽어낼 수 있었다. 제단을 한 바퀴 돌 때마다 기세가 고조된다. 저 춤은 아마도 신전 비전의 특별한 춤인 모양이다.

 문제는 그 기운이 에롬을 향하고 있다는 것이다, 마치 도발하듯이.

 처음에는 우연인 줄 알았지만 신관들의 배치가 바뀌고 진형이 바뀌어도 기운이 향하는 방향이 변함없기에 고의라는 것을 알았다. 개인적으로 하칸의 신관들에게 원한 산 기억은 없으니 보나마나 장막 뒤에 앉은 '높으신 분'의 짓거리일 것이다.

그래서 에롬은 당근을 와작와작 씹으면서 가운뎃손가락을 슬쩍 세워 보였다.

'헛짓거리하고 자빠졌네. 엿이나 먹어' 라는 그 나름의 정중한 인사였다. 춤을 추고 있는 하칸 신관들은 몰라도 저 장막 뒤에서 이 일을 지시한 신전의 높으신 분은 그가 보낸 메시지를 알아들었으리라.

춤에 홀린 사람들이 신관들과 더불어 소리를 지르고 발을 구르자 분위기는 한층 고조되기 시작했다. 그 무렵 달이 떴다. 겨울 달, 아노아가 어두운 밤하늘을 밝히며 올해 처음으로 그 모습을 드러냈다.

그러자 앞줄에 앉은 기사들은 일제히 자신의 무기를 빼 들었다. 이제 곧 방울이 날아올 것이라는 것을 알기 때문이다. 그들의 눈은 투지와 과도한 경쟁심 등으로 흉흉하게 빛나고 있었다.

마지막 한 바퀴를 돈 신관이 마침내 방울을 날렸다. 사람들의 눈이 일제히 방울에 쏠린 순간이다. 하지만 에롬은 자신을 견제하며 날아온 칼 한 자루의 존재도 느낄 수 있었다.

그 순간, 그에게는 애검인 투 핸드 소드도 없었고, 손에는 깨지면 안 되는 술을 비롯한 잡다한 짐이 가득했지만 그는 여전히 여유를 잃지 않았다. 주머니를 뒤져 아스카에게 주려고 사 온 사탕을 찾아낸 그는 그것을 손가락에 끼고 일정한 시간 차를 두고 날렸다.

땅! 따다당! 땅! 따앙!

요란한 소리가 났지만 그는 결과물을 확인하지 않고 높이 뛰어올랐다. 하칸의 신관이 날린 검 따위에 정신 팔려 중요한 방울을 놓치면 줄리아에게 죽는다.

허공으로 날아오른 방울을 잡기 위해 수많은 사내들이 땅을 박찼다.

하지만 누구도 에롬보다 높이, 그리고 멀리 날아오르진 못했다.

그 큰 거구가 무색할 정도로 가볍게 뛰어오른 에롬은 가로막고 있는 사람들의 머리를 밟으며 순식간에 방울과의 거리를 좁혔다. 그리고 약간 떨어져 있는 방울을 허공에서 흡인력을 써서 손 안에 낚아챘다.

방울이 날아오르고 에롬이 그걸 낚아채는 것은 그야말로 한순간에 벌어진 일이었다. 불과 5, 6초 사이.

에롬이 방울을 차지하자 그 아래 몰려 있던 사내들은 광분했다. 그들은 먹잇감을 노리고 뛰어오르는 피라니아처럼 그에게 덤벼들었다.

에롬은 감히 자신 소유의 방울을 노리는 겁없는 사내들을 반찬거리가 담긴 시장 바구니로 후려갈겼다. 하지만 그 짓이 싫증도 나고, 저녁 준비도 해야 하는데 언제까지 시간 낭비하고 있을 수도 없는 터라 내빼기로 했다.

사내들을 적당히 두들긴 그는 50티렘이 넘는 거리를 단번에 도약해 신전 담을 넘었다. 막간을 이용해 씹고 있던 당근을 장막 뒤의 높으신 분 마빡에 선물 삼아 던져 주었다. 자신에게 칼침 놓으라고 신관들에게 지시한 보답이었다.

담 너머로 에롬의 모습이 사라지기 무섭게 허공에서 빙글빙글 돌던 검 한 자루가 제단 한가운데로 떨어져 내리며 바닥에 깊숙이 박혔다.

바르르 떨리는 검신을 보며 검을 날린 하칸의 신관은 감탄했다. 실로 꿈처럼, 환상처럼 현란하고 완벽한 솜씨가 아닐 수 없다.

한편, 제단 아래에서는 뜻밖의 광경을 보고 입을 떡 벌리고 있는 기사가 있었다. 에롬의 바로 앞에 서 있던 칼루이드 후작가의 기사다. 그는 허공에서 시장 바구니로 동료들을 후려치고 있는 거구의 사내를 보고 불행히도 그를 어디서 봤는지 기억해 내버렸다.

"에, 에롬 웨스님……?!"

"뭐?"

"바, 방금 전의 그분, 웨스님인 것 같아. 라파툰께서 방울을 낚아채 가셨다고!"

"이놈이 방울을 놓치고 미쳤나? 야, 임마! 라파툰이 어떤 분이신데 고작 방울 하나 얻겠다고 이런 데 오시겠냐? 그분 성격이라면 거저 준다고 해도 거절하실 거다!"

"맞아. 라파툰께서는 이번엔 세람 근처에도 오지 않으셨어. 왕제 전하께서 하마룬으로 가셨다니, 국경 주변에서 왓스의 야만인 놈들에게 뜨거운 맛을 보여주고 계실걸?"

"하지만 그 키! 그 체구! 그 붉은 머리! 수염까지! 라파툰이 틀림없었 단 말이야!!"

"착각한 거겠지. 세상에 그 키에 붉은 머리의 소유자가 어디 그분뿐 이겠어?"

"그나저나 그놈, 빠르기는 되게 빠르더구만. 따라가 봐야 잡을 수도 없겠지? 젠장! 대체 어디서 그런 놈이 튀어나온 거야?"

"그러니까 라파툰이라고!!"

"라파툰이 언제부터 투 핸드 소드 대신 장바구니를 무기로 쓰기 시작했냐? 이 얼굴에 그물 문양 보이냐? 이게 바로 그 장바구니에 맞아 찍힌 거다. 제발 좀 닥쳐라. 라파툰 추종자들이 과격한 거 모르냐? 말한마디 잘못했다가 라파툰 모욕죄로 한칼에 가는 수가 있다."

그렇게 자신의 정체에 대한 문제로 분란의 불씨까지 제공한 에롬은 그날 밤 의기양양한 얼굴로 문제의 전리품을 아스카에게 내밀었다.

금빛 사자 문양이 뚜렷하게 새겨진 검은 방울을 받아 든 아스카가 묘한 표정을 지은 것이나 그 광경을 지켜본 주위의 다른 사람들이 일제히 웃음을 참는 얼굴로 고개를 돌린 것은 결코 그의 탓이 아니었다.

"내 눈이 잘못됐나? 이거 암만 봐도 하칸의 방울처럼 보여. 바라얀뿐 아니라, 티오렌, 에슐릿 등에서도 손에 넣기 위해서 기사들이 원정까지 왔다는 그 방울이 내 손에 있을 리는 없는데 말이야."

"무슨 말씀을 하시는지 모르겠지만, 그건 하칸의 방울이 맞습니다. 부디 마음에 드셨으면 좋겠네요. 그놈 때문에 파와 양배추, 당근이 엉망이 됐습니다. 그 XX할 잡것들! 감히 나의 저녁 메뉴를 망치다니!"

가로채기까지 해서 손에 넣은 야채가 뭉그러진 것을 보고 얼마나 분통을 터뜨렸는지 모른다. 이럴 줄 알았으면 식칼이라도 한 자루 가져갈 것을! 아니, 괜히 멋 부리지 말고 하칸의 신관이 던져 준 칼을 냅다 받아서 고맙게 쓸 것을!

"그, 그래? 저녁은 맛있었는데. 어쨌거나 귀한 방울을 줘서 고마워. 보통 여자애에겐 이런 방울은 잘 안 준다고 생각했는데 에롬의 취향은 참 독특한 데가 있어. 에롬이 그렇게까지 내가 용맹무쌍해지길 바란다면야 나도 노력은 해보지 뭐."

"예? 용맹무쌍?"

에롬은 도무지 영문을 모르겠다는 듯이 고개를 갸웃거리고, 그 광경을 지켜본 줄리아는 숨죽여 웃었다. 라미엘은 에롬의 맹한 반응에 한숨을 내쉬었다.

"줄리아, 에롬에게 하칸의 방울은 기사 후보생인 남자애들 거라고 말해주지 않았느냐?"

"하칸 신전을 지척에 둔 여관에서 일하니 그 정도야 당연히 알고 있을 줄 알았죠. 설마하니 중앙신전 일곱 곳 중에서 가장 얻기 힘들다는 방울을 얻으러 가실 줄이야! 과연, 에롬 오라버니세요. 푸흐흐흐……!"
 이날 아스카가 받은 검은색 방울은 라미엘과 폴이 얻어온 다른 두 방울과 더불어 그녀의 머리나 숄을 장식했고, 그것을 본 사람들에게 의혹거리를 제공하는 계기가 됐다.
 여자 아이가 틀림없고, 기사 후보생도 아닌 아스카가 어째서 전사의 방울을 가지고 있는가 하는.

 여담이지만, 에롬에게서 당근 반 토막을 선물로 받은 하칸 신전의 높으신 분께서는 그 선물을 꽤 마음에 들어하며 우적우적 씹어 드셨다.
 "에롬 녀석, 주려면 하나를 다 주지 이게 뭐야? 여하튼 그 짠돌이, 수전노의 피는 안 된다니까. 스승 놈이 왕소금이니 제자들도 하나같이 그 판박이야. 그런데 그 엉뚱한 놈, 난데없이 나타나서 방울은 왜 받아 간 거야? 테이칸 왕제가 방울 가져오라고 출장이라도 보냈나?"

 동대륙 사다하 왕국, 수도 다린.
 라울과 파엔은 사다하 왕실 주최로 열리는 시슬리안 축하 무도회에 참석했다. 파엔은 정말로 가기 싫은 듯, 옷까지 다 차려입고도 이 핑계 저 핑계를 대며 미적거렸지만, 라울이 예의 그 책(아스카님 신랑감 명단)을 들이밀자 어쩔 수 없다는 듯이 끌려왔다.
 목적지에 도착한 라울은 사다하 왕궁의 화려함과 무도회의 규모에 놀랐다.
 무도회가 개최되는 대회랑은 길이만도 70티렘이 넘어 보였고, 아치형의 대형 거울이 맞은편의 유리창과 대칭을 이루며 장엄하게 늘어서 있다. 천장에는 스무 개는 족히 넘어 보이는 묵직한 샹들리에가 매달려 현란한 빛을 반사하고 있었다. 값비싸 보이는 조각이나 황금 조형물들이 여기저기 배치되어 있고, 바닥은 대리석이며, 군데군데 늘어서 있는 기둥조차 공작석(孔雀石)이다.

"대단하네. 제블린의 왕궁도 봤지만 이렇게 노골적으로 사치스럽다는 느낌은 아니었어. 네 번째 기둥에서 두 번째, 녹색 드레스를 입은 여자 옆에."

"흥. 아무려면 가진 거라곤 모래밖에 없는 가난한 제블린에 비할까. 그리고 안 돼, 그놈은. 이미 결혼을 한 데다가 변태라는 말이 있어."

"그럼 그 뒤에서 두 번째, 미색 드레스를 입은 여자 옆의 갈색 머리."

"누구? 저놈? 아, 진짜! 이마에 피도 안 말랐잖아!"

"아스카님의 연령을 생각해. 나이 차만 보면 의외로 잘 어울릴 수도 있어."

"진짜, 이놈이?! 인물 반반하고 미혼이면 그걸로 끝이냐? 다 되는 거냐고! 명색이 기사라는 놈이 짚단 베기조차 제대로 못하는데, 그런 놈을 어떻게 추천하라고?"

두 사람이 나란히 무도회장 벽에 붙어서 더없이 심각한 표정으로 주고받는 얘기란 실은 이런 것이었다.

"개인적인 감정은 빼라고 했잖아. 그런 식으로 하다가 백지 명부를 언제 다 채울 거야? 일단 왕족과 백작 이상의 귀족에 30대 이하의 미혼 남자는 무조건 명부에 올려."

"그래도 저놈은 안 돼. 내가 뒷조사를 해봤는데 도박 빚 때문에 사실상 알거지나 다름없어."

"뒷조사도 했어?"

"네가 말하는 30대 이하의 미혼 남자 중에 내가 뒷조사를 안 한 놈이 있을 것 같아?"

라울은 감탄했다. 가망이 없니 어쩌니 하며 떠들어대는 것과는 달리 나름대로 신경을 쓰고 있기는 했던 모양이다.

"왜 하필이면 '아스카님 신랑감 명단' 같은 것을 추천해야 하는 거냐고! '절대로 아스카님의 신랑감이 되면 안 되는 녀석들의 명단'이라면 그 백지 명부를 서너 권은 채우고도 남는데!!"

하지만 신경 쓰는 것만큼 가시적인 효과가 없다는 것이 파엔의 문제였다.

"좀 더 있다 오자니까. 너 때문에 일찍 와서 저 바보스러운 행진을 봐야 하잖아."

파엔이 투덜거리면서 말하는 바보스러운 행진이란 무도회의 오프닝 행진이다.

한껏 치장한 남녀들이 파트너의 팔짱을 끼고 음악에 맞춰 사뿐사뿐 걷고 있다. 그 모습 또한 화려한 무도회장 못지않게 장관이었다.

"너도 웬만하면 파트너 대동하고 오지 그랬냐? 내용물이야 어떻든 얼굴만은 극상품이니 어지간한 여자들은 다 응해주었을 텐데. 어디가 모자란 것도 아니고, 사내놈들 둘이 이런 데 오는 거 민망하지 않냐?"

"여자랑 와서 어쩔 건데? 그 여자랑 사이좋게 춤추면서 어느 놈이 아스카님의 신랑감으로 적당한지 물색해 보라고? 아니면 이렇게 나란히 벽에 붙어서 결혼 적령기 남성 품평회라도 열까?"

그들은 지금 무도회장 출입 규칙(이성 파트너 동반)도 지키지 않고, 댄스 신청을 기다리는 여자도 아닌 주제에 벽에 붙어 '벽의 꽃(인기없는 여자를 비유적으로 일컫는 말)' 흉내를 내고 있는 중이었다.

"그래도 덕분에 눈요기는 잘하는군. 과연 동대륙의 진주, 사다하랄까? 미인이 많아."

"얼씨구? 네놈도 그런 말을 할 줄 알아? 너의 일편단심은 쥴리아, 그 마녀가 아니었냐? 왜? 아름다운 사다하 미녀를 보니 마음이 흔들려?"

"일반론이 그렇다는 거야. 바라얀에도 미인은 많지만 저렇게 눈길을 확 끌지는 않잖아. 어디가 다른 걸까?"

"가지고 있는 생기가 다르지. 여기는 동대륙 어느 나라보다 여자들의 기가 센 곳이라고. 스스로에 대해 자신감이 넘친다고 할까? 지적이면서도 톡 쏘는 맛도 있는 게, 꽃에 비유한다면 장미겠지. 바라얀 여자들은 그에 비하면 수수한 국화 정도일까?"

"사다하는 장미, 바라얀은 국화라. 그럼, 우리 일족 여자들은?"

"몰라서 묻냐? 당연히 식물계 몬스터인 식충화(食蟲花)지."

라울은 웃음을 터뜨렸다. 파엔의 비유는 신랄하지만 제법 정곡을 찌르고 있었다.

"아니라고는 말 못하겠지만 너, 여자들 앞에서는 그 말 하지 마라. 산 채로 끓는 솥에 던져지는 수가 있다."

"내가 바본 줄 알아? 나도 내 목숨 아까운 줄은 알거든?"

두 사람은 누가 먼저랄 것도 없이 소리 내어 웃었다.

"그나저나 엊그제는 어딜 갔었던 거냐? 급한 일이 있다고 했었잖아."

라울이 약재 시장에서 파란만장한 하루를 보냈던 그날이다. 그날 라울에게 그런 시간이 났던 것은 파엔이 먼저 중요한 일이 있다며 아침 일찍 사라졌기 때문이다.

"아, 하칸 신전에 빚 받으러."

"뭐?"

"제블린에 다녀오기로 한 거 말이야. 의뢰를 뒤엎을 수 없는 바에야 돈이라도 제대로 받아야 할 거 아냐? 여기서 제블린까지 가는 데 필요한 말이며 물, 식량 등 단순 여비만 해도 얼마며 너와 나의 몸값만 해도 얼만데, 무보수 노동 같은 미친 짓을 할 수야 없잖아."

"그래서? 하칸 신전에 가서 돈을 받아냈다고?"

"어. 너한테 말 안 한 것은 너는 그런 데 별 도움이 안 되니까 말이야. 펠로안이랑 둘이 가서 확실하게 해결 봤어. 너도 하르트 영감탱이가 쩔쩔매며 꽁무니를 빼는 것을 봤어야 하는데. 자기가 모시는 신도 두려워하지 않는 뻔뻔한 노친네가 딸은 무서운 모양이더라고."

하칸 신전의 12사제 중 하나인 하르트는 라울의 부관이기도 한 펠로안의 아버지다. 지난 시절 부양의 의무를 소홀히 한 아버지는 딸에게 쩔쩔맬 수밖에 없었고, 펠로안의 금전 감각은 파엔과 비슷한 수준이다. 이 남녀 한 쌍의 수전노 둘에게 압박당하면 제아무리 하르트라고 해도 비상금까지 게워낼 수밖에 없다는 말이다.

라울은 통쾌하다는 듯이 웃어대고 있는 파엔을 보고 고개를 설레설레 저었다.

"그래서 얼마나 받아냈어?"

파엔은 손가락 다섯 개를 세워 보였다. 라울은 눈을 크게 떴다.

"5천 마르셀?"

"영감이랑 짰냐? 5천은 무슨 5천이야? 그걸 누구 코에 붙이라고! 5만이다. 5만 마르셀."

라울은 입을 딱 벌렸다. 상대가 그 하르트임을 감안해 볼 때 5천도 충분히 많은 돈이라고 생각했건만, 그 열 배라니!

"여하튼 그 영감, 통 작은 건 알아줘야 해. 내가 손가락을 이렇게 드니까 대뜸 한다는 말이 50이냐는 거야! 날 뭘로 보고! 5만이라고 했더니 넋이 나간 것 같더라고. 하칸 신전의 수입을 내가 아는데, 12사제씩이나 되면서 단돈 5만에 벌벌 떤다는 게 말이 돼? 그러면서 대체 누구더러 수전노라는 거야?"

"아무리 펠로안이 같이 갔다지만 하르트님이 잘도 그 돈을 준다고 하셨군."

"못 준다고 난리였지. 하다하다 안 되니까 노친네 둘을 들먹이며 네 아버지와 스승이 그렇게 가르쳤냐고 하더라고."

라울은 '이런!' 하고 신음했고, 파엔은 킬킬대고 웃었다.

"너도 킬렌의 입버릇은 알지? '무보수로 일할 것 같으면 그냥 접시 물에 코 박고 죽어라'라는 거 말이야. 내가 그동안 그 소릴 얼마나 들었는지 귀에 딱지가 앉을 지경이다. 내가 킬렌이랑 애향회 놈들까지 들먹였더니 결국 준다고 하더군. 돈이 아깝긴 아까웠는지 거품까지 물더라고. 참, 네 몫으로 받은 5만 중에서 수고비로 5% 떼고 준다. 불만 없지?"

"자, 잠깐! 그게 무슨 말이야? 내 몫으로 받은 5만이라니, 두 사람 몫으로 5만을 받은 게 아니었단 말이야?"

"물론 아니지. 5만 나눠봐야 2만 5천밖에 안 되는데 그거 받고 그 모래먼지 풀풀 날리는 제블린까지 갈 것 같냐? 각각 5만이야."

라울은 '지독한 놈'이라는 눈으로 파엔을 바라보았다. 그가 외화벌이를 하면서 금전 감각이 좋아졌다고는 해도 파엔의 발끝에도 미칠 수가 없다. 금전 감각으로만 보면 파엔은 라미엘의 아들이라기보다 킬렌의 제자였다. 돈에 관한 한 아버지보다 스승을 더 닮았다는 말이다.

"아, 내외상약이랑 포션은 별도로 받아왔어. 한 열한 상자쯤."

완전히 기둥뿌리를 뽑았다는 말로 들린다. 라울은 하르트가 파엔을 보내고 화병으로 드러눕지나 않았을까 걱정됐다.

"아참, 그리고 너 이게 뭔 줄 아냐? 내가 무기도 내놓으라니까 그건 안 된다면서 이걸로 대충 입막음하던데. 본인 말로는 엄청 귀한 거라는데, 무슨 효능이 있는지 모르겠어."

파엔이 주머니를 뒤져 꺼내놓은 것은 하칸 신전의 로고가 그려진 푸른색의 약병이었다. 하칸 신전에서 판매되는 포션의 거의 다가 쥴리아가 만드는 것이고, 그 쥴리아를 약혼녀로 둔 덕에 라울 역시 대부분의 포션은 약병만 봐도 효능을 알 수 있었다.

"악령 퇴치 포션이야. 귀한 게 맞아. 한 100병 정도만 시범적으로 만들고 만 거라서 현재는 남아 있는 게 거의 없거든. 경매에 붙이면 한 1, 2천은 족히 나올 거다."

"왜 그것만 만들고 말았지? 효과가 없었나?"

"아니, 효과는 확실했지. 악령뿐 아니라 정령에도 먹혔어. 정령술사에 의해 나와 있던 정령도 역소환될 정도였으니까. 다만 부작용이……."

라울은 아직도 생생하게 기억하고 있었다. 쥴리아가 시범 삼아 그 약병을 던져 주고 써보라고 한 사람들이 하나같이 울면서 그를 찾아와 죽고 싶다고 하소연했던 것을. 이 포션은 달리 '아스카님께 이를 거야 포션'으로 불린다는 것도.

"웬만하면 쓰지 않는 게 좋아. 자세한 건 말할 수 없지만, 그걸 쓰면 죽고 싶어지는 것 같더라고."

"일종의 카운터인가? 하지만 느껴지는 마나량으론 그리 대단한 게 든 것 같지 않은데? 특별한 약재를 썼나?"

라울은 병을 흔들어보는 파엔을 보고 애매한 표정을 지었다. 그가 어떻게 말할 수 있겠는가. 그 병 안에 음성 메시지로 '아스카님께 이를 거야!' 라는 말이 담겨 있고, 그 말을 들은 정령들이 그 상황을 아스카에게 재현해 주기 위해 킬킬거리며 사라진다는 것을.

"그런 건 아닌데, 어쨌거나 그래. 사람이 거의 폐인이 되는 등 피해자가 속출해서 결국 생산을 중단한 거거든."

입맛을 다시던 파엔은 찝찝하다는 듯이 병을 라울에게 휙 던져 주었다. 알아서 처분하라나?

둘이 그렇게 벽에 붙어서 놀고 있을 때, 그들 앞에 엘리스 리벨 공작이 나타났다. 갈색 눈을 붉게 빛내며 복수의 화신 같은 무시무시한 표정으로.

"아, 오랜만이죠? 생각보다 좋아 보이시는데요?"

이런 것이 자기가 물먹인 전 고용주한테 하는 인사란 말인가? 라울은 매를 번다고 생각했다.

"자네, 잠깐 나 좀 보지."

"바쁜데요?"

"바빠도 시간을 내! 그렇지 않으면 여기 이 자리에서 자네가 날 어떻게 농락했는지 다 떠벌리고 말 테니까!"

라울은 흠칫했다. 농락. 굉장히 미묘한 어감을 가진 단어다. 듣기에 따라서는 파엔과 공작이 삐리리한 사이였는데, 파엔이 단물만 쪽 빨아먹고 공작을 차버렸다는 말로도 들린다. 삐리리 부분만 빼면 사실 별로 틀린 말이 아니긴 하지만.

"무슨 소릴 하는 겁니까? 농락이라니! 모르는 사람이 들으면 오해하겠네요."

"사람들이 다 듣고 있네. 여기서 계속 실랑이를 할 텐가? 내일 아침쯤엔 다린 전역에 자네의 독특한 성적 취향이 알려지겠군. 뭐, 나는 상관없네. 어차피 노망났다고 소문난 마당이니 수치 하나쯤 더 더한다고 뭐가 달라지겠는가."

주위를 둘러보니 무도회장 안의 시선이 온통 그들에게 집중되어 있다. 음악 소리도 있고 해서 아직 많은 사람이 공작의 말을 들은 것은 아닌 듯하지만, 다들 숨소리도 죽인 채 귀를 쫑긋 세우고 있으니 그것도 시간문제다.

파엔은 이를 갈았다.

"원하는 게 뭡니까?"

"자네가 좋아하는 돈벌이를 제안하고 싶을 뿐이네. 조용한 곳에서 단둘이. 그간의 정리를 봐서 그 정도는 해줄 수 있을 텐데?"

파엔은 재빨리 머리를 굴렸다. 사실 스캔들 따위, 별로 대수로울 것도 없다. 어차피 사다하 땅에서 계속 벌어먹고 살 것도 아니고. 하지만 다른 것도 아니고, 남색 스캔들이다. 이런 종류의 소문은 사실의 진위 여부와는 상관없이 파급 속도가 장난이 아니다. 일주일도 채 되지 않아 아버지와 형에게서 '남자 며느리(혹은 제수)는 사양이다'라는 메시지가 날아올지도 모른다. 그것까지는 괜찮지만, 결국 텐 론과 아스카의 귀에도 들어갈 것이라는 게 문제다.

파엔은 낮게 욕설을 내뱉었다. 공작이 작정하고 나온 이상 그에게는 달리 선택의 여지가 없었다.

"가시죠. 어떤 돈벌인지 한번 들어나 보자고요."

시슬리안 풍경 237

마지못해 공작을 따라나서는 파엔을 보고 라울은 낮게 휘파람을 불었다. 저 뺀질이 파엔이 당하다니, 살다 보니 이런 날도 있다. 라울은 내심 공작이 이 승리를 이어가길 빌어주었다.

파엔과 엘리스 리벨 공작은 왕궁 안에 마련된 공작의 집무실로 왔다. 무도회가 열리고 있는 본궁 쪽의 회랑과는 달리 이쪽은 업무 기관이 모인 곳이라 이 시간엔 조용하다.

공작은 자리에 앉자마자 서랍에서 묵직해 보이는 주머니를 꺼내 책상 위에 올려놓는다. 공작과 주머니를 번갈아 보던 파엔은 씩 웃었다.

"저에게 주시는 겁니까? 퇴직금이라면 이미 받았는데요? 뭐, 더 주신다면야 저는 좋지만."

공작은 가증스럽다는 듯이 파엔을 노려보았다.

"휴가를 받아 어디로 갈 생각이었나?"

"다 끝난 마당에 그런 것까지 말해야 합니까?"

"그렇다면 한 가지만 말해주게. 그 휴가, 지금 당장 꼭 가야 하는 것은 아니겠지?"

"그런 게 왜 궁금하십니까?"

"자네에게 의뢰를 하고 싶으니까."

공작은 후 하고 한숨을 내쉬며 주머니를 파엔 쪽으로 밀어주었다.

"이것은 자네가 이전에 위험 수당으로 언급했던 5만일세. 이것을 받고 제블린으로 가주게."

파엔은 눈을 크게 떴다. 이것은 또 무슨 예상 밖의 전개란 말인가?

희희낙락해서 고향에 돌아갈 꿈에 부풀어 있다가 망할 놈의 하칸 신전에 발목 잡혀서 엉뚱하게 제블린으로 가는 신세가 됐다. 열받아서 돈이라도 잔뜩 뜯어내자고 작정하고 구두쇠 영감에게 10만 마르셀을 받아냈더니, 공작도 의뢰를 하겠다며 돈을 내민다.

파엔은 일거리 떨어져서 입에 거미줄 칠 일은 없겠다고 투덜거렸다.

"제블린으로 가서 뭘 어쩌라고요?"

"뻔한 걸 왜 묻나? 전쟁이 터질지도 모르는 이 상황에 내가 한가하게 제블린 관광이라도 하고 오라고 자넬 보내겠나?! 세람 에메시스 2왕자 전하를 평화 사절로 파견할 생각일세. 협상에 관한 것은 모두 왕자 전하께서 알아서 하실 테니, 자넨 한 가지만 해주게. 전하께서 무사하실 수 있도록 지켜주는 것. 그 정도는 할 수 있겠지?"

파엔은 대답하지 않고 공작을 빤히 보기만 했다.

"한 가지만 묻죠. 이 사절 파견, 정식으로 승인이 떨어진 겁니까?"

공작은 대답하지 못하고 그를 노려보기만 했다. 대답은 그걸로 충분했다.

그러고 보면, 휴가 요청이 받아들여지지 않아서 결국 사표를 던진 그날도 공작으로부터 비슷한 언급이 있기는 했다. 제블린에 사절로 파견하면 가주겠냐고 하기에, 농담 삼아 위험 수당으로 5만은 줘야 한다고 했던 기억도 났다. 그걸 그대로 기억하고 있다가 5만을 준비해서 그를 부르다니, 이 공작도 성실한 건지 융통성이 없는 건지 알 수가 없다.

어쨌거나 공작의 용건은 하르트와 같은 듯하다. 그는 어차피 제블린에 갈 예정이고, 용건이 같다면 의뢰를 받아들이지 못할 이유가 없다.

파엔은 자신 쪽으로 밀려온 돈주머니를 공작 쪽으로 밀었다. 그의 행동이 거절을 의미한다고 생각했는지 공작의 얼굴은 눈에 띄게 굳어졌다.

"이걸로는 안 됩니다. 더 쓰세요."

"뭐?"

"왕자랑 저만 보내서 어쩔 건데요? 저 제블린의 샴에게 사다하의 2왕자라는 이름이 먹힐 것 같습니까? 그 피에 미친놈이라면 용건도 들어보기 전에 '죽여라' 라고 하지 않으면 다행이겠네. 독대해서 말이라도 붙여보려면 안면이 있는 놈을 딸려 보내야 할 거 아닙니까."

"알고는 있지만 한시가 급한 상황이야. 지금 와서 그런 사람을 어떻게 구한단 말인가?"

"왜 못 구합니까? 내 바로 옆에도 한 놈 있는데."

"뭐?! 그게 무슨 말인가? 서, 설마……."

공작은 오늘 밤 무도회장에서 파엔 옆에 나란히 서 있던 붉은 머리 사내를 떠올렸다. 파엔이 잘 아는 듯한 그 사내, 무슨 용병단의 단장이라던 그 사내가 제블린에서 왔다고 들었다.

"설마 그 사람이 제블린의 샴을 안단 말인가?!"

"바로 요전까지 샴을 위해 일했답니다. 용병과 고용주, 돈으로 얽힌 인연이니 큰 기대는 할 수 없겠지만, 적어도 말 한마디 꺼내보기 전에 암살자로 몰려 목이 댕강 하는 꼴은 면하겠죠."

공작은 얼굴이 환해졌다. 그렇지 않아도 파엔이 말한 것과 같은 상황을 걱정했었는데 참으로 예상치 못했던 곳에서 해결책을 찾은 것이다. 공작은 새삼 이놈이 성격은 지랄 같아도 인맥과 수완은 대단하다는 것을 실감했다.

"비싼 놈이라는 것은 말 안 해도 아시겠죠? 알아서 넉넉히 쳐주세요."

이놈의 돈타령만 없다면 말이다. 하지만 어쩌겠는가. 2왕자의 안전을 위해 원하는 만큼 돈을 떠안기는 수밖에.

일그러지는 공작의 얼굴을 바라보며 파엔은 환하게, 아주 환하게 웃었다. 아무래도 최근 돈복이 터진 것 같다고 생각하며.

동대륙 남부, 사막의 나라 제블린 왕국.
라프니타는 제블린의 수도다. 가도 가도 끝이 없을 것 같은 광활한 사막 한가운데, 신기루처럼 자리한 오아시스의 도시다. 수맥을 중심으로 시원스럽게 뻗은 길이나 옹기종기 들어선 양파 모양의 지붕을 가진 집들이 푸른 야자수와 어우러져 이색적인 조형미를 뽐낸다.
도시에서 약간 동부로 치우친 곳에 거대한 성이 우뚝 서 있었는데, 성을 겹겹이 둘러싼 두꺼운 성벽이 마치 양파의 속껍질처럼 보인다. 이 성이 바로 제블린의 왕궁이며, 성의 가장 안쪽에 자리한 거대한 양파 지붕 건물이 제블린의 절대자인 샴의 거처다.
"밤부터 새벽까지 달맞이 행사가 있을 예정입니다. 번거로운 것을 싫어하시는 것은 알지만, 이것은 관례이니 잠시 얼굴이라도 비춰주시지요."
머리를 터번으로 감싸고 하얀 수염을 허리까지 늘어뜨린 노인이 머리를 조아렸으나 단상 위에서는 아무런 답이 없다. 두꺼운 카펫이 깔리고 쿠션 몇 개가 놓였을 뿐인 단상 위에서는 한 사내가 단정한 자세로 앉아 검을 손질하는 중이었다. 바로 옆, 사자 형태의 황동 등잔에서 흘러나온 불빛이 사내의 조각 같은 턱 선을 한층 강조하고 있었다.
"상태가 썩 좋지 않아. 이름난 장인이라도 불러들여야 할 모양이군."
혹 자신의 말을 듣지 못하신 것일까 생각할 무렵, 단상 위에서 혀를 끌끌 차는 소리가 들려왔다.

"노신의 생각으론 드워프라도 오지 않는 한 그 검을 수리하는 것은 무리라 보옵니다."

"많이 봐주는군. 드워프가 와도 어림없다고 할 줄 알았더니."

"벌써 수백 년이 넘은 검이 아니옵니까? 수명을 넘겨도 한참 넘겼으니 언제 부러져도 이상하지 않사옵니다. 위험하니 다른 검을 쓰시지요. 왕궁의 무기고에도 좋은 검이 많사옵고, 요전에 기드람 세스림(후족의 작위 명칭. 백작에 해당)이 바쳐온 미스릴 검도 노신이 보기엔 썩 괜찮아 보였사옵니다."

늙은 시종장은 사내의 손에 들린 낡은 검이 못마땅하지만, 사내는 그저 웃을 뿐이다.

"마라트(사다하와의 국경 지대)로 간 사다드는 어쩌고 있는가? 제블린에서 손꼽히는 강군(强軍)이 녀석의 휘하에 있다고 해도 자금줄이 막혔으니 그 많은 병졸들을 먹여 살리는 것조차 여의치 않을 터. 식량 사정마저 좋지 않으니 제법 혹독한 겨울을 나게 되겠군."

"그곳 마라트의 부족장과 손을 잡은 듯하옵니다."

"마라트의 부족장이라면 칸릴인가?"

"그렇사옵니다. 아시는 자이옵니까?"

"예전에 한 번 본 적 있지. 거구에 도끼를 잘 쓰더군. 거칠고 사나운 데다가 야심가야. 사다드와는 그럴싸한 조합이군. 하지만 마라트는 놈의 군대를 먹여 살릴 정도로 부유하지 못할 텐데?"

"뭔가 획책하고 있는 듯하옵니다. 근자에 들어 사다하를 집적거리는 모양새도 그렇고."

"나의 야심가 동생이 사다하를 집어삼켜 나를 칠 재기의 발판으로 쓰려는 모양이군."

사내는 재미있다는 듯이 소리 내어 웃는다.

"샴, 웃으실 때가 아니옵니다. 사다하는 부유하나 군사력은 그리 강하지 않은 나라. 사다드 왕제와 그 휘하의 강군이라면 손에 넣지 못한다 장담할 수도 없사옵니다."

"그리 쉽지만은 않을 거야. 저 능구렁이 같은 페이샨이 보고만 있지는 않을 테니. 아무리 사다드라고 해도 휘페리온(페이샨 황제)은 좀 버거운 상대지. 뭐, 사다드가 운이 좋아 사다하를 삼킨다고 해도 그건 그것대로 좋지 않나? 이 좁은 땅에서 북으로 뻗어나갈 구실이 되어줄 테니. 사다하의 윤택함은 페이샨을 상대하는 데 꽤 큰 도움이 될 거야. 어차피 이 싸움은 사다드와 나, 둘 중의 하나가 죽기 전에는 끝나지 않을 싸움이야. 그런 전리품이 따르는 것도 좋지."

"차라리 '그'에게 왕제의 목을 베어오라 하심이 좋지 않았겠사옵니까? 그의 능력이라면 능히 왕제의 목을 샴께 바쳤을 터인데."

"그렇게 구박할 때는 언제고 사라지고 나니 아쉬운 모양이군? 미운 정이라도 든 건가?"

"아니옵니다! 그 버릇없는 놈! 신이 뭐가 아쉬워서……. 앓던 이가 빠진 것처럼 시원하옵니다!"

"그런 사람이 나도 몰래 보석 주머니는 왜 찔러줬던가?"

"아시고 계셨습니까? 보석 주머니는 미운 놈 떡 하나 더 준다는 심경으로 줬지요. 그놈이 노자가 모자란다는 핑계로 계속 눌러앉아 있으면 그것도 큰일이 아닙니까."

사내는 펄쩍 뛰며 억지를 쓰는 시종을 보고 소리 내어 웃었다. 시간이 별로 흐르지도 않았는데 벌써부터 떠난 사람이 그립다. 태양 같은 붉은 머리를 허리까지 늘어뜨린 장신의 미남이 '귀가 간지럽군요. 내

시슬리안 풍경

욕 하셨습니까?' 하고 불쑥 들어올 것만 같다.

"라울이라면 얼마든지 사다드를 죽일 수 있지. 하지만 내가 사다드를 놓아준 것은 죽일 수 없어서가 아니라 놈이 죽는다고 해도 별로 남는 게 없어서야. 사다드는 허수아비일 뿐, 군의 실권을 쥐고 있는 것은 아브라힘이라는 것을 알지 않는가. 그마저 죽인다고 해도 그 군대는 내 것이 되지 않아. 30년이나 동족의 목에 칼을 겨누고 반목해 온 원한의 골은 그리 쉽게 메울 수 있는 게 아니라네. 그렇다면 어떻게 할까? 다른 곳에 시선을 주게 해서 소모시켜 버리는 게 제일 좋겠지. 그래서 사다드를 살려 놓아준 거야. 내가 아는 그놈이라면 궁지에 몰리면 몰릴수록 주변을 몰아세우며 트러블을 일으키겠지. 제아무리 아브라힘이라도 속 좀 끓이게 될 거야."

"샴, 진정으로 그들을 버릴 생각이시옵니까?"

"자네가 아브라힘의 재주를 아낀다는 것은 알아. 확실히 아브라힘은 훌륭한 장수지. 하지만 포기할 것은 포기하는 게 좋아. 설사 사막의 무신(武神)이 돌아온다고 해도 그의 마음을 돌리지는 못할 테니까."

불과 30년 전까지만 해도 제블린의 군사력은 북방의 제국인 페이샨 못지않았다. 무신이라고 불리던 한 사내가 가차없이 징벌의 칼을 휘두르며 쇠락해 가는 제블린을 일으켜 세웠던 것이다. 제블린의 모두가 염원하는 북방정벌의 그날이 머지않았음을 피부로 느꼈다.

하지만 샴이 갑자기 돌연사하자 군대는 자기가 따르는 왕자를 샴으로 세우기 위해 조각조각 나뉘어서 싸웠다. 30년 동안이나 그렇게 싸우고 나니 예전의 그 모습은 간 곳이 없다. 그사이에 무신도 사라져 버렸다. 아마 그들의 아귀다툼에 염증을 느끼고 떠난 것이리라.

"사다드의 행적은 앞으로도 주의해서 지켜보도록."

"네, 명을 따르겠사옵니다. 그리고 방금 전에도 말씀드렸사옵니다만, 오늘 밤 룬닐의 방에서……."

"아아, 달맞이 행사 말이지? 시간도 없고 재정도 넉넉지 못한데 그거 꼭 해야 하나?"

"후족들의 사기도 생각하여 주시지요."

"알았어. 새벽쯤에 잠시 시간을 내서 들르는 것으로 하지."

같은 동대륙 국가라도 제블린의 문화는 페이샨이나 사다하와는 판이하게 다르다. 건축이나 복식, 음식뿐 아니라 놀이 문화에서도 그 차이를 찾아볼 수 있었는데, 제블린에는 페이샨이나 사다하에서처럼 남녀가 함께 즐기는 무도회나 파티가 없다.

제블린인들이 즐기는 연회는 엄격하게 남녀가 구분되어 있으며, 남자들의 연회장엔 여자가 출입하지 못하고, 여자들의 연회장엔 남자가 출입하지 못한다는 식이다.

물론, 여기서 말하는 여자란 아내나 딸 등을 동반하는 것을 말하는 것으로, 남자들의 연회라고 해도 무희나 가희를 불러 흥을 돋우는 것은 따로 금하지 않았다.

샴이 룬닐의 방에 들어섰을 때 연회에 참석한 사내들은 물담배와 술에 취해 무희들을 희롱하면서 질펀하게 잘 놀고 있는 중이었다. 그 와중에 그가 들어서니 얼음물이라도 쏟아 부은 것처럼 삽시간에 분위기가 얼어붙었다.

그는 사람들의 반응에 개의치 않고 가장 안쪽에 마련된 상석에 편하게 앉아 자신의 손으로 술을 따라 마셨다. 관례상 꼭 참석해야 한다고 해서 왔으니, 적당히 시간을 보내다가 사라져 주면 된다고 생각했던 것이다.

그는 한껏 꾸미고 나온 다른 사내들과는 달리 편안한 차림이었다. 머리에는 터번도 하지 않고 긴 검은 머리를 하나로 묶었다. 옷도 흰 셔츠와 바지에 검은 가운을 대충 걸쳤을 뿐이다.

사실 터번은 제블린의 사내라면 꼭 갖춰야 하는 것이지만 그는 본래 터번을 좋아하지 않았다. 그렇다고 샴인 그에게 왜 터번을 안 했냐고 따질 만큼 간 큰 인간도 없었다.

분위기가 눈에 띄게 경직되자 연회 담당 시종은 그의 눈치를 보며 재빨리 손뼉을 두 번 쳤다. 그러자 악사들이 흥겨운 음악을 연주하고, 사내들 곁에서 아양을 떨고 있던 무희들이 달려나와 음악에 맞춰 춤을 추었다.

무희의 춤을 보는 둥 마는 둥 하면서 혼자 자작하고 있던 샴은 문득 뭔가 이질적인 느낌을 받았다. 자신의 허리에 찬 검이 낮게 진동하고 있었던 것이다.

그는 눈을 크게 떴다. 한 번도 이런 일을 겪은 적이 없는 터라 왜 검이 우는지 알 수 없었다.

늙은 시종이 낡았다고 바꾸라고 잔소리를 해대는 이 검은 그에게 검을 가르쳐 준 스승이 남긴 유품이다. 스승은 그를 구하려다 죽었다.

검은 오래되긴 했지만 그다지 좋은 물건은 아니다. 수백 년이나 된 것에 비하면 그럭저럭 양호한 상태라고 할 수 있을 뿐, 상처투성이의 조잡한 철검일 뿐이다. 샴 스스로도 왜 이 검을 버리지 못하는지 알지 못했다.

예전에 단 한 번, 신하라기보다 친구였던 붉은 머리 사내가 이 검을 보고 이렇게 말한 적이 있었다.

"칼날은 무디어졌어도, 기상은 무디어지지 않은 좋은 검이군. 우리 아가씨가 보면 좋아하셨을 텐데. 그분이 말씀하시길, 엘프는 필요로 하지 않으니 검에 영이 깃들지 못하고, 드워프는 의지하지 않으니 자신의 모든 것을 걸 수 없다. 오직 인간만이 혼을 깎아 검에 새기는 어리석은 짓을 하니, 검사의 벗이 되기에 부족함이 없으리라, 라고 하셨지."

"무슨 말이야?"

"하하. 알아듣기 어렵지? 우리 아가씨가 하는 말이 좀 그래. 도저히 그 나이라고 생각하기 어렵지. 어쨌거나 자네도 한 사람의 전사니까 말이야. 언젠가는 무기가 단순한 쇠붙이 이상이 되는 순간을 겪게 될 거야. 그때가 되면 알게 되겠지. 그 검이 자네에게 무엇이며, 자네가 그 검에게 어떤 존재인지."

집안이 가업으로 대장간을 하고 있다던 그 친구는 때때로 알아들을 수 없는 소리를 하곤 했다. 당시에는 그냥 헛소리쯤으로 흘려들었던 그 말이 지금 생각나는 것은 왜일까?

샴은 낮게 진동하고 있는 검을 잡았다.

"무슨 말을 하고 싶은 거냐? 나는 라울이 아니라서 네 말을 알아듣지 못해. 네가 내게 무엇이며, 내가 네게 어떤 존재냐고? 나는 전사다. 복잡한 말은 몰라. 너는 그냥 검이고, 나는 네 주인이다. 우리는 많은 전장을 헤쳐 왔고, 앞으로도 헤쳐 갈 거다. 그걸로 족하지 않느냐."

검의 진동이 갑자기 뚝 하고 멎었다. 검의 진동음 외에 아무것도 들리지 않던 귀에 사람들의 요란한 박수 소리와 환호 소리가 들려왔다.

장내를 둘러보니 무희의 춤이 끝난 모양이다. 짧은 순간 자신만이 다른 공간에 있었던 것 같은 기묘한 느낌이었다. 그는 쓴웃음을 지었다. 검과의 교감이라니, 라울을 만나기 전이라면 절대로 믿지 않았을 텐데.

"무희들이 다음 춤을 준비하는 동안, 한 해 운세를 볼 수 있도록 허락하여 주시지요. 샴이시여, 점쟁이를 이 자리에 들여도 좋겠습니까?"

시종의 말에 그는 대충 손을 내저었다. 알아서 하라는 말이었다.

시종이 박수를 치자 대기하고 있던 것처럼 두 사람이 들어왔다. 붉고 푸른 천으로 머리를 장식하고, 가슴이 깊게 팬 드레스를 입은 집시 같은 여자와 커다란 수정 구슬을 손에 안은 어린 소녀였다. 소녀는 눈이 보이지 않는 맹인이었기에 곁의 여자가 시중을 들고 있는 듯했다.

자신들의 샴이 점을 볼 리 없다는 것을 아는 시종은 알아서 원하는 후족에게 점쟁이를 데려다주었고, 그렇게 연회장 안의 사람들이 거의 다 점을 보았을 때였다.

"아니에요. 아직 한 명에게 점을 봐드리지 않았어요. 저쪽에 태양처럼 화려한 빛을 내뿜고 계시는 분께."

점을 볼 사람은 다 봤으니 그만 돌아가라는 말에 소녀 점쟁이는 고개를 저었다. 소녀가 가리킨 것은 바로 샴이었다. 시종은 당황했다.

"그, 그분께서는 점을 보지 않으신다. 그만 돌아가거라!"

"하지만 저는 오늘 저분께 들려 드려야 할 말이 있어요. 이것은 저분의 운명인 동시에 저의 운명. 부디 점을 볼 수 있도록 허락해 주세요."

"그만 돌아가래도!"

시종이 식은땀을 흘리며 점쟁이를 떠밀 때 샴이 그를 제지했다.

"하찮은 점쟁이가 나의 운명을 말하는가? 좋다. 네가 말하는 그 운명, 어디 한번 들어보지."

점쟁이는 그가 앉아 있는 단 아래 무릎 꿇고 앉았다. 그리고 수정 구슬에 손을 얹었다.

"당신의 별은 피의 흉성(凶星). 당신은 지금 피의 제단 위에 서 있고, 앞으로도 그 위에 서서 피아의 구분 없이 제물로 던져 주게 될 겁니다."

여기저기서 숨을 들이키는 소리가 들려왔다. 달맞이 여흥의 점치고는 무척이나 흉한 소리였기 때문이다.

"적아의 구분조차 없다면 제물이 부족할 일은 없겠군. 그래, 그 제물을 바치면 내가 원하는 바를 이룬단 말이냐?"

"모릅니다."

"모른다라? 내 운명에 대해 다 꿰고 있는 것처럼 나불거리더니, 이제 와 모른다고?"

"당신의 운명에는 거대한 힘이 버티고 있습니다. 당신은 홀로 멈출 줄 모르는 전차. 또한 당신은 족함을 모르는 탐욕스러운 피의 제사장. 적을 제물로 던져 주고, 아군 또한 제물로 던져 주며, 종내에는 자신마저 제물로 내던질 운명이라. 하지만 당신의 운명에는 찬란한 빛 또한 있으리니."

맹인 점쟁이는 아무것도 보이지 않을 허공을 응시하며 노래하듯 말했다.

"당신에게는 세 번의 기회가 있으리니, 운명적으로 찾아올 세 여자가 위기에서 당신의 손을 잡아주리라. 첫 번째 여인은 북쪽에서 찾아온 바람과 불꽃의 새. 아아, 고귀하고 고귀하도다. 그 날개 천공을 덮으며 그 발 지상에 닿은 적 없어라."

"어찌 그리 귀하신 분이 이곳에 납시는고?"

소녀 옆에 있던 여인이 추임새라도 넣듯 말을 섞는다. 장단이 척척 맞는 것이 한두 번 해본 솜씨가 아니다.

"인연이 불러온 운명이라. 정 깊은 분이니 마음의 기둥이 되어주시리. 두 번째 여인은 불꽃의 새가 물고 온 한 송이 꽃. 아아, 찬란하구나, 아름다운 그 자태여. 세상에 누가 있어 그 앞에 고개 숙이지 않으리. 공정하고 공명하시구나. 그 향기, 이 나라를 덮으리."

"그 꽃은 지상의 꽃이 아니거늘 어찌 이곳에 피시는고?"

"사랑으로 묶인 연분이라. 사리 분명하신 분이니 그대 집의 기둥이 되어주시리. 세 번째 여인은 꽃이 품은 한 자루 검. 아아, 엄정하구나, 서릿발 같은 그 기세여. 세상에 누가 있어 두려워하지 않으리. 날카로운 칼날로 썩은 가지를 도려내니 천 년 고목이 새싹을 틔우는구나. 칼날의 광휘가 어둠을 가르고 새 빛을 불러오리라."

"그 검은 지상의 검이 아니거늘 어찌 이 땅에 나셨는고?"

"뜻으로 묶인 인연이라. 능히 헤아리시고 행하지 못하시는 바 없으니 나라의 기둥이 되어주시리."

주변은 조용해졌다. 연회장 안의 사람들은 원인을 알 수 없는 한기로 등골이 오싹해짐을 느끼고 있었다. 이것이 범상치 않은 예언임을 감지한 것이다.

그들의 절대자인 샴, 아마르 카인 레 뤼카에게 운명으로 얽힌 세 명의 여인이 있고, 그들이 위기에 빠진 그를 구해줄 거라는 예언이었다.

아마르는 점쟁이를 말없이 바라보다 큰 소리로 웃음을 터뜨렸다.

"그것참, 재미있군. 그렇다면 나는 그 대단한 운명의 여인들을 위해서 하렘에 자리라도 만들어야 하는 건가? 그래, 그 여인들이 언제쯤 올 것 같으냐?"

그 한마디로 사람들은 자신들의 샴이 점쟁이의 예언을 전혀 믿지 않는다는 것을 알았다. 점쟁이는 초점이 잡히지 않는 눈을 들어 그를 보았다. 그 얼굴의 표정은 어쩐지 딱하다고 말하는 것 같다.

"그분들이 언제쯤 납실지는 미천한 점쟁이로서 감히 아뢸 수 없으나 당신께서 목전에 닥친 위기를 어떻게 헤쳐 나가실지는 말씀드릴 수 있지요. 검이 부러지면 깨닫게 되리니, 당신이 미처 몰랐던 맹우가 당신의 목숨을 구하리라."

샴은 피식 웃으며 단 아래 서 있는 시종에게 눈짓을 했다. 그러자 시종이 점쟁이의 치맛자락에 돈을 던져 주었다. 그가 말하고 싶은 것은 명백했다. 헛소리는 충분히 들었으니 꺼지라는 것이다.

소녀의 시중을 드는 요염한 옷차림의 여자의 얼굴이 모욕감으로 굳어졌지만, 점쟁이는 그녀를 끌고 순순히 사라졌다.

연회가 다시 계속되었고, 옷을 갈아입은 무희들이 이번에는 양손에 검을 들고 검무를 춘다. 그 한중간의 무희가 굉장한 미인이라 취한 후족들의 넋을 빼놓고 있었다.

하지만 무희는 이 자리에서 가장 높은 사람이 누구인지 잘 알고 있는 듯 샴에게만 요염한 눈길을 던질 뿐이다. 무희의 춤을 보며 다시 술을 한 잔 따라 마신 샴은 묘하게 어지럽다고 느꼈다. 주위 사물의 선이 두 개로 분리되었다가 합쳐지기를 되풀이했다.

'취한 걸까? 하지만 그렇게 많이 마시지도 않았는데?'

묘하게 생각이 명확하게 이어지지 않는다. 그 와중에 나비처럼 팔랑

팔랑 자신을 향해 춤추며 다가오는 여인의 아름다운 얼굴만이 선명하게 보인다. 묘하게 갈증이 났다.

다시 술병을 잡으려는 순간, 허리의 검에 손이 스쳤다.

웅웅웅!!

검 울림을 느낀 순간 찬물을 뒤집어쓴 듯한 느낌이 들었다. 별로 마시지도 않았는데 몸을 가눌 수 없을 정도로 취하는 술, 그의 자제심을 흔드는 듯한 무희의 춤.

경각심이 들었지만 무희는 어느새 그의 코앞까지 다가와 있었다. 후족들은 무희가 춤으로 샴을 유혹하는 것처럼 보였는지 휘파람을 부는 치들까지 있다.

무희는 나긋나긋한 팔을 들어 그의 목을 감으려 했지만 샴은 그 순간 분명하게 보았다. 무희의 눈 깊이 빛나는 살기를!

카앙!

경황 중에 검을 뽑아 막았으나 힘이 제대로 실리지 않았다. 술에 무슨 약을 탔는지 마나가 끌어올려지지 않는다. 게다가 무희는 제대로 교육받은 어쌔신(Assassin:자객)인 듯 검을 내려치는 힘이 여자의 힘이라고는 생각할 수 없을 정도로 묵직했다.

"샴!! 자객이다!"

"근위병! 무얼 하나?! 자객이다!!"

후족들과 친위대가 그를 구하기 위해 달려왔지만, 내려치는 검에서 그를 구할 수 있는 것은 그 자신뿐이었다.

"죽어라! 이 피에 미친 미치광이야!!"

카앙!

암살자의 검과 그의 검이 다시 한 번 부딪치는 그 순간에 놀라운 일이 벌어졌다. 샴의 검이 뚝 부러진 것이다. 힘이 실린 방향으로 보면 그 검의 파편은 마땅히 샴을 향해 날아와야 했지만 엉뚱하게도 검을 맞대고 있는 암살자에게로 날아갔다. 그리고 그 이마에 깊숙이 박혀 버렸다.

"언젠가 무기가 단순한 쇠붙이 이상이 되는 순간을 겪게 될 거야. 그때가 되면 알게 되겠지. 그 검이 자네에게 무엇이며, 자네가 그 검에게 어떤 존재인지."
"검이 부러지면 깨닫게 되리니, 당신이 미처 몰랐던 맹우가 당신의 목숨을 구하리라."

샴은 멍하니 반 토막만 남은 자신의 검과 눈을 부릅뜨고 죽은 암살자의 시체를 바라보았다. 머릿속에서는 라울이 했던 말과 점쟁이가 했던 말이 번갈아 울리고 있었다.
"그렇구나. 검 울림은 위험을 경고해 주려던 것이었어. 나는 너를 한 번도 친구라 여기지 않았건만. 너에게 나는 단순한 소유주 이상이 었느냐? 그래, 그 점쟁이의 말이 옳다. 너는 내가 미처 몰랐던 나의 맹우(盟友)로구나."
샴은 반 토막만 남아버린 검신을 쓸며 탄식했다.
연회장은 암살자로 인해 난장판이 되어버린 가운데 아치형 창문 밖, 밤하늘에 뜬 겨울 달 아노아와 총총히 뜬 별만이 그의 탄식을 듣고 있었다.

Chapter 7
아스카식 불청객 처리법

시슬리안 3일째 되는 날, 망루의 수장인 엘렌 라우드가 하이 엘프 시에린을 대동하고 여관으로 찾아왔다.

"로즈마리의 수장이신 그랜트 하웰님을 대신해서 토끼몰이가 정식으로 종료되었음을 보고합니다."

"아, 결국 잡았군. 그래도 생각보다 오래 버텼는걸? 그물까지 동원한 마당이니 난 한 이틀이면 끝날 줄 알았어. 토끼의 능력이 생각보다 좋은가 봐."

"토끼의 능력이 좋았다기보다 훼방군의 능력이 탁월했습니다. 케일과 레온이 조력자로 붙었으니 제아무리 바보 토끼라도 그쯤이야 버티지요."

"어? 레온, 훼방꾼으로 붙은 거야? 킬렌 말로는 사냥꾼이 나서기도 전에 침입자 네 놈을 전부 족쳐서 걸레로 만들어놓은 게 레온 짓이라던데?"

"그래서 케일이 책임지라고 난리친 모양입니다."

아스카는 소리 내어 웃었다. 그녀는 시에린 쪽으로 고개를 돌려 인사를 했다.

"일주일도 안 돼서 또 보는 거니 오랜만이라고 하기는 그렇지? 잘 지내고 있어?"

"덕분에 즐거웠습니다. 사냥은 별로 좋아하지 않지만, 이건 제가 미처 몰랐던 재미가 있더군요."

"응?"

"렌트위스(시에린 렌트위스)님과 투르파님도 토끼몰이에 참가하셨어요."

아스카는 다시 웃었다. 엘프와 드워프까지 끼어서 인간 토끼를 쫓아다니는 광경을 상상하자 웃겼던 것이다. 이러다가 일족의 유희가 이종족들 사이에서 유행하는 날이 올지도 모른다.

"즐거웠다니 다행이네. 잡혀온 엘프들은 여기 오기 전에 만나봤지? 명단에서 빠지거나 누락된 엘프는 없어?"

"네. 한 명도 빠짐없이 건강한 모습으로 되찾아주셔서 감사드립니다."

시에린은 엘프 식으로 정중하게 허리를 숙였다.

"천만에. 따지고 보면 이번 사건은 우리 쪽의 과실이기도 하니까 말이야. 2, 3일 내로 엘프를 데리고 출발할 거지?"

"네. 특별히 아프거나 크게 다친 엘프가 없어서 서둘러 움직여도 될 것 같습니다. 게다가 다들 헤어진 가족들을 보고 싶어해서요."

"그래. 엘프는 잘 해결됐지만 유니콘은 어쩐다? 되찾긴 했지만 명단을 주지 않으니 빠지거나 누락된 숫자도 알 수가 없고, 정신을 차리자 잔뜩 흥분해 있어서 말이야. 그놈의 비협조적인 유니콘 로드 놈! 아무리 귀찮아도 왕이라면 할 일은 해야 할 거 아냐?"

"괜찮습니다. 제가 물어봤는데 잡혀온 유니콘 중에 빠진 유니콘은 없는 것 같더군요. 그리고 제가 아이들을 데리고 올라갈 때 함께 돌아가기로 했습니다. 엘프와 유니콘은 특별히 친한 것은 아니지만 약간의 안면 정도는 있어서요."

아스카는 그나마 다행이라고 고개를 끄덕였다.

"우리가 이번 사건에 관련된 놈들을 모두 붙잡았다는 얘기는 들었지? 엘프는 이번 사건의 가장 큰 피해자이기도 하니까 결정권을 주지. 자, 어떻게 했으면 좋겠어?"

시에린은 그 문제로 지난 나흘 동안 무척 고민했다. 과연 어떻게 하는 게 옳은지.

해결의 실마리는 카린 일족이 즐긴다는 유희에서 찾았다. 그들은 드래곤 계곡 문제로 화가 나 있었지만 침입자인 토끼에게 화풀이를 하지는 않았다. 공과 사, 유희를 구분할 줄 알았다.

불타던 렉실의 마지막 모습을 떠올리면 아프고 화가 난다. 침입자들 모두를 죽이고 싶다. 하지만 그것은 엘프의 보복 방식이 아니다.

자신은 지난 4백 년간을 엘프답지 않은 엘프로 살았다. 이제 이 어리고 현명한 카린 족의 아가씨 앞에서 진정 엘프다운 모습을, 그들이 수만 년에 걸쳐 지켜온 긍지와 자존심을 보여줄 때가 되지 않았을까.

"죽이는 것은 너무 간단하지요. 그런 식으로는 아무것도 해결되지 않습니다."

"응."

아스카식 불청객 처리법 259

"인간은 너무 오만합니다. 강하다면, 힘이 있다면 그보다 약한 것의 운명을 좌우할 권리가 있다고 믿는 것 같습니다. 갓 태어난 엘프도, 도끼질조차 제대로 못하는 어린 드워프도 스스로의 천명을, 세상과 더불어 살아가야 함을 알건만 인간만이 홀로 지배하려고 합니다. 인간은 인간이 믿는 것처럼 혼자만의 힘으로 오롯이 서 있는 것이 아님에도 불구하고."

"그래, 알아. 탐욕과 무지. 어리석은 인간의 한계지."

"저는 그들이 알기를 원합니다, 진정으로 무엇을 잘못했는지. 깨닫고 후회하기를 바랍니다. 이번 일에 관련된 인간들은 앞으로 두 번 다시 이런 일을 벌이지 않는 인간이 되기를 바랍니다. 이것이 인간들로 인해 터전을 잃은 엘프인 제가 그들에게 내리는 벌입니다."

아스카는 말이 없다. 시에린은 조금 걱정스러워졌다. 그는 자신이 말한 것이 얼마나 어려운 요구인지 알고 있기 때문이다. 그에 비하면 차라리 죽이는 편이 간단하다.

"어려울까요?"

"아니, 감탄했어. 과연 엘프구나. 렉실이, 너의 어머니가 지금의 네 모습을 보면 자랑스러워할 거야. 어쨌거나 네 의견이 그렇다면 경매를 벌여도 될 것 같네."

"경매?"

"노예 경매."

아무렇지도 않게 하는 말에 시에린은 눈을 크게 떴다. 그러자 아스카가 짓궂게 씩 웃으며 덧붙인다.

"오늘 밤에 열릴 예정이거든. 꼭 보고 가도록 해. 재미있을 거야. 장담하지."

엘프인 그에게 노예 경매를 구경하라고 꼬드기는 상식 밖의 인간. 하지만 시에린은 딱 부러지게 거절하지도, 승낙하지도 못한 채 당혹스러운 표정으로 그녀를 바라보고만 있을 뿐이었다.

시에린이 다른 방으로 물러난 뒤, 엘렌의 본격적인 보고가 시작되었다. 그 자리에는 아스카와 줄리아, 폴, 라미엘이 참석했다.
"이번 사건의 주범인 네 명은 페이샨의 귀족 출신으로 밝혀졌습니다. 보고서에 초상화를 첨부했으니 그쪽을 봐주세요."
보고서 제일 첫 장에 있는 것은 짙은 청색과 금색으로 장식된 고급스러운 기사단 제복을 입은 사내의 초상화다. 체구는 호리호리한 편이고, 어깨 위로 늘어뜨린 새하얀 백발이 특이하다.
사내치고는 가늘고 부드러운 선을 가진 미남이지만 유약한 느낌이 없는 것은 은빛 눈동자 탓일 것이다. 차갑게 가라앉아 있는 그 눈동자는 감정의 색이 별로 없는, 마치 짐승의 눈동자 같았다.
"본명은 에드윈 미셸 하윈즈. 페이샨 제국의 실세라 할 수 있는 하윈즈 후작가의 후계자입니다. 마스터 급 검사로 '페이샨의 하얀 늑대'라는 대륙적인 무명(武名)을 가지고 있습니다."
"이 녀석이 메사하르의 소류검을 썼다가 레온에게 된통 당했다는 그 놈이야?"
"네. 하윈즈 후작가의 시조라 할 수 있는 알렌 하윈즈는 메사하르님과 친분이 있었다고 합니다. 저기, 페이샨 제국과 저희 일족에 대해서는……"
"알아. 엊그제 킬렌에게서 들었어. 메사하르가 페이샨 건국을 도와주는 대가로 제국 내에 일족이 모여 살 수 있는 나라를 세우려다 아만

타르(페이샨 건국 시조)에게 뒤통수 맞고 쫓기듯 도망 온 거라며? 당장 되갚아주자니 여력이 없고, 그냥 잊어버리자니 열받고 해서 3백 년 뒤에 힘을 키워 복수하자는 게 일족의 '3백 년 봉문'이고."

지나치게 간단명료한 설명에 라미엘과 폴의 얼굴은 기묘하게 일그러졌다. 딱히 어디가 틀렸다고 할 수는 없지만 아스카의 말을 듣고 있자면 일족의 원한도, 복수도 별것 아닌 것처럼 느껴지지 않는가? 게다가 아스카는 메사하르에게도 책임이 있다는 식으로 말했다.

그들은 킬렌을 욕했다. 설명을 하려면 잘해야지, 어떻게 설명을 했기에 티아 에스텔인 아스카가 일족의 역사와 선조에 대해 저렇게 그릇된 편견을 가지게 한단 말인가?

그런 킬렌도 그들을 욕하고 있었다. 사실, 킬렌의 원한은 두 사람에게 비할 바가 아니었다. 아스카가 부른다고 해서 멋모르고 왔다가 페이샨과 메사하르의 관계에 대해 추궁당한 데다가 결정적으로 그날 저녁, 에롬이 요리한 매운탕을 대접받았기 때문이다. 물론 그 시각, 라미엘과 폴은 저녁 메뉴를 사전에 알고 내뺀 다음이었다. 사전에 경고 한 마디 없이 아스카의 추궁과 매운탕이라는 더블 펀치를 얻어맞은 킬렌의 원한은 하늘을 찔렀다.

"네. 망루에서는 당시의 그런 개인적인 친분을 통해서 소류검이 하윈즈 가로 넘어가지 않았나 하고 추측하고 있습니다."

"하지만 메사하르님이 소류검을 완성하신 것은 지금의 카린 성에 정착하신 다음이야."

라미엘의 지적에 엘렌은 고개를 끄덕였다.

"네. 그래서 넘어간 것은 검술의 전반부뿐이지 싶습니다. 그것도 3백 년이 넘는 세월을 거치면서 검사의 체질이나 특성에 맞춰 상당한 형태

변형이 이루어졌을 듯합니다. 그렇지 않다면 소류검은 난해한 검술이니 알렌 하윈즈 같은 인재가 연이어 태어나지 않은 다음에야 사장되었을 확률이 크니까요."

"하윈즈 놈들도 고생했겠군. 소류검은 위력이야 좋지만 철저하게 메사하르님께 맞춰져 만들어진 검. 제대로 익혀도 그 폭발적인 파괴력 때문에 기혈이 뒤틀리기 일쑤지. '검사 잡아먹는 검'이라는 별명이 거저 생긴 게 아니니까."

카린에서 그 검을 일반화시킬 수 있었던 것은 메사하르와 비슷한 수준의 검사가 수없이 많았고, 마나에 대한 폭넓은 이해가 바탕이 되었기 때문이다. 그것을 잘 아는 라미엘은 검사로서 그들을 동정했다. 아무리 강력해도 익힐 수 없는 검법이란 그림의 떡이 아닌가.

아스카는 라미엘과 달리 3백 년 전의 검술 같은 것보다 그들의 재정 상태에 관심이 있었다.

"제국의 실세라니 돈은 많겠군."

"네. 하윈즈 가의 재정 상태는 따로 자료를 첨부했으니 참고하시지요."

다음 장에 나온 것은 검은 제복을 입은 거구의 사내다. 여기저기 삐친 검은 머리에, 입에는 이쑤시개 같은 것을 물고 있다. 반항적인 눈빛만 봐도 성격이 꽤나 만만찮을 것 같다.

"카사렉 존슨입니다. 그의 집안은 페이샨에서도 손꼽히는 군벌 가문으로 하윈즈 후작가와는 막역한 사이로 알려져 있습니다. 본인 역시 뛰어난 군인으로 마스터 급에 준하는 검사입니다. 하지만 해결사 역으로의 활약상이 두드러집니다. 휘페리온 23년에 있었던 아드카릴 반란 진압이나 잭슨 족 학살 사건 등에 개입했던 것으로 파악하고 있습니다."

"이력도 화려하시군. 다음."

"에릭 베이츠입니다. 뛰어난 살검(殺劍)의 소유자이지만 검사나 군인은 아닙니다. 이번 침입 사건에서의 활약상을 보면 궁술 쪽으로도 재주가 있는 듯한데, 군이나 기사단 쪽에서는 이력을 찾아볼 수 없었습니다. 다른 쪽을 알아보니, 정보 계통 요직에 있는 것 같습니다. 통칭 '까마귀의 눈'으로 불리는 조직의 수장입니다. 과거에 소매치기, 도둑, 어쌔신 등의 직업을 거치다가 우연한 계기로 지금의 하윈즈 후작의 눈에 띄어 스카우트된 것 같습니다."

다음 장에 나타난 것은 검은 마법사의 로브를 걸친 사내다.

"본명은 클로드 폴렌 웨이츠. 페이샨의 궁정 마법사인 엘로위드 공의 수제자입니다. 어렸을 때부터 천재라고 알려졌으며, 30대 초반에 5서클에 도달해 장래에 스승을 뛰어넘어 마스터 마법사가 될 거라고 기대되는 인물입니다."

"하나같이 쟁쟁한 인물들이군."

아스카는 재미있다는 듯이 웃었다. 리온의 말을 듣고 어느 정도 짐작하기는 했지만 생각했던 것보다 더 거물이다.

"이번 일을 어떻게 처리하실 것인지 여쭈어도 되겠습니까?"

"킬렌과도 얘기했지만, 이번 사건은 단순한 영지 침입이나 이종족 습격 사건 같은 게 아니라며? 페이샨 제국과 우리 일족 간의 구원(舊怨: 오래된 원한) 같은 게 얽혀 있고, 우리 일족은 그 봉문인가 하는 게 아직 반년 정도 남아서 대놓고 한판 뜨자고 할 입장이 못 된다며?"

"그래서 그냥 넘어가 주실 생각이세요?"

줄리아가 불만이라는 듯 입을 삐죽거리자 아스카는 씩 웃었다.

"이렇게나 일방적으로 당하고 난 다음이니 그건 좀 열받지? 킬렌의 말을 들어보면 3백 년 전에도 우리가 피해자였던 것 같은데 말이야. 조용히 잘살고 있는데, 피해자도 아닌 가해자의 후손이 나타나 쿡쿡 찔러 보며 죽었냐 살았냐 하고 건드리면 성격 좋은 사람도 화나지."

"지당하신 말씀입니다."

"그래서 말인데, 내가 페이샨 황제에게 '너희 똘마니들을 내가 데리고 있거든? 무사히 돌려받고 싶으면 몸값을 내놔라' 라고 하면 황제가 어떻게 나올 것 같아?"

엘렌을 비롯한 줄리아 등은 눈을 크게 떴다.

"그, 그 말씀은 페이샨에 정식으로 접촉을 해서 몸값을 받아내라는 말씀이신가요?"

"아니, 그런 게 아니라 황제의 반응이 궁금해. 이번에 잡혀온 네 놈은 지위나 신분을 배제하고도 상당히 뛰어난 인재들이야. 제국에 인재가 얼마나 넘쳐나는지 모르겠지만 고작 이 정도의 일에 버리는 돌로 쓸 만한 놈들은 아니거든? 놈들의 가치를 생각하면 우리가 요구하는 보상금 따위야 푼돈에 불과하니 돈을 주고 찾아가는 게 당연해. 하지만 어쩐지 그럴 것 같지가 않거든. 알겠지만 이런 식의 내 예감은 틀린 적이 없어."

"그럼, 휘페리온(페이샨 황제)이 저놈들이 죽든 말든 나 몰라라 할 거라는 말씀이세요?"

"그러지는 않겠지. 다른 군함을 보내오든지 해서 구해가려고 하던가, 아니면 외교적인 수단을 동원해서 우리가 아무 잘못도 없는 타국의 고위 귀족을 억류하고 있다는 식으로 옴팡 씌우려 들겠지."

여기저기서 이 가는 소리가 들리자 아스카는 진정하라는 듯이 웃었다.

"그리고 말이야, 이건 보고서를 읽은 다음에 든 생각인데, 이번 일 어딘지 모르게 석연치가 않아."

"어떤 부분이 석연치 않다는 말씀이세요?"

"그 4인조가 하는 짓이 말이야. 페이샨의 황제쯤 되면 별로 꿀릴 것 없잖아. 페이샨에서 여기까지 보냈으면 욕이 됐건 선전포고문이 됐건 내 앞으로 서신 한 장쯤은 들려 보내는 게 보통 아니야? 나 같으면 그렇게 했을 것 같은데. 놈들이 페이샨의 정식 사절로 성문을 두드렸다면 나도 황제의 사절이니 일단 성안으로 들일 수밖에 없잖아. 그럼 놈들도 굳이 우리를 끌어내기 위해 드래곤 계곡 습격 같은 번거로운 짓을 저지를 필요가 없었을 텐데."

라미엘과 폴은 이것이 오래전에 있었던 '그 사건'에 대한 보복이 아닐까 생각하고 있었다. 아스카의 아버지, 로사드는 휘페리온의 황태자 책봉식을 엉망으로 만든 전적이 있었던 것이다.

"그리고 놈들이 잡혀서도 굳이 자신의 소속 국가나 출신을 밝히지 않으려는 것도 이상해. 그렇게 과격한 방법으로 불러내는 것은 보통 선전포고를 하기 위해서가 아냐? 자신을 밝히지도 않을 거면 왜 불러 냈대?"

"그렇군요. 그건 확실히 좀 이상한데요?"

"게다가 그 넷이 뛰어난 것은 사실이지만 사절로 보내기엔 너무 젊어. 내가 만약 페이샨 황제에게 사절을 보낸다면 나는 킬렌이나 라미엘을 보내겠어. 케일이나 줄리아 같은 아이들이 뛰어나지 않아서가 아니라 관록이 다르니까. 사람에게는 제각기 그에 맞는 쓰임이 있는 법이야. 제국에는 하윈즈 후작이 아직 건재하고, 궁정 마법사로 엘로위드라는 사람이 있다며? 군함까지 딸려 보낼 정도라면 우릴 우습게본 것은 아닐 텐데, 이건 어딘지 모르게 아귀가 맞지 않아."

"그 말씀은……?"

"이번 일의 배후가 황제가 아닐지도 모른다는 말이지. 그래서 말인데 엘렌, 일단 저 네 놈이 속한 곳에 이번 일을 흘리고 반응을 살펴보도록 해. 의외로 아주 재미있는 결과가 나올 수도 있거든. 뭐, 앞으로 물먹여야 할 상대가 누구인지 정도는 파악해 둬야겠지?"

아스카가 의미심장하게 마지막 말을 덧붙이자 쥴리아는 웃었다. 그들의 아가씨는 이렇다. 느긋하고 관대해 보이면서도 결코 빈틈이 없다.

"그리고 쥴리아, 그 군함은 어떻게 했어?"

"배는 표면에 약간 흠집이 나서 겸사겸사 개조 중이고요, 무기를 비롯한 기물은 따로 구분 중이에요. 타고 있던 사람들은 제가 따로 처분하기 곤란해서 맥파렌(윈우드 후작)에게 넘겼어요. 서비스로 망루에서 받은 자세한 신상 명세를 함께 줬더니 아주 좋아하던걸요? 요즘에는 그런 전투력 전문 인력이 희귀하다나 뭐라나."

"부상자는? 그런 큰 배를 손에 넣으면서 유혈 충돌이 없을 수 없었을 텐데?"

"제가 알기론 운신이 불가능한 중상자는 없었는데요. 고작해야 찰과상 정도일까요? 저는 평화주의자랍니다. 게다가 한 명 한 명이 다 돈이고, 흠집 가면 가치가 떨어진다는 것을 아는데 그렇게 험하게 다뤘을 리가 없잖아요."

생긋생긋 웃는 쥴리아를 보고 아스카는 그런가 보다 했지만, 내막을 알고 있는 라미엘은 쓴웃음을 짓지 않을 수가 없었다.

쥴리아가 군함 습격 당시, 라미엘은 몰래 그녀를 뒤따라갔다가 기상

천외한 광경을 봤다.

해적들과 함께 몰래 배에 숨어든 그녀는 마법사들부터 때려잡고 강력한 독을 살포했다. 온몸을 마비시켜 운신이 불가능하게 만들지만 죽지는 않는 그런 종류의 독이다. 마법사가 없으니 독을 해독시켜 줄 사람도 없다. 그녀는 기록적인 시간 안에 배를 장악했다.

쥴리아가 쓴 방법은 페이샨 4인조가 엘프 마을을 습격했을 때 쓴 방식이었다. 원한이 깊은 성격답게 잘 새겨두었다가 그 부하들에게 그대로 돌려준 것이다.

쥴리아는 그 뒤, 중독되어 쓰러져 있는 승무원들을 모두 바다에 던져 버렸다. 자신의 말처럼 그들도 모두 돈이라는 생각에 죽일 생각은 없었는지 버팀목으로 통나무 하나씩을 대충 던져 주기는 했다. 하지만 그걸로 끝이었다. 자신은 배의 가치가 얼마나 되는지 따져 보기도 바쁘다며 선실로 들어가 나오지 않았고, 바다에 빠진 사람들은 망망대해에서 배마저 사라지면 큰일이라 통나무에 의지한 채 필사적으로 헤엄쳐 배를 따라왔다. 그 과정 속에 익사한 사람이 없는 것은 그들 대부분이 뛰어난 체력을 갖춘 전투원이기 때문일 것이다.

어쨌거나 항구에 도착한 사람들은 기진맥진했고, 덩달아 독기도 쏙 빠져 버렸다. 그들은 묶여서 노예 상인에게 넘겨지는 과정에서도 반항하지 않았다. 반항할 기운이 없었던 것인지도 모르지만.

"그럼 오늘 저녁에는 다 같이 노예 경매나 구경하면 되겠네. 돈이 얼마나 될지는 나도 궁금한걸? 엘렌도 같이 갈래?"

"그러고 싶지만 망루는 요즘 초비상이라……. 참, 그런데 집사님은 어디에 계신가요? 레나일님께서 전하라고 하신 말씀이 있으셨는데요."

킬렌을 찾는 엘렌을 보자 아스카는 유감이라는 듯이 표정을 흐렸다.

"킬렌은 한동안 성에 돌아가기 힘들 것 같아. 그치, 쥴리아?"
"네."
"아니, 왜요?"
"식중독이라네."

아스카의 말에 쥴리아는 웃음을 참느라 부들부들 떨었고, 라미엘과 폴 등은 '내가 그럴 줄 알았지. 잘 빠져나가서 다행이다' 라는 표정을 짓고 있었다. 영문을 알 수 없어진 엘렌은 눈을 크게 떴다.

"식중독이라니, 이 겨울에요? 어쩌다가 그렇게 되셨답니까? 요전에 성을 나서기 전만 해도 건강하셨는데요."

"그러게 말이야. 모두 같은 걸 먹었는데 왜 킬렌만 그렇게 되었는지 모르겠어. 오다가 시장에서 뭔가 안 좋은 거라도 사 먹었나?"

"다 같이 드신 음식이 뭔데요?"

"매운탕. 알다시피 이 여관에 에롬이 요리사로 취직했거든. 매운 요리를 썩 잘해."

"그렇군요."

엘렌은 웃음을 깨물었다. 머리 좋고 수단 좋기로 소문난 킬렌은 이상하게 매운탕의 함정만은 벗어나지 못했다. 하지만 밖에 나와서까지 그 생선탕을 먹게 되다니, 참으로 불운하다 아니 할 수 없다. 엘렌은 킬렌을 동정했지만 입가에 머금은 미소마저 감출 수는 없었다.

클로드를 비롯한 네 사람은 마차에 실려 어디론가 운반되어 왔다. 그들을 붙잡은 자들은 클로드들이 도망칠 것을 특별히 경계하지 않는 듯 손발을 묶거나 형구를 채우지도 않았고, 하나씩 따로 격리하지도 않았다.

사실 더 이상 도망칠 여력이 없기도 했다. 쫓기는 것이라면 지난 3일 동안 신물나게 경험했다. 그 시간이 반나절만 더 계속됐다면 차라리 미치거나 죽는 게 낫겠다고 생각했을 정도다. 미래에 그 어떤 위험이 도사리고 있다 해도 그 지긋지긋한 추적보다는 나을 거라고 클로드는 중얼거렸다.

하지만 그들이 타고 있는 마차는 묘하다. 특별히 옆판이나 지붕을 대지도 않고 나무로 얼기설기 골조만 얽어놓은 것이 꼭 짐승 우리 같다. 짐승을 싣고 다니는 수레를 대충 개조한 건가? 그 덕분에 시야를 가리는 곳이 없어 잘 보여 좋기는 하지만.

노예 시장 근처에도 가본 적이 없는 순진한 클로드는 자신이 타고 있는 것이 노예 마차라는 것을 몰랐다.

"클로드, 깨어 있지?"

등을 맞대고 앉은 에릭이 들릴락 말락 하는 목소리로 말을 걸어온다.

"어. 두 눈 부릅뜨고 우릴 지켜줘야 할 전사들이 일찌감치 다 뻗어버렸으니 체력 빵점에다 무력 제로인 마법사라도 불침번을 서야지. 이번 작전은 너무 심해. 마법사를 어떻게 이렇게 험하게 내돌릴 수가 있는 거냐고."

불평하듯 말했지만 특별히 감정이 실리진 않았다. 그도 알고 있었다. 렉과 에드윈이 적들의 추적에서 자신을 우선적으로 보호하기 위해 얼마나 애썼는지. 한계 이상으로 무리한 탓에 에드윈은 결국 내상이 도졌다. 추격이 끝나자 에드윈과 렉, 두 사람이 제일 먼저 쓰러진 것은 그 싸움에서 가장 많은 힘을 소진한 것이 그들이었기 때문이다.

그들이 필사적으로 지켜준 덕에 에릭과 클로드는 상대적으로 여유가 있었다. 하지만 그들 네 사람이 지금껏 무사한 것은 렉과 에드윈의 활약 덕분만은 아니다. 위기에 처할 때마다 불쑥불쑥 나타나 도와줬던 사람들 때문이다. 복면을 쓴 그들은 갑자기 나타나 엄청나게 효과 좋은 내상약이며 포션을 던져 주거나, 잡히겠다 싶은 순간에는 기가 막힌 수단으로 길을 만들어 피하게 도와줬다. 그들이 아니었다면 클로드들은 훨씬 전에 잡혔을 것이다.

따지고 보면 은인이랄 수 있지만 클로드는 그들이 별로 고맙지 않았다. 그들의 의도가 의심스러운 데다가 잡히기 전 하루 동안은 그들에게 강제로 끌려 다니는 게 잡히는 것 이상으로 고통스러웠기 때문이다.

"이대로 아무 대책 없이 적진까지 갈 생각은 아니겠지? 우리가 한 짓을 알았다면 놈들은 독이 잔뜩 올라 있을 거라고. 뭔가 대책이 있는 거냐?"

"적진, 적진이라……. 데려가 주기만 한다면 한 번 구경하고 싶었는데 말이야. 그 루틴 석 성벽 너머의 적진에 뭐가 있는지."

"클로드, 한가하게 헛소리를 지껄이고 있을 때가 아니라고. 우리는 저항 불능의 상태로 어디론가 끌려가고 있는 중이란 말이야. 아마도 그 미족 같은 놈들의 두목 앞이겠지. 그놈들이 그동안 우리에게 한 짓을 보면 그 두목이란 놈이 우릴 살려줄 거라는 보장은 아무 데도 없다고!"

"알아. 그러니까 이 와중에도 눈 한번 붙여보지 못하고 열심히 머리를 굴리고 있잖아. 젠장. 이러다가 그 괴팍한 노친네보다 먼저 늙겠네."

"불평만 늘어놓지 말고 뭔가 계획이 있으면 나에게도 말해줘. 그래야 나도 움직이지."

"계획은 있지만 우리가 할 수 있는 것은 거의 없어. 내 계획이란 세람 시에서 대기하고 있는 에드윈이나 렉의 부하들이 우릴 알아보고 알아서 구출하기 위해 와주는 거니까."

"그건 계획이라고 말할 수도 없잖아! 무엇보다 그놈들은 세람에서 꼼짝 않고 있는데 우리가 처한 상황을 어떻게 알고 구하러 온단 말이야? 심장의 마나홀도 봉쇄됐고, 지팡이도 망가져서 달리 연락할 수단도 없다며?"

"그거야 그렇지만, 우리가 이렇게 실려가는 것을 보면 바보가 아닌 다음에야 우리가 처한 상황 정도는 파악하지 않겠어?"

"뭐?"

"그러니까 이 마차, 세람으로 향하고 있는 것 같거든."

"뭐라고?!"

"세람으로 향하고 있다고. 나도 설마했는데 주변 지형을 보니 틀림없어. 붙잡는 즉시 죽이거나 그 협곡 너머에 있는 성으로 데려갈 거라고 생각했는데 세람이라니. 대체 무슨 생각을 하고 있는 걸까, 이놈들은?"

머리 좋은 마법사이며, 그중에서도 천재라고 불리는 클로드가 모르는 것을 에릭이 어떻게 알겠는가. 다만 그는 오랫동안 위기에서 자신을 구해주었던 감이 보내오는 경고를 느끼고 있었다. 뭔가 대단히 불길했다.

마차가 멈춰 선 곳은 사람들로 북적거리는 넓은 공간이었다. 클로드들이 탄 것과 비슷한 마차가 여기저기 서 있었고, 짐꾼으로 보이는 사람들이 수레에 사람을 싣고 바삐 오가고 있었다.

"조심해! 그건 값나가는 상품이니 흠집 가면 곤란하단 말이다! 조심

조심 운반해라!"

"빨리빨리 움직여라! 뭘 하고 있는 거냐! 곧 경매가 시작된단 말이다!"

여기저기서 고함 소리가 들려왔다. 그 소리를 듣고도 클로드는 여기가 어디인지, 자신들이 왜 여기에 와 있는지 알 수가 없었다. 하지만 바닥 인생을 살았고, 험한 일도 많이 겪은 에릭은 이런 말들을 들을 수 있는 곳이 어디인지 단박에 알아챘다.

"크, 클로드, 여기 아무래도 '시장'인 것 같은데?"

"시장? 시장은 물건을 파는 곳이잖아. 여기는 무슨… 왕립 극장이나 오페라 하우스 같은데?"

"그러니까 물건을 파는 시장이 아니라 노예 시장! 여기는 오페라 하우스 같은 게 아니라 노예 경매장이야!"

클로드는 말을 잃었다. 부릅뜬 눈만이 그의 경악을 말해주고 있었다.

설마하고 생각했다. 카린 성주가 제아무리 과격한 성미라고 해도 그렇게 힘들여 침입자를 잡았으면 왜 이런 짓을 벌였는지, 정체와 배후는 누구인지 정도는 추궁하게 마련 아닌가. 말 한마디 들어보기도 전에 다짜고짜 노예 시장에 팔아버리는 무식한 짓을 할 리 없다.

하지만 주변에 보이는 것들은 그런 그의 기대를 배신하고 있었다.

동일한 제복을 입은 덩치들은 단순한 짐꾼이라기엔 지나치게 험상궂고 우락부락했으며, 그들을 스쳐 지나는 사람들은 가치를 가늠하듯 그들을 훑어본다. 같은 사람이 아니라 상품을 대하는 눈이다.

그리고 결정적으로 여기가 어디인지 말해주는 사람이 나타났다.

깃을 금으로 장식한 검은색 코트를 흐트러짐없이 차려입고 그가 나타났다. 단정하게 정리한 검은 머리. 부드러운 선을 가진 얼굴은 전체적으로 온화한 인상이지만 은빛 눈만은 더없이 차가운 노예 상인이.

윈우드 후작은 트레이드마크인 외알 안경 너머로 그들을 바라보았다. 희미하게 미소 짓고 있었지만 은빛 눈은 무슨 생각을 하는지 읽을 수가 없다.

"이것 참, 이런 식으로 다시 뵙게 되다니 참으로 유감입니다."

"윈우드 후작?! 대체 무슨 수작을 부리는 거냐? 여긴 어디지?"

"노예 시장이지 어디겠습니까. 여러분은 곧 경매대에 오를 '상품'으로 제게 넘겨진 겁니다."

"뭐, 뭐라고?!"

"이 수치도 모르는 비열한 노예 상인 놈이 무슨 소릴 지껄이는 거야? 감히 제국에서 정식으로 파견한 사절을, 제국의 귀족을 팔아먹겠다는 말이냐? 간이 배 밖으로 나왔구나! 네놈이 그러고도 무사할 성싶으냐?!"

수레의 나무 창살을 붙잡고 바락바락 소리를 지르는 클로드를 보고도 리온은 피식 웃을 뿐이다.

"저는 그저 제 할 일을 하고 있을 뿐입니다만? 제가 노예 상인이라는 것은 알고 계실 텐데요. 여러분은 상품으로 저의 경매장에 넘겨졌고, 저는 중개인으로서 구매자를 연결시켜 주고 판매를 대행할 뿐입니다. 저희 바라얀에서는 일단 경매장으로 넘겨진 상품에 대해서는 과거를 묻지 못하게 되어 있습니다. 원 소유주가 누구였든지, 상품의 이전 신분이 왕자나 공주 같은 고귀한 신분이라고 해도 정당한 대금을 지불하기 전에는 빼갈 수 없다는 말이지요. 물론 그 거래를 이유로 노예상이나 경매장에 죄를 물을 수도 없지요. 법으로 보장된 권리랍니다. 페이샨에서는 다르던가요? 이상하군요. 제가 알기로는 크게 다르지 않은 걸로 알고 있는데."

클로드는 고개를 홱 돌려 에릭을 바라보았다. 저 말이 사실이냐는 듯이. 그러자 에릭은 어두운 얼굴로 작게 고개를 끄덕였다. 클로드는 눈을 부릅떴다.

그와 만나기 전 에릭은 밑바닥 생활을 했다. 이런 노예 시장의 생리를 누구보다 잘 아는 것이 그다. 그런 그가 잘못 알고 있을 리가 없는 것이다.

클로드는 정신이 아득해지는 것을 느꼈다. 여기가 정말 노예 시장이고 자신들이 상품이라면, 그들이 이 상황을 벗어나기 위해서는 두 가지밖에 방법이 없다. 밖에 있는 그들의 부하가 정당하게 몸값을 지불하고 그들을 사들이든지, 경매장에 난입해 무력 행사를 하든지.

5서클 마법사와 마스터 급 검사가 둘이나 있고, 이 바닥 생리에 훤한 에릭이 붙어 있다. 평소라면 위협은커녕 웃음거리도 되지 않았을 해프닝이다. 하지만 현재 마나홀이 봉쇄된 클로드는 마법을 쓸 수가 없다. 렉과 에드윈도 비슷한 상황일 것이다. 그렇지 않고서야 아무리 내상이 심하다지만 마스터 급인 저들이 이토록 오래 정신을 잃고 있을 리가 없다.

심각한 부상을 입고 마나까지 쓸 수 없는 검사 둘에서 짐이나 다름없는 클로드까지 데리고 유유히 탈출할 수 있을 정도로 노예 시장의 경비는 허술하지 않다. 자력으로 탈출할 수 있는 길은 틀렸으니, 상황을 알아차린 부하들이 구하러 와주기만을 바랄 수밖에.

다행히 이 노예 상인 후작에게 감시를 붙여놓은 터라 기다림은 그리 길지 않을 거라는 판단이 섰다.

클로드가 여기서 나가게 되면 두고 보자는 듯이 노려봐도 리온은 미소 지을 뿐이었다.

그들이 무엇을 믿고 있는지는 리온도 안다. 그 바람이 이루어지지 못할 것이라는 것도.

"모르는 사이도 아닌데 정중히 대우해 드리지요. 경매가 끝날 때까지 귀빈석으로 모시겠습니다. 기대하셔도 좋을 겁니다."

물론 기대해도 좋고말고. 리온은 이들이 '그 광경'을 봤을 때 어떤 얼굴이 될지 꼭 보고 싶었다.

리온이 말한 '귀빈석'이라는 것은 경매장의 맨 앞자리였다. 그래서 그들 네 사람은 손발이 묶이고 감시까지 딸린 채로 노예 경매를 구경해야 하는 신세가 되었다.

서글서글한 인상을 가진 호남형의 사회자가 경매대 위로 올라왔다.

"신사 숙녀 여러분, 안녕하십니까? 시슬리안 기념 노예 경매에 참석해 주신 여러분께 본 사회자가 경매장을 대표해 감사드립니다. 아노아의 축복 있으시길. 그럼, 경매를 시작하도록 하겠습니다."

사회자가 손짓을 하자 손발이 묶인 열 명의 사내가 줄줄이 끌려 올라왔다. 별생각없이 그들에게 시선을 준 에릭은 눈을 부릅떴다. 끌려 올라온 사내 중에 아는 얼굴이 있었던 것이다.

"어, 어이, 클로드. 저기 좀……."

클로드를 팔꿈치로 찌르며 저기 좀 보라고 하기도 전에 사회자의 말이 시작되었다.

"오늘의 상품은 저 멀리 바다 건너 페이샨 제국에서 건너온 건장한 남자 노예입니다. 아아, 실망하지 마십시오. 어디서나 볼 수 있는 흔한 노예가 아닙니다. 그렇다면 본 경매장에서 귀하신 분들을 일부러 초청했을 까닭이 없지요. 이 노예들은 산전수전 다 겪은 전투병 출신입니다. 엘로하스 강 전투, 위팀 전투, 록센 대 몬스터 토벌전 등, 동대륙의 정세에 관심있으신 분이라면 다 알 만한 굵직굵직한 전투에 참가해 살아남았습니다. 백전노장이란 말이지요."

엘로하스 강 전투, 위팀 전투, 록센 토벌전. 모두 들어본 적이 있는 이름이다. 렉이 참가했던 전투가 아니었던가?

에릭은 조심스럽게 일행의 표정을 살폈다. 방금 전 포션을 처방받고 정신을 차린 렉과 에드윈은 경악한 얼굴로 경매대 위를 바라보고 있었다. 그들이 타고 온 군함에 배치된 인물들은 거의가 저 두 사람의 수하였다. 에릭은 착각할 수 있어도 직속상관이며 오랜 시간 생사를 함께한 그 두 사람이 잘못 알아볼 리는 없는 것이다.

아니길 바랐는데. 에릭은 스멀스멀 다가오는 불길한 예감에 이를 악물었다.

그들 네 사람이 단체로 공황 상태에 빠지거나 말거나 사회자는 유쾌한 목소리로 설명을 계속하고 있었다.

"영지의 병력 부족으로 고민해 오신 영주님, 가을걷이 끝내고 나면 기어나오는 몬스터들 때문에 골치가 아프다는 기사님, 정말로 잘 오셨습니다! 잘 아시겠지만 이런 물건은 정말로 흔치가 않습니다. 전쟁이라도 나면 모를까 요즘 같은 평화시에는 엘프나 머메이드(Mermaid:인어)보다 보기 힘든 것이 이런 고급 전투 병력입니다. 사실, 병사들 한번 훈련시키는 데 돈이 얼마나 많이 들어갑니까? 유지비는 또 얼마나 많이 듭니까? 그렇게 돈과 시간을 퍼부어도 다 훌륭한 병사가 되는 것도 아니지요. 무엇보다 경험이 중요합니다. 그런데 오늘의 이 병사들은 그 경험이 더할 나위 없이 풍부한, 능력이 공인된 인력이라는 겁니다!"

사회자의 역설이 먹혀들어 갔는지 그에 호응하듯 술렁이는 소리가 퍼져 갔다.

"다들 아시겠지만, 본 경매장에서는 허접한 물건을 대충 꾸며놓고 손님을 속이는 그런 짓거리는 하지 않습니다. 오직 신용뿐이지요. 그래서 이들의 이력이 따로 적힌 두루마리를 혈통서 대신 준비했습니다. 보시고 나면 이들이 얼마나 고급 전투력인지 다들 아시게 될 겁니다. 믿지 못하시겠다면 따로 조사를 해보셔도 좋습니다. 조사해 보신 후, 본 사회자의 말에 거짓이 있음이 밝혀진다면 경매장에서는 즉각 환불 조치를 할 것입니다!"

경매장에 모인 손님들의 술렁임이 한층 커져 갔다. 판매 열기가 고조되고 있다고 판단한 사회자는 씩 웃으며 손뼉을 쳐 손님들의 주의를 촉구했다.

"그리고 사전에 미리 말씀드린 것처럼 이들 노예는 낱개 판매를 하지 않습니다. 아무리 훌륭한 병사 출신 노예라도 고작 한두 명으로 전력에 무슨 보탬이 되겠습니까? 그렇지요? 본 경매장에서는 손님들의 번거로움과 금전상의 낭비를 막기 위해 열 명을 한 세트로 묶어 패키지로 판매합니다. 그럼 지금부터 경매 들어갑니다. 만 마르셀부터 시작하겠습니다!"

경매장에 모인 손님들의 반응은 폭발적이었다. 수십 곳에서 번호표가 올라왔고, 가격이 3만 마르셀이 넘어가는 순간에도 일곱 명의 경쟁자가 접전을 벌였다. 결국 그 열 명은 4만 7천이라는 가격에 티오렌 제국에서 왔다는 귀족에게 낙찰되었다.

이를 앙다문 렉의 몸은 부들부들 떨리고 있었다. 험한 일을 수없이 겪고, 사선도 수없이 넘었지만 이런 일은 상상조차 해본 적이 없었다. 자신의 부하들이 노예 시장에 팔리다니! 제국이 망한 것도 아니고, 역모로 몰려 가문이 망한 것도 아닌데! 제국과는 비교조차 할 수 없는 조그만 나라에서 제국의 명예 훈장까지 받은 자신의 부하들이 이런 수모를 겪다니!

하지만 흥분하고 있는 렉에 비해 에릭과 클로드는 냉정하게 상황을 관찰하고 있었다. 렉이나 에드윈에게는 말할 수 없지만 그들은 보다 최악의 상황을 염두에 두고 있었다. 노예 시장에 붙잡혀 온 것이 저들만이 아닐 경우다. 내심 저들만이 단독 행동을 하다 재수없게 끌려온 것이기를 바랐지만 그것이 가능성없는 바람이라는 것은 본인 스스로가 제일 잘 알고 있었다.

그리고 경매가 진행될수록 그 불길한 가정은 확신으로 바뀌었다. 배가, 그들의 군함이 저들 손에 넘어간 것이다!

클로드는 자신의 보좌역이던 마법사까지 끌려 나와 한 묶음으로 팔리는 것을 보고 차마 그들과 눈을 마주칠 수가 없어 고개를 돌렸다.

그때 윈우드 후작이 다가왔다.

"바라얀의 노예 경매는 처음 구경하시지요? 어떠셨습니까? 재미있으셨나요?"

렉이 분을 참지 못하고 그에게 달려들자 그의 호위와 경매장의 경비가 달려와 창대로 렉의 배를 찌르고 두들겨 팼다. 리온은 그들 네 사람의 독기 어린 시선을 받고도 표정에 변화가 없었다.

"여흥이라면 충분히 즐긴 것 같은데? 이제 그만 '그'를 만나게 해줄 때도 되지 않았나?"

클로드가 차분한 목소리로 요구하자 리온은 한쪽 눈썹을 치켜떴다.

"무슨 말씀이신지?"

"카린 성주 말이야. 시치미 뗄 생각은 말아. 자네가 카린 성주와 끈을 가지고 있다는 것은 알고 있으니까. 이렇게 된 것을 보면 그 끈은 아무래도 내가 상상한 이상이었던 것 같군. 우리가 여기에 와 있다는 게 그 증거겠지. 이만큼 욕보였으면 충분할 텐데? 그만 그를 만나게 해주지?"

리온의 은빛 눈에 얼핏 감탄한 기색이 스쳤다. 이렇게 빨리 앞뒤를 유추해 내다니, 저 남자도 확실히 보통은 아니다.

"뭘 모르시는 것 같군요. 당신들은 팔리기 위해 내놓은 매물입니다. 뭘 요구할 입장이 아니지요. 하지만 흠… 운이 좋으신 것 같습니다. 당신들을 팔려고 내놓으신 분께서 만나겠다고 하시니. 가서 앞으로의 운을 시험해 보시는 것도 나쁘지 않겠지요."

리온이 그들을 데려간 곳은 신분이 높은 고객을 위해 경매장 안에 특별히 마련된 방이었다. 방 안에는 열 살 남짓해 보이는 은발 머리 소녀와 20대 초반으로 보이는 금발 미녀가 차를 마시고 있었고, 20대 후반으로 보이는 검은 머리 청년과 엘프가 체스를 두고 있었으며, 40대로 보이는 중년 사내가 그 옆에서 훈수를 두고 있었다.

확 트인 한쪽 벽 너머로 경매장의 광경이 보이지 않았으면 여기가 평범한 가정집의 거실이 아닐까 의심할 정도로 한가로운 풍경이었다.

클로드는 그들 중 누가 카린 성주인지 알 수 없었다. 카린 성주는 남자인 것으로 알고 있으니, 엘프와 여자 둘은 아닐 테고, 20대 사내는 너무 젊으니 중년 사내가 가능성이 높지 않을까?

"서서 할 얘기는 아니니까 일단 앉지."

클로드의 예측과 달리 그들에게 말을 건넨 것은 어린 여자 아이였다.

"날 만나게 해달라고 했다며? 하고 싶은 말이 있으면 해."

"난 카린 성주를 만나게 해달라고 했다만."

클로드는 그 말이 끝나기도 전에 의자째 뒤로 나동그라졌다. 금발 머리 미녀가 그를 걷어차 버린 것이다. 그 발차기의 속도를 바로 옆에서 본 렉은 눈을 부릅뜨지 않을 수가 없었다.

"쥴리아."

"하지만 저 빌어먹을 놈의 말이 너무 불손하잖아요! 감히 누구 앞에서!!"

"말을 하자는 거지 두들기자는 게 아니야. 그리고 네가 누누이 한 말처럼 팔기도 전에 상품에 흠집 가면 손해다."

그 순간, 클로드는 놀라운 경험을 했다. 꼬맹이가 가볍게 손짓 같은 것을 하자 넘어졌던 의자와 그의 몸이 동시에 바로 세워졌던 것이다. 마법이 아니다. 몸을 가볍게 스치는 바람 같은 것을 느꼈다. 설마 정령술일까?

그는 꿀꺽 침을 삼켰다. 꼬맹이의 눈을 대한 순간 알 수 있었다. 누가 카린 성주인지는 알 수 없지만, 이 방 안에서 가장 지위가 높은 자는 저 꼬맹이다!

"내가 카린 성주야."

"그럴 리가 없어. 카린 성주는 40대 후반의 남자라고 알고 있는데?"

뜻밖의 말에 놀라 자신도 모르게 카린 성주에 대해 알고 있음을 실토해 버렸다.

"동대륙에서 왔다는 사람들이 바라얀의 작은 성의 성주 나이까지 알고 있다니 의외로군? 너희들이 알고 있는 그 사람은 나의 부친으로 얼마 전에 사망했어. 그래서 내가 그 뒤를 이었지. 그러니까 내가 카린 성주야."

그들 네 사람은 일제히 눈을 크게 떴다. 폭풍의 기사가 사망?! 카린 성주가 저 어린 계집아이라고?! 그들은 당혹했다. 제국에서 서대륙까지 건너올 때는 이런 상황을 한 번도 상상해 본 적이 없기 때문이다.

"그렇다면 카린 성주, 왜 우리를 붙잡았는지 말해주시겠소? 들었다면 아시겠지만 우리는 페이샨 제국에서 정식으로 파견된 사절이오. 제국의 귀족을 적법한 절차 없이 잡아 가두거나, 노예 시장에 넘기는 것은 명백한 국제법 위반일 텐데? 제국과 전쟁이라고 해보겠다는 거요?"

클로드의 마지막 말은 곁에 선 리온을 향한 위협이었다. 페이샨 제국과 전쟁을 할 생각이 아니면 당장 자신들을 풀어주라는 말이었다.

그의 말에 아스카는 가소롭다는 듯이 코웃음을 쳤다. 클로드에게 아스카는 세상 물정 모르는 열 살짜리 어린애로 보였을지 모르지만, 그녀가 겉보기 그대로의 인물이었다면 '몬스터 중의 몬스터' 라는 별칭이 붙지도 않았을 것이다.

"불법을 따질 것 같으면 그쪽이 먼저일 텐데? 무단 영지 침입, 무단 벌목, 금지된 이종족 사냥, 금지된 몬스터 사냥, 방화. 그중 세 가지 정도는 성주의 즉결심판으로 목을 날려 버릴 수 있는 중죄거든? 하지만 당신들의 목은 아직 붙어 있잖아. 이만하면 충분히 관대하게 대우했다고 생각하는데? 뭐가 불만이지?"

"고작 그 정도로 외국의 귀족을 처벌할 순 없어!"

"바라얀의 법으론 그럴지 몰라도 카린의 법으론 처벌할 수 있거든? 리온, 이 사람이 내 말을 못 믿는 것 같으니까 대신 말해주지?"

"바라얀의 법과 카린의 법은 다릅니다. 드래곤이 인정한 이후로 그 땅은 오직 카린만의 땅. 설사 바라얀의 고위 귀족이라도 카린의 땅에서는 그 법을 따라야 합니다. 저의 국왕 폐하라 해도 그 땅의 법을 어기면 처벌을 피할 수 없지요."

리온은 아주 즐겁다는 듯이 희희낙락해서 설명해 주었다. 그러자 성질 급한 렉이 발끈해서 소리쳤다.

"대체 뭘 잘못했다는 거지? 고작해야 몬스터 몇 마리 때려잡고, 엘프랑 유니콘 사냥 좀 즐겼을 뿐이잖아! 대륙 어디에서고 그건 죄도 아니야! 게다가 우린 엘프랑 유니콘을 죽이지도 않았다고!"

그러자 아스카의 짙푸른 눈동자가 렉을 향했다. 그 서늘한 눈을 대한 렉은 저도 모르게 움찔했다. 고작해야 어린 계집애가 노려보는 눈일 뿐인데 심장이 오그라드는 것 같다.

"그래서 나도 너희를 죽이지 않았잖아. 너희가 사냥할 수 있다고 한다면, 남도 너희를 사냥할 수 있지. 그래, 어떻던가? 쫓기는 토끼가 되어본 감상은?"

"쫓기는 토끼?"

그 순간, 그의 뇌리에 두 번 다시 생각하고 싶지 않은 3일간의 추격전이 떠오른다. 지칠 만하면 몰아세우고, 다시 지칠 만하면 몰아세우는 그 방식은 어딘지 모르게 토끼몰이와 유사하지 않는가?

"서, 설마 그게 다……?!"

"흥. 너희들을 잡을 수가 없어서 3일이나 풀어줬다고 생각하면 오산이야. 그렇게 사냥을 좋아한다니 분명 즐거웠겠지?"

방긋 웃는 꼬맹이의 미소를 대하자 3일간의 끔찍했던 기억이 떠오르며 오한이 이는 것을 참을 수가 없었다. 클로드는 그때서야 눈앞의 이 예쁘장한 꼬맹이가 평범한 열서넛 살짜리가 아니라는 것을 깨달았다.

"이종족을 사냥하는 것은 죄도 아니라고 했지? 그렇다면 사냥당한 이종족이 어떤 일을 당하는지도 몸소 한번 겪어봐. 그렇게 별거 아닌 일에 설마하니 우는소리는 안 하겠지?"

아스카는 어깨를 으쓱했다.

"그리고 말이야, 이건 나의 정당한 권리라고. 너희는 단순히 나의 영지를 무단 침입한 것뿐 아니라 나의 재산권을 아주 심각하게 침해했어."

아스카가 눈짓을 하자 쥴리아가 기다렸다는 듯이 서너 개의 두루마리 뭉치를 그들 앞에 던져 준다. 클로드가 펴보니 그들이 몬스터의 길목에서 죽인 몬스터의 종류와 수, 그에 부과된 벌금이 꼼꼼하게 기재되어 있었고, 엘프 마을 습격으로 인한 물적, 재산적 피해액, 유니콘 서식지 파괴로 인한 피해액, 그리고 도주로 인한 가중 처벌금까지 꼼꼼하게 명시되어 있었다.

"몬스터의 길목이나 드래곤 계곡에서 사냥이 금지되어 있다는 것을 몰랐다고 말할 생각은 하지 마. 우리는 그곳 곳곳에 관련된 표지판을 세워두고 있고, 너희들을 드래곤 계곡까지 안내했다는 랄프도 너희에게 사전에 경고했다고 증언했어. 결정적으로 너희의 발자국이 찍힌 표지판을 발견했거든."

그러자 쥴리아가 그들을 죽일 듯이 노려보며 흙발자국이 묻은 부러진 표지판을 꺼내 보였다.

"나는 너희들로부터 피해 보상을 받을 권리가 있어. 이건 너희 제국법이나 국제법에서도 인정한 권리야. 즉, 나는 채권자이고 너희들은 채무자란 말이지. 너희들이 돈을 내놓지 않으니 내가 너희를 노예 시장에 처분해서 돈을 만들겠다는 게 뭐가 나쁜데?"

나름대로 법에 해박하고 이런 상황에 해박한 클로드와 에릭조차 입을 다물었다. 그녀의 논리는 전혀 허점이 없었다. 제국에서도 이런 상황에서는 상대에게 피해 보상을 하는 것이 원칙이다. 결국 클로드는 이렇게 묻지 않을 수가 없었다.

"그 피해액이 얼마지요?"

순간, 아스카의 눈이 빛났다. 그녀는 줄곧 이 말을 기다리고 있었던 것이다.

"쥴리아, 피해액 총액을 불러줘."

"몬스터의 길목에서 입은 피해가 32만 7천 마르셀, 엘프 마을 파괴로 인한 피해가 60만 5천 2백 마르셀, 유니콘 서식지 파괴로 인한 피해가 25만 6천 2백 마르셀. 이들을 생포하기 위해 동원된 인적, 물적 자원이나 렉실의 수목 같은 가격을 따질 수 없는 피해는 제외하더라도 최하 118만 8천 4백 마르셀입니다."

그 엄청난 액수에는 클로드와 에릭은 물론이고 금전에 둔한 렉과 에드윈도 놀라지 않을 수 없었다.

"믿을 수 없어! 고작해야 몬스터 몇 마리 베고, 나무 몇 그루 자르고, 조그만 마을 한 채 불 지른 것뿐인데 어떻게 그렇게 엄청난 액수가 될 수가 있어?!"

"너희들이 불 지른 나무는 수령이 7천 년도 넘는 대륙에서도 희귀한 나무고, 너희들이 불장난을 즐긴 마을에는 엘프들이 수백, 수천 년 동안 물려 내려온 서적이며 약재, 마법 아이템들이 있었어. 그건 값을 따질 수조차 없는 거야. 하긴, 너희에게 이런 말을 해봐야 소용없지. 쥴리아, 저 바보들에게 보여줘."

"이 금액은 대륙의 명사 분들에게 아무 하자가 없다고 정식으로 공증을 받은 것이거든요?"

쥴리아가 방긋 웃으며 펼쳐 보인 두루마리에는 이 금액이 아무 하자가 없음을 인정하는 사람들의 이름과 서명이 줄줄이 나열되어 있었다. 그중에 윈우드 후작, 리온 나세 맥파렌의 서명이 있었음은 물론이고 티오렌 제국의 라파툰, 에롬 웨스의 서명까지 있었다!

클로드는 어깨를 축 늘어뜨렸다. 이렇게 많은 사람이, 그것도 대륙적으로 명성이 있는 사람이 공증한 다음에야 그 누구도 이 금액에 이의를 제기할 수 없다. 그들이 채무자 신세에서 벗어나려면 저 엄청난 금액을 고스란히 갚는 수밖에 없다는 말이다.

그는 저들의 저 철저하고 빈틈없는 방식과 수단에 이가 갈렸다.

"자, 봤으면 알겠지? 어떻게 해줄 거야?"

"좋습니다. 그 돈을 갚도록 하지요. 하지만 지금 당장 그렇게 큰돈은 없습니다."

그러자 아스카는 그럴 줄 알았다는 듯이 한숨을 푹 내쉬었다.

"저놈들 그냥 노예 시장에 넘겨 버려. 젠장. 난 숨겨둔 돈이라도 있는 줄 알았네. 괜히 입 아프게 설명했잖아. 아, 그런데 정말 걱정이야. 한 놈당 30만씩 받을 수 있을까? 그 이하로 받으면 손해인데."

"걱정 마세요. 제가 잘 아는 에슐릿 귀족이 있는데 좀 호색하고 성적 취향이 독특하지만 돈은 많거든요? 마침 저놈이 그 귀족이 좋아하는 타입이에요. 혹시나 하고 초상화를 보내봤더니 30만쯤은 준다더라고요."

"그 귀족이 누군데?"

"아스카님은 잘 모르실 거예요. 리눅스 남작이라고."

순간, 리온의 얼굴이 굳어졌다. 변태성욕자인 남작의 이름은 그도 들은 적이 있었던 것이다. 그는 줄리아에게 지목당한 에릭에게 동정의 시선을 던졌다. 에릭의 얼굴은 허옇게 뜨고 있었다. 하필이면 정보를 취급하는 일을 하는 탓에 그 역시 그 남작의 이름을 들어본 적이 있었던 것이다.

"그리고 저 둘은 마스터 급 검사니까 흑마법사 길드인 흑마탑에 팔면 되겠네요. 마침 거기 고위 마법사 중에 마나를 연구하는 미친 마법사가 있거든요. 뼈 따로, 근육 따로, 마나홀 따로, 피 따로… 그런 식으로 팔면 충분히 60만 정도는 채우고도 남아요."

"그런데 산다고 할까?"

"물론 산다고 하죠! 마스터 급 검사의 재료가 어디 흔한 줄 아세요? 그렇지 않아도 어디서 소문을 들었는지 예약된 물건이냐, 얼마에 팔 거냐고 물어대는데, 장난이 아니었다고요."

이번에는 렉과 에드윈의 얼굴이 탈색될 순서였다. 리온은 내심 끌끌 혀를 찼다. 뼈 따로, 근육 따로, 마나홀 따로? 저 마녀는 끔찍한 소리를 아무렇지도 않게 잘도 한다.

"제일 마지막의 저놈은?"

"저놈은 마법사잖아요. 팔 데 쌨어요. 하지만 제일 많이 돈을 주는 곳은 역시 거기겠죠."

"거기가 어딘데?"

"렉키드 섬이라고 있는데, 거기 섬의 주술사가 예전부터 주술력을 높이기 위한 산 제물을 찾고 있었어요. 그의 신이 꿈에 나타나 제물로 마법사를 쓰면 좋다고 했다네요. 하지만 고 서클의 마법사가 그리 흔한 것도 아니고, 3년 동안 고민이 이만저만이 아니었어요. 제가 제물로 쓸 마법사를 팔겠다고 하면 아마 천금도 아끼지 않을걸요?"

클로드는 입을 딱 벌렸다. 렉키드 섬이라면 그 야만인들의 섬이 아닌가! 그 섬에 가서 주술사의 주술력을 높이기 위한 산 제물이 되라고?! 듣는 것만으로 소름이 오소소 돋았다.

"자, 잠깐! 그 돈을 내겠소!"

"어떻게?"

"보, 본국에 연락해서 우리들 가문에 요청하면 돈을 내줄 거요!"

"하지만 너희들 페이샨에서 왔다고 하지 않았나? 여기서 페이샨까지 오고 가고 하는 데 걸리는 시간만도 최소 두 달이 넘어. 그 의견은 기각하도록 하지. 나는 지금 한 푼이 아쉽거든."

아스카가 그 주술사와 어떻게 하면 연락할 수 있는지 구체적인 얘기를 주고받자 클로드는 다급해졌다.

"두 배로 지급하겠소!"

그러자 아스카는 심드렁한 얼굴로 그를 보더니 손가락 세 개를 세워 보인다.

"세 배."

클로드는 경악했다. 세 배라면 3백만 마르셀이 넘는 어마어마한 금액이다. 하지만 그는 더 이상 토를 달지 않았다. 당장이라도 자신을 야만족 주술사에게 산 제물감으로 넘길까 두려웠던 것이다. 그가 지금껏 죽도록 마법을 연마한 것은 야만족 주술사의 제물이 되기 위해서가 아니다.

"좋소."

그러자 아스카는 기다렸다는 듯이 피해 보상액으로 356만 5천 2백 마르셀을 지급하겠다는 문서에 네 사람 모두 서명하게 하고, 공증인으로 윈우드 후작의 서명을 받았다. 정말이지 빈틈이 없다.

"큰 기대가 있는 것은 아니지만, 돈이 3백만이 넘으니 일단 연락은 한 번 해보도록 하지. 누가 대표로 갈 거야?"

클로드는 고민했다. 그들 중 신분상으론 에드윈이 가장 높지만 적절하게 대처한다는 보장이 없다. 제국으로 돌아가는 사람은 그들의 천문학적인 몸값을 조달하는 것도 그렇지만, 그들의 주군인 '그'에게 이 사실을 알려야 할 임무도 띠고 있다. 그런 일을 하기에 에드윈이나 렉은 너무 눈에 띈다. 은밀하게 움직일 사람이 필요하다.

클로드의 눈이 에릭을 향했다. 누구보다 밑바닥 생활을 잘 알고, 정보 조직의 수장이기도 한 그라면 믿을 수 있다. 그러자 그와 눈이 마주친 에릭이 마음을 읽은 것처럼 고개를 끄덕였다.

"내가 가겠다."

"좋아. 그럼 넌 이쪽으로 서."

아스카는 에릭을 그들 세 사람에게서 분리해 한쪽에 서게 했다. 그리고는 윈우드 후작을 시켜 누군가를 불러오게 했다.

"3백만 마르셀이 넘는 돈을 약속했으니 일단 팔아버리는 것은 보류하도록 하지. 하지만 들어올지 안 들어올지 모르는 그 돈만 믿고 마냥 기다릴 수만은 없잖아. 그러니까 그동안 너희 셋은 현금 대용이 되어줘야겠어."

현금 대용? 말의 의미를 알아듣지 못하고 눈만 껌뻑거리고 있을 때, 붉은 머리를 틀어 올리고 비단 가운을 걸친 농염한 미녀가 나타났다. 손에 들고 있는 붉게 주칠(朱漆)된 긴 담뱃대가 묘하게 관능적이고 우아한 느낌을 준다.

"어쩐 일로 찾으셨어요, 아스카님?"

"오랜만이지, 마담 실비아? 다름이 아니라 저놈, 30만짜리거든. 내 돈 떼먹고 못 갚겠다고 버티는데 대책이 안 서. 어떻게 좀 해줘."

그녀는 클로드를 힐끗 보더니 후후 하고 웃었다.

"어머나, 아스카님의 돈을 떼먹는 자도 있어요? 간도 크네. 후후. 걱정 마세요. 제가 반드시 그만큼 돈 값을 하게 만들어 드릴 테니까."

"마담만 믿겠어."

그녀가 가볍게 손뼉을 치자 상반신을 드러낸 거구의 덩치들이 나타나 클로드를 떠메고 나갔다.

"클로드!! 이 망할 놈들! 클로드를 대체 어디로 끌고 가는 거야?!"

"돈은 갚겠다고 했잖아!"

렉과 에릭이 처절하게 소리쳤지만 아스카는 눈도 까딱하지 않았다.

"그러니까 미리 현금 대용이라고 말했을 텐데. 그리고 친구를 걱정하기 전에 본인 걱정이나 하시지?"

그 뒤에 나타난 것은 검은 로브를 뒤집어쓴 정체불명의 군단이다. 그들은 발악하는 렉을 머리를 후려쳐 간단하게 제압하고는 어깨에 떠메고 사라졌다.

마지막으로 나타난 것은 2티렘 가까운 거구의 산적 수염 사내다. 그는 즉시 꼬맹이 앞에 무릎을 꿇고 그 손등에 입을 맞췄다.

"티아 에스텔, 아스카를 뵙습니다. 신수 카린의 축복을 받으소서. 부르셨습니까?"

"응. 로칸. 잘 있었어? 얘기는 들었지? 내가 요즘 좀 곤란해."

"웬 잡것들이 나타나 아스카님의 심기를 어지럽혔다는 얘기는 들었습니다. 제가 어떻게 해드릴까요?"

"저 녀석, 30만짜리거든? 들고 가서 어떻게든 돈 값 하게만 만들어 주면 좋겠어."

로칸의 시선이 에드윈을 향하자 그는 순순히 의자에서 일어섰다. 클로드와 렉의 사례를 본 다음이기 때문에 차라리 순순히 따라가는 게 낫겠다고 생각한 듯하다. 그는 로칸을 따라 나가기 전 아스카를 돌아보며 처음으로 입을 열었다.

"나는 알렌 하윈즈의 혈통을 이으며 아만타르님의 적통을 주군으로 모시는 자다. 그대가 카린의 이름을 이은 자라면, 페이샨 제국을 어떻게 생각하는지 들려줄 수 있겠나?"

진지한 은빛 눈동자를 대한 아스카는 피식 웃었다.

"안중에 없어."

"무엇이 안중에 없다는 거냐? 제국이? 아니면 우리가?"

"둘 다. 너희는 귀족이라고 했지? 하지만 그것을 알아? 신분이나 지위가 사람을 명예롭게 하는 것은 아니라는 걸. 사람이 빛날 때는 그에 걸맞는 명예로운 행동을 했을 때야. 그래, 말이 나왔으니 3백 년이 넘은 제국과 일족 간의 은원에 대해서도 말하지. 네가 듣고 싶은 것은 그 부분일 테니까. 제국과 나의 일족은 좋은 사이는 아니야. 하지만 적에게도 지켜야 할 예의는 있는 게 아니던가? 적에게 예의를 지키는 것은 적을 위해서가 아니야. 자신과 나아가서는 자신이 속해 있는 집단을 위해서지. 너희는 스스로를 밝히고 명예롭게 행동할 기회가 충분히 많았어. 그랬다면 나도 적이지만 예의를 갖춰 대접해 주었겠지. 하지만 너희는 내 땅을 짓밟고 금지된 노예 사냥을 했어. 그런 너희를 내가 어떻게 대접할까? 나는 너희가 하찮은 노예 사냥꾼으로밖에 보이지 않고, 네가 모시고 있다는 그 주인도 그 정도로밖에 보이지 않는 것을."

그는 쓴웃음을 지었다.

"주군을 생각해서 한 일이 오히려 주군의 명예를 더럽혔군. 하지만 한 가지, 알아주었으면 한다. 우리는 그럴 수밖에 없는 이유가 있었다."

그의 눈을 빤히 바라보던 아스카가 미소 지었다.

"알아. 너의 주인은 아직 내 앞에 당당히 나설 자격을 갖추지 못했지. 성격이 급한가 봐. 꽤 서두르는군."

에드윈은 눈을 크게 떴다. 그는 아무것도 말하지 않았건만 꼬맹이는 그가 한 말의 이면까지 모두 읽었다. 이런 사람은 처음이다. 고작해야 열서넛 살쯤 되어 보이는 꼬마 계집아이일 뿐인데. 이런 것이 카린이라는 걸까? 문득 그 어떤 것을 보고도 흔들림이 없었던 가슴이 묵직해져 왔다.

"알았어. 너희 주인에 대한 판단은 내가 직접 만나본 다음으로 유보하도록 하지."

에드윈은 정중하게 허리를 숙였다. 감사의 의미였다. 그리고는 로칸을 따라 사라졌다.

그렇게 세 사람이 차례로 사라지자 아스카는 에릭을 돌아보았다.

"딱 두 달 주지. 두 달에서 하루라도 지나면 협상은 결렬된 것으로 알고 네 친구들을 현금화할 거야. 어떻게 현금화할지는 아까 들었지? 아, 한 놈이 모자라니 부과되는 금액이 더 늘잖아?"

"괜찮아요. 그때는 또 방법이 있으니까요. 쥐어짜면 돈은 또 나와요."

에릭은 섬뜩했다. 웃는 얼굴로 저런 말을 태연하게 하다니. 그는 저 금발 미녀가 노예 상인으로 타고났다고 생각했다.

"아, 알았다. 반드시 두 달 안에 돈을 들고 오도록 하겠다. 그, 그런

데, 저기, 우리 배라도 돌려주면 안 될까? 속도를 내려면 그 배가 꼭 필요한데."

눈치를 보며 말하자, 아스카는 영문을 모르겠다는 듯이 눈을 깜빡였다.

"배? 무슨 배?"

"그러니까 우리 배. 너희들이 습격한 우리 배 말이야! 그 배에 타고 있던 선장 이하 승무원들이 여기서 팔리는 것을 봤는데 시치미를 뗄 셈이야?!"

"무슨 말인지 모르겠군. 쥴리아, 무슨 말인지 알겠어?"

"글쎄요, 저도 무슨 말인지 통……. 오늘 노예 시장에 나온 매물이라면 해적단의 습격을 받아 팔려 온 거라고 하던데요. 그 뭐라더라? 아르카스 해의 검은 늑대라던가 여우라던가."

"그렇다는군."

에릭은 이를 갈았다. 정말이지 지독한 자들이다. 결국 배도 못 돌려주겠다는 것이 아닌가. 그 배는 페이샨의 군함으로 너무도 잘 알려진 배라 어디다 내다 팔지도 못할 텐데 그걸 가져가 어쩌겠다고!

하지만 더 이상 말해봤자 시간 낭비임을 깨달은 에릭은 서둘러 방을 나갔다. 한시가 아까운 때가 아닌가.

"아스카님, 저들의 주인은 대체 누굴까요?"

"왕자들 중에 하나겠지. 페이샨도 권력 이행 과정에 있는 것 같으니까. 하지만 황태자가 되기도 전에 날 만나러 보내다니, 배짱이 대단한걸? 반드시 왕위 계승 다툼에서 살아남아 나랑 맞장을 뜨겠다고 선언하는 거나 다름없잖아."

"흥. 그래 봤자 나의 티아 에스텔께는 상대가 안 돼요."

아스카는 웃었다. 그리고 처음부터 끝까지 상황을 지켜보기만 했던 엘프에게 장난스럽게 묻는다.

"어때? 재미있었지?"

시에린은 쓴웃음을 지었다.

"무서운 분이셨군요. 왜 투르파가 당신을 몬스터 공주라고 부르는지 알겠습니다."

드워프인 투르파는 이 작은 소녀를 가리켜 몬스터 공주, 혹은 몬스터 중의 몬스터라고 말했다. 카린 성에 득시글거리는 인간의 모습을 한 괴물(Monster)들 중에서 가장 작고, 가장 무서운 존재라고. 그녀에게 당한 인간들이 언제부터인가 공포와 경외를 담아 그렇게 부르기 시작했다는 것이다.

"에이메리아(렉실의 이름)님이 그렇게 가셨는데 절친한 친구이신 에렐님께서 왜 침묵하고 계시겠는가? 계곡의 주인인 드래곤은 왜 모르는 척 방관만 하고 있겠는가? 직접 나서는 것보다 낫다는 것을 이미 알고 있기 때문이라네. 허허. 카린의 계산법은 특별한 데가 있지. 하나에 하나만 돌려주는 법이 없다는 말이야. 내 말을 믿고 지켜보도록 해. 그럼 알게 될 게야."

투르파의 말대로였다. 소녀는 철저하고 빈틈없이, 그리고 남김없이 되돌려주었다. 그 시원스런 일 처리는 종족이 다른 엘프의 마음에도 파문을 일으킬 정도였다.

하지만 아스카는 엘프가 감탄을 하거나 말거나 그의 입에서 나온 '몬스터 공주'라는 단어에 더 관심이 있었다. 그 단어를 듣자마자 즉각적으로 눈을 치켜떴던 것이다.

"뭐? 투르파가 날 그렇게 불렀어?! 내가 그 별명을 얼마나 싫어하는지 알면서 몬스터 운운하다니, 투르파~! 어디 두고 봐!!"

아스카는 발끈해서 소리쳤다.

제국의 고위 귀족조차 꼼짝 못하게 만든 엄한 군주의 모습은 어디로 가고, 지금의 그녀는 토라진 꼬마 계집아이 같다. 그 의외의 모습에 시에린은 어쩐지 안심이 되면서 웃음이 났다.

"시에린, 내가 아스카님을 상대하기 위해 꼭 필요한 처세술 하나를 알려주지. 아스카님의 면전에서는 절대로 별명 같은 것을 입에 담지 말아야 하네. 모든 사람이 다 아는 '몬'으로 시작하는 특정 종족의 명칭 같은 것은 절대 금구이지. 두고두고 당할 위험이 있다네."

"'수'나 '구'로 시작하는 돈에 관련된 보통명사도 위험하다네."

"라미엘! 폴! 다 들린다고!!"

아스카가 버럭 소리를 지르자 줄리아가 더 이상 못 참겠다는 듯이 웃음을 터뜨렸고, 시에린도 소리 내어 웃었다.

겨울 냄새가 물씬 풍기는 바람이 그 사이를 휘돌아 나가며 웃음소리를 멀리 실어 나르고 있었다.

『드래곤의 신부』 5권에 계속…

청 어 람 판 타 지 장 편 소 설

마신의 불길보다 더 사나운 환염의 붉은 불꽃!

홍염의 성좌 / 아울 지음

THE CONSTELLATION OF BLAZE

『홍염의 성좌』

98년 『검은 숲의 은자』, 02년 『폭풍의 탑』, 04년 『겨울 성의 열쇠』 고품격 판타지 작품 세계만을 선보여온 작가 민소영! 그녀의 최신작!!

신세대적인 기발함과 경쾌한 문체,
풍부한 상상력이 빚어낸 판타지계의 명품 중 명품!
짙고 그윽한 그녀만의 농밀함이 빚어낸 장대한 스펙터클 드라마!

**2005년 여름,
진한 감동과 짜릿한 전율이 시원하게 회오리친다!**

유행이 아닌 자유추구 -
WWW.chungeoram.com